21 世纪面向工程应用型计算机人才培养规划教材

Flash CS5 动画制作综合教程

陈子超　主编

清 华 大 学 出 版 社
北　京

内 容 简 介

本书系统介绍了使用 Flash CS5 制作动画的原理、方法和实际应用。内容根据循序渐进的原则安排，力求系统、精简、高效、实用。全书共 12 章，前 8 章为"基础篇"，内容包括动画基础、Flash 动画制作原理、元件、图层、音频运用、交互控制原理、ActionScript 应用等，让读者系统、高效地掌握 Flash 动画的制作原理和方法；后 4 章为"应用篇"，内容包括 Flash MV 制作、动画短片制作、广告制作、课件制作等，注重提高实战能力。本书配套的电子资源提供了书中实例的素材文件、源文件(fla)、播放文件(swf)和配套教学视频文件。本书可作为高等院校、职业院校相关专业学生的授课教材使用，也可作为网页设计人员、广告设计人员、动漫设计人员、教师以及广大二维动画爱好者的参考书籍，同时还可以作为各类培训班的参考教材。

图书在版编目(CIP)数据

Flash CS5 动画制作综合教程/陈子超主编. —北京：清华大学出版社，2011.9
(21 世纪面向工程应用型计算机人才培养规划教材)
ISBN 978-7-302-25467-6

Ⅰ. ①F… Ⅱ. ①陈… Ⅲ. ①动画制作软件，Flash CS5－高等学校－教材
Ⅳ. ①TP391.41

责任编辑：高买花
责任校对：李建庄
责任印制：李红英

出版发行：清华大学出版社		地　　址：	北京清华大学学研大厦 A 座
http://www.tup.com.cn		邮　　编：	100084
社　总　机：010-62770175		邮　　购：	010-62786544
投稿与读者服务：010-62795954,jsjjc@tup.tsinghua.edu.cn			
质　量　反　馈：010-62772015,zhiliang@tup.tsinghua.edu.cn			
印　刷　者：清华大学印刷厂			
装 订 者：三河市新茂装订有限公司			
经　　销：全国新华书店			
开　　本：185×260 印　张：20 字　数：498 千字			
版　　次：2011 年 9 月第 1 版 印　次：2011 年 9 月第 1 次印刷			
印　　数：1～3000			
定　　价：36.00 元			

产品编号：040100-01

Flash 是非常优秀的二维动画制作软件,用它制作的 swf 文件已经传遍了整个网络,并且成为网络的新兴载体。它迅速在网络及网络以外的领域蔓延,并在商业领域得到了充分发挥。Flash 片头、Flash 广告、Flash MV、Flash 网站、Flash 游戏及 Flash 教学课件等随处可见,已经成为广告、传媒、网络、教学、生活、娱乐中必不可少的一部分。

自从 Adobe 公司收购 Macromedia 公司后,将其享誉盛名的 Macromedia Flash 更名为 Adobe Flash,并先后推出多款重量级矢量动画制作软件,其中 Adobe Flash Professional CS5 是该公司于 2010 年 5 月最新发布的一款功能最为强大的动画制作软件。本书以理论和实例相结合的方式,介绍 Adobe Flash Professional CS5 的基本功能、动画制作原理和动画制作实战。本书是作者多年教学经验的结晶,书中内容经过不断锤炼、高度浓缩和精简,具有极强的系统性、针对性和实用性。

1. 本书内容介绍

书中第 1 至 8 章为"基础篇",按照循序渐进的原则,结合实例制作,系统地介绍 Flash 动画制作的原理和方法;选择的制作实例都能在 1 至 2 学时内完成,便于课堂教学安排;大约只需 20 学时,即可完成"基础篇"全部 8 章内容的学习,系统掌握 Flash 的基本功能及其运用。第 9 至 12 章为"应用篇",注重提高动画创作的实战能力。各章教学知识点分布情况如下:

第 1 章介绍动画基础知识,包括动画常识、动画制作流程、画面构图、镜头表现、动画基本力学原理以及人物、动物、自然现象的运动规律和画法等。

第 2 章介绍 Flash CS5 的基础知识,包括 Flash CS5 的功能、用途、操作界面、文件操作、绘图工具及其运用等。

第 3 章介绍 Flash 动画制作的基本原理,结合实例分别介绍逐帧动画、补间运动动画、补间变形动画的制作方法。

第 4 章介绍库、元件、实例的概念和用法,结合制作实例分别介绍图形元件、影片剪辑元件、按钮元件的制作方法。

第 5 章结合实例分别介绍引导线图层、遮罩图层、动画预设的概念和用法。

第 6 章介绍音频的导入、属性设置及其应用——Flash MV 制作简介。

第 7 章介绍动画交互控制的原理,结合实例分别介绍动画播放进程控制和场景转换控制的实现方法。

第 8 章介绍 ActionScript 的基本概念、常用动作脚本代码以及 ActionScript 实际应用。

第 9 章结合实例介绍 Flash MV 的制作原理和方法。

第 10 章结合实例分别介绍 Flash 网络广告、电视广告、LED 广告等制作原理和方法。

第 11 章结合实例介绍 Flash 动画短片的制作原理和方法。

第 12 章结合实例分别介绍 Flash 语文课件和数学课件的制作原理和方法。

2. 本书主要特色

（1）系统性强

内容安排注重系统性，根据循序渐进的原则，由易到难安排知识点和制作实例。读者只要按照第 1 至 8 章的顺序，一步步学习书中的内容并完成相应的实例制作，就能系统掌握 Flash 动画制作的原理和方法。

（2）内容精简

制作实例经过严格筛选，各章节选择的实例力求与读者在各阶段的水平相适应，难度和制作时间适中，避免知识点重复，便于读者在较短的时间内完成实例制作并掌握相关的原理和方法，提高学习效率。大约只需 20 学时即可完成"基础篇"的学习，具备动画创作的能力。

（3）实用性强

在"应用篇"中，结合高校特点和当前社会需要，分别介绍 Flash MV、广告、动画短片、多媒体课件等各种动画作品的制作方法。实践证明，采用本教材开展教学，学员可在较短的时间内系统掌握 Flash 动画制作的原理和方法，并能制作出较高水平的短片、广告、课件或 MV 作品。

3. 配套电子资源的使用

本书配套的电子资源提供了实例的制作素材、源文件（fla）、播放文件（swf）以及操作演示视频文件等，读者可从清华大学出版社网站（http://www.tup.tsinghua.edu.cn）下载学习和参考。

4. 本书适用对象

本书可作为高等院校或职业技术院校的动漫设计、网页设计、广告设计、课件设计、数字媒体等专业课程的授课教材使用，也可作为上述各专业的从业人员、教师以及广大二维动画爱好者的参考书籍，同时还可以作为各类培训班的参考教材。

参加本书编写工作的除封面主编外，还有李婕静、岑健林、区荣炎、林晓东、吴莹琳、蒋莉、林秋明、余丽、梁剑锋、莫孙宁、林炫君、黄秋霞、林巧能、刘丽玲、姚钦明、林晓欣等。

编　者

2011 年 7 月

目录
contents

I 基础篇

Ⅱ 应 用 篇

Ⅰ 基础篇

第1章

动画基础知识

1.1 动画常识

1.1.1 什么是动画

动画,源自 Animate 一词,即"赋予生命"、"使……活动"之意。广义来说,把一些原先不具生命的、不活动的对象,经过艺术加工和技术处理,使之成为有生命的、活动的影像,即为动画。动画的英文单词为 Animation,主要解释为 the process of making animated films (摘自《朗文英语词典》),是一种制作程序和工艺流程,实际上是指"动画片的制作过程和整个工艺"。

所以,当我们提到动画这一概念时,要从技术与艺术的两个角度来全面理解。动画制作是一门技术与艺术紧密结合的课程。

作为一种空间和时间的艺术,动画的表现形式多种多样,但万变不离其宗。有两点是共同的:

(1) 逐格(帧)拍摄(记录)。

(2) 创造运动幻觉(利用人的偏好作用和生理上的视觉残留现象)。

动画是通过连续播放的静态图像所形成的动态幻觉来实现的,这种幻觉源于两方面:一是人类生理上的"视觉暂留",二是心理上的"感官经验"。"视觉暂留"是指人类生理上的视觉暂留现象,而"心理偏好"则指视觉感官经验中,人们趋向将连续、类似的图像在大脑中加以组织,进而将此信息能动地识别为动态图像,使两个孤立的画面之间形成顺畅的衔接,把连续图像认同为不同位置的同一对象,从而产生视觉动感。

因此,狭义的动画可定义为:融合了电影、绘画、木偶等语言要素,利用人的视觉暂留原理和心理偏好作用,以逐格(帧)拍摄的方式,创造出一系列运动的富有生命感的幻觉画面,即为动画。

1.1.2 动画的特性

动画是以绘画为基础的影视形式,但它绝不单纯地依赖绘画,它综合文学、绘画、音乐、表演、摄影等艺术手段共同创作,涉及的门类众多,因而形成了自己特殊的创作规律,这种规律就形成了它的特性。

由于动画片经常采用神话、童话、寓言、科学幻想等各种样式的文学作品,通过夸张的形

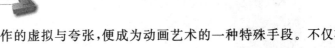

式加以体现,所以剧情和动作的虚拟与夸张,便成为动画艺术的一种特殊手段。不仅在故事内容上,在角色造型、形体语言上都充分去展现夸张的手法,使影片生动活泼、妙趣横生,博得观众的喜爱。

其次,动画作为一种艺术形式,它能充分发挥人们的想象力和创造力,使真人实物难易表现的东西可以通过动画片这种形式表现出来。从变化的艺术手法上来阐述动画的特性。与其他的影视手段相比较,动画是最随心所欲、变化万千的。除了人的思维,它不受任何条件的局限,只要能想得到,动画师就会通过手里的画笔,勾画出一个精彩的世界。尤其是随着现代三维动画的进一步发展,使许多创意想法变为可能。全三维动画片《霍顿与无名氏》和《美食总动员》等就为观众带来了不同的视觉感受。

再次,从幻想、虚构的手法来阐述动画的特性。动画影片之所以引人入胜,是运用独有的特性、天马行空的叙事方式,将现实中不可能的场面表现出来。动画制作也不受天气季节等因素影响,画面表现力没有摄影设备的物理限制,可以将动画虚拟世界中的摄影机看做是理想的电影摄影机,而制作人员相当于导演、摄影师、灯光师、美工、布景,其最终画面效果的好坏与否仅取决于制作人员的水平、经验和艺术修养,以及动画软件及硬件的技术局限。

动画的特性,体现在它是一种更能超越生活,凌驾于现实之上的艺术形式。所谓动画影片当然就是画出来的电影,角色表演是靠动画师们一张张画出来的,或许它不像真人表演那样细致、逼真,但动画却能比真人的表演夸张一倍、二倍甚至十倍。动画片的“角色”不是真人扮演的,而是通过绘画手段画出来的,甚至环境也是画出来的;它的拍摄方法不像故事片那样连续性立体的拍摄,而是逐格的、平面的拍摄,能够完成实拍不能完成的镜头,这可能使它达不到真人表演所能够表达的感情深度,也达不到故事片所能够容纳的容量。但也正因为如此,它具有其他任何别的艺术形式所不能代替的艺术特性,具有自己的独特的表现规律。

早期的纯二维手绘动画所表现的艺术效果,无论是对表演来说,还是对于如今盛行的电脑动画来说都是望尘莫及的。即使在科技发展日新月异的今天,纯二维手绘动画也因其独特的魅力而成为传媒钟爱的一种表现方式。许多被人们津津乐道的公益广告、节目包装、形象代言,就是因为运用了二维手绘动画,而使它更加趣味盎然、熠熠生辉,也更深刻地留在了观众的心中。现在的电脑动画同属于动画片种,它的特性与二维动画相比同样具有夸张、超越现实的表现力。任何一种形式的艺术都有它的长处与短处,二维动画或许不能像电脑制作的三维动画那样表现立体的实物以及视觉上的空间感,但它在角色性格的塑造、表情以及肢体语言的形象程度上都是高于三维动画的。

随着时代的发展,科技的进步,越来越多的二维动画被三维动画所代替,但作为动画的两种表现形式,两者都具备动画艺术独特的夸张、超现实特性。喜爱动画的观众也不会倾向单独的某一种形式,而是希望动画艺术能够把两者结合,使得影片更真实、视觉艺术效果更强烈。强烈的、有趣的、奇妙的和出人意料的,这些通过夸张、变化、幻想、虚构和超越现实的表现手法所达到的艺术效果,使得动画片已经走向了更广阔的天地。如今,动画早已不再是孩子们的专利,越来越多的成年人也能在动画作品中找到属于他们的乐趣。从某种意义上讲,正是动画本身的特性赋予了动画作品特有的灵性,也正是因为具有这样与众不同的灵性,动画片将在艺术的天空里乘着梦的翅膀飞得更远!

1.1.3 动画的分类和实现方式

动画艺术的分类多种多样,有些分类是随着工具、观念的更新而改变的,但大体可以有如下分类:

- 按照制作工艺和材料的不同,可分为:二维手绘动画(包括二维胶片动画和有计算机参与处理的二维动画)、二维计算机动画、全三维计算机动画、二维与三维结合计算机动画、材料动画等。
- 按照商业化与艺术化的结合程度不同,可分为:商业性二维动画和三维动画(影院动画以此为主)、水墨或油画动画等其他各种实验性动画、广告宣传动画、科学教育动画等。
- 按照影像载体与传播呈现方式的不同,可分为:影院媒体动画、电视媒体动画、个人动画作品、网络动画等。
- 按照应用领域的不同,可分为:商业影视动画、游戏动画、电影特效动画、电视广告动画、手机动画、网络交互动画等。
- 与现代动画接近的各种传统艺术形式,如:手翻书、皮影戏、木偶、走马灯等。

不同形式的动画片,实现方式不同。如果根据制作工艺分类,又可分为以下几大类:

- 传统胶片拍摄的二维动画,如我国早期的动画片《大闹天空》《三个和尚》等。
- 半手工半计算机制作的二维动画,是指手工绘制加计算机上色合成的动画制作方式,常用软件包括 Animo、Softimage 等,这是目前大部分商业影视动画采用的制作方式。
- 全三维计算机动画,常用软件包括 Maya、Softimage 等,是目前发展速度最为迅速的动画制作方式。
- 二维矢量动画,常用软件是 Flash,是迅速发展中的动画制作方式,由于其低成本,高速度的特点,广泛应用于电视系列动画的制作。
- 逐格偶性动画采用泥偶、布偶或综合材料等制作,常用一些实验性很强的制作手法,如剪纸动画、沙土动画、木刻动画等。

1.1.4 动画的制作流程

动画大家族种类繁多,如二维(传统)、三维、偶片(定格)、Flash 等,不管是哪种类型的动画,其流程基本分为前期、中期、后期三个部分。由于各种类型基于的材料和工具、工作方式的不同,具体流程也就不一样,三维和 Flash 类都是计算机应用后才出现的类型。

1. 传统二维动画制作流程

这里以传统二维动画为主简单说明一下动画制作的流程。

(1) 前期

筹备工作,需要制定动画片的制作风格、制作内容、制作时间及制作管理方式,完成剧本、组建剧组、造型场景道具设计、美术风格设计、动作风格设计、故事板(分镜头)设计、声音形象设计等具体工作。

(2) 中期

制作素材阶段,包括视觉素材及声音素材。视觉方面,根据前期的准备工作,进行镜头设计、分场美术气氛、原画、中间画、动画、背景绘制、上色、特效制作等工作。声音方面,收集音效、角色配音、挑选或创作音乐等工作。

（3）后期

组合阶段,把中期制作收集的素材按前期的方案进行组合,制成成片,包括视觉合成,影片剪辑,声音混录、输出等工作。

随着计算机的普及,现在动画片的后期基本依靠计算机来完成。

一般来说,按电脑软件在动画制作中的作用分类,电脑动画有电脑辅助动画和造型动画两种。电脑辅助动画属二维动画,其主要用途是辅助动画师制作传统动画,而造型动画则属于三维动画。

2. 电脑动画与二维动画的差别

二维电脑动画制作,同样要经过传统动画制作的相关步骤。不过电脑的使用,大大简化了传统动画中、后期的工作程序,方便快捷,提高了效率。这主要表现在以下几方面:

（1）关键帧（原画）的产生

关键帧以及背景画面,可以用摄像机、扫描仪、绘画板等实现数字化输入（中央电视台动画技术部是用扫描仪输入铅笔原画,再用电脑生产流水线后期制作）,也可以用相应软件直接绘制。动画软件都会提供各种工具,方便用户的绘图。这大大改进了传统动画画面的制作过程,可以随时存储、检索、修改和删除任意画面。传统动画制作中的角色设计及原画创作等几个步骤,一步就完成了。

（2）中间画面的生成

利用电脑对两幅关键帧进行插值计算,自动生成中间画面,这是电脑辅助动画的主要优点之一。这不仅精确、流畅,而且将动画制作人员从烦琐的劳动中解放出来。

（3）分层制作合成

传统动画的一帧画面,是由多层透明胶片上的图画叠加合成的,这是保证质量、提高效率的一种方法,但制作中需要精确对位,而且受透光率的影响,透明胶片最多不超过 4 张。在动画软件中,也同样使用了分层的方法,但对位非常简单,层数从理论上说没有限制,对层的各种控制,如移动、旋转等,也非常容易。

（4）着色

动画着色是非常重要的一个环节。电脑动画辅助着色可以解除乏味、昂贵的手工着色。用电脑描线着色界线准确、不需晾干、不会窜色、改变方便,而且不因层数多少而影响颜色,速度快,更不需要为前后色彩的变化而头疼。动画软件一般都会提供许多绘画颜料效果,如喷笔、调色板等,这也很接近传统的绘画技术。

（5）预演

在生成和制作特技效果之前,可以直接在电脑屏幕上演示一下草图或原画,检查制作过程中的动画和时限以便及时发现问题并进行修改。

（6）库图的使用

动画中的各种角色造型以及它们的动画过程,都可以存在图库中反复使用,而且修改也十分方便。在动画中套用动画,就可以使用图库来完成。

1.1.5 Flash动画与传统动画的比较

1. Flash动画

Flash动画相对于传统动画来说,优势非常明显。

Flash动画对电脑硬件要求不高,一般的家用电脑就可以成为专业动画制作平台。Flash软件操作简单,易学,初学者可以在几天之内就可对Flash软件操作有一定的掌握。Flash动画制作者不一定要有美术基础,只要有创作的灵感,就可以通过图片、文字、音乐的形式表现出来。

发布后的Flash动画体积小,便于网络传播。一般几十兆的Flash源文件,输出后的播放文件也就几兆,体积小,容量大。Flash动画已经成为网络动画的霸主。

Flash动画中的元件概念避免了很多重复劳动,相同的动作和形象转换成元件后,可以方便反复利用,不会影响输出后文件的大小。特别是在团队制作的时候,把重复利用的形象制作为元件,可以避免因制作人员水平不齐带来的"跑形"问题。

Flash动画中的图层概念使得操作简便快捷,角色的各个部件可以放在不同的图层分别制作动画,修改非常方便,避免了所有图形元件都在一个层内,一旦调整修改就费时费力的问题。

2. 传统动画

传统动画要求绘制者有一定的美术基础,并懂得动画运动规律。

传统动画是集体工作,分工明确,有完整的制作流程。因工序多,制作人员多,也导致了它的成本投入非常大。

经过多年的完善,传统动画有了一套程式化的动画理论,它总结出了各种物体的运动规律,运动时间,可以帮助动画工作者轻松面对工作。这也是Flash动画需要借鉴传统动画的地方。

3. Flash动画与传统动画携手合作

传统动画原理是一切动画的基础,二维动画,三维动画都遵循这个原理。Flash动画结合了传统动画原理后如虎添翼,物体运动自然流畅,更增加了生活气息。Flash操作简便,投入低,也让它成为一些专业动画公司的首选软件。各种Flash原创大赛,更推动了Flash动画的发展。在中国,Flash动画已经从稚嫩逐步走向成熟,越来越多的业余制作者加入到职业"闪客"的大军,他们运用鼠标、绘图板,绘制中国Flash动画的明天。

一个人,一台电脑,创作出一部Flash动画片已经不是什么梦想!在动画制作中,Flash创作者既是导演,也是原画师,又是动画师,……一直到动画完成发布,一个人身兼数职,想怎样创作就怎样创作,一切尽在自己的掌握之中。

1.2 画面构图和镜头表现

1.2.1 构图

构图是动画设计的艺术理论基础,要学习动画,就必须了解构图知识。

构图是一种思维过程,它从自然存在的混乱实物中找到秩序。构图是一个组织的过程,它把大量散乱的构图要素组织成一个整体。每一种艺术形式都具有它独特的规律与原理。

同时,构图又是用来表达作者的意图和思想的手段,可以通过画面物体位置的设置,形状的变化,色彩的搭配反映自己想要表达的主题。简单来说,就是在固定空间对所有物体进行有目的的安排和组织。

动画构图源于电影构图,电影构图源于摄影构图,摄影构图又源于绘画构图。而动画具有很强烈的绘画性。动画构图结合绘画、摄影、摄像等多种构图的特点再加上自身的特点,变得更加丰富,发挥空间也更大、更自由。

1. 构图的三项基本原则

(1) 一幅好的构图要有一个鲜明的主题,或表现一个人,或表现一件事物,甚至可以表现该题材的一个故事情节。主题必须明确,毫不含糊,使任何观赏者一眼就能看得出来。

(2) 一幅好的构图必须能把观众的注意力引向画面主体,使观赏者的目光一下子投向画面主体,也就是"视觉中心",或者"兴趣中心"。注意这个中心不是指画幅中央,这一点不要混淆。

(3) 一幅好的构图必须画面简洁,只包括那些有利于把视线引向被摄主体内容,而排除或压缩那些可能分散注意力的内容。

2. 构图的形式规律

(1) 对比

对比是构图最常用的手法之一,通过对比来突出画面中想要表达的内容。

通常有大小对比、形状对比、位置对比、颜色对比、明暗对比、情绪对比、虚实对比等,如图 1.2.1 所示。

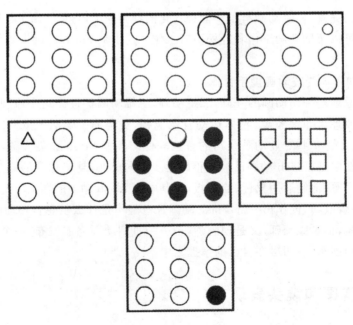

图 1.2.1　对比

(2) 节奏

节奏是指一种有规律、连续进行的完整运动形式。用反复、对应等形式把各种变化因素加以组织,构成前后连贯有序的整体。

采用的形式可以是重复节奏,对比节奏,渐变节奏,如图1.2.2~图1.2.4所示。

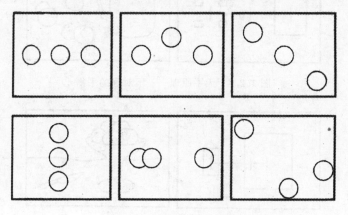

图1.2.2 单元素的重复

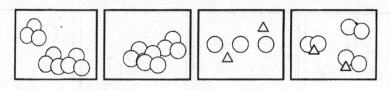

图1.2.3 单元素成组的排列

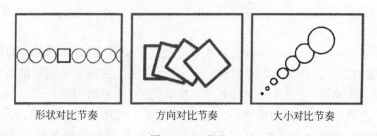

形状对比节奏　　　　方向对比节奏　　　　大小对比节奏

图1.2.4 节奏

（3）平衡

平衡是构图中最基本的法则之一,追求平衡也是人类最基本的要求,平衡的构图会带给画面完整感和统一感。构图的平衡寻求的是视觉平衡,通过我们的直觉,在物理平衡基础上,利用重心、天平原理、杠杆原理,综合画面中具体事物的大小、形状、明暗、色彩等因素,去创造视觉的平衡,如图1.2.5~图1.2.8所示。

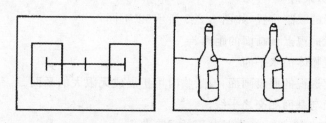

图1.2.5 天平原理——对称平衡

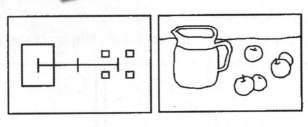

图 1.2.6　天平原理——不对称的平衡

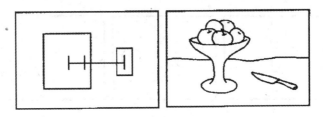

图 1.2.7　杠杆原理

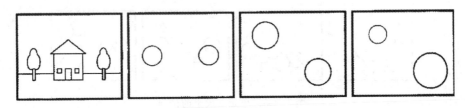

图 1.2.8　平衡

（4）统一

在对画面进行各种设计构思时，有一条原则是一定要遵守的，那就是不能脱离画面对主题的表达，主题的统一。一幅画面里只有一个主题，在这个主题下画面对象也要遵循统一的原则。把握好主次关系，使主次分明且相互对应，才是一个好的构图。

在统一中求变化，在变化中求统一。这句话概括了构图的全部奥秘，构图既不能太死板，也不能太随意，应该灵活多变，且不会混乱。这需要长期的实践与锻炼，对生活多观察，对视觉作品多研究，才能达到一定的高度。

1.2.2　透视

通过透明的平面观察所看到的物体的形态，称为透视。也就是说，透视是通过透明的二维平面来表现、观察、研究三维空间物体的形态。

1. 透视的基本术语

视点：指视者的眼睛位置，如图 1.2.9 所示（以下同）。

视距：指视者的视点到画面的距离。

基面：指放置物体的水平面。

画面：指研究透视的假设画面，看景物时可扩展成无限大的画面。

基线：指画面与基面相交之平线。

足点：指视者的立足点，视点与基面的垂直落点。

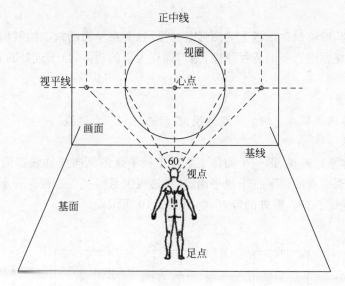

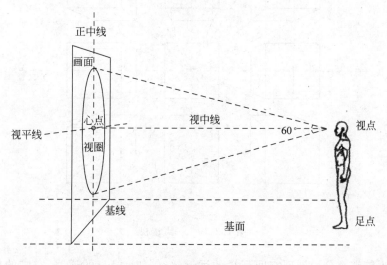

图 1.2.9　透视的基本术语

心点：视点在画面上的垂直落点为心点，它定位于画面视阈的中心。

视中线：也称视距，与画面垂直，是视点与心点相连的视线。

视平线：是指通过心点所作的一条水平线，因与眼睛等高，所以称为视平线，它又是画面上下的分界线。

正中线：通过心点的垂直线。

视角：指观察事物的角度，它是决定构图的关键。观察角度不同，所画出的画面气氛也有差别。当视点平行于被观察物体时，形成的透视角度叫做平视视角。当视点低于被观察物体时，形成的透视角度叫做仰视视角。当视点高于被观察物体时，形成的透视角度叫做俯视视角。

视域：又称视圈，以 60°视角发射的视线转 360°。在画面形成假设的视圈，是眼前看得最清楚的范围。人距离画面远则视圈大，距离画面近则视圈小。

2．透视原理

空间是三维的，而绘制在图纸上的图形是二维的，要在平面的纸上绘制出三维的立体空间，就要运用到透视原理。所谓透视原理，是指同样大小的物体，位于近处的看着大，位于远处的看着小。

3．透视的类型

在绘制中常见的透视有三种：一点透视、二点透视和三点透视。

（1）一点透视

一点透视又称平行透视，即一个物体上垂直于视平线的纵向延伸线都汇集于一个消失点，而物体最靠近观察点的面平行于视平面，这种透视关系叫一点透视。一点透视具备层次分明、场景深远、稳定、对称、整齐的特点，如图 1.2.10 所示。

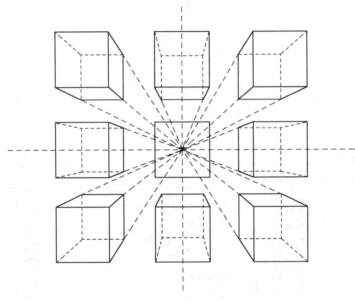

图 1.2.10　一点透视

一点透视能够充分地展现空间环境的远近感，例如：笔直的道路，空旷的田野，广阔的大海等场景。另外，运用在建筑物中，能够表现房屋宽敞明亮的舒适感。

在画一点透视图时，首先要找出消失点，然后通过消失点延伸出透视线，其他所有物体的透视，都是按照从消失点出发的透视线的透视而确定的。

（2）两点透视

两点透视又称为成角透视。当水平放置的直角六面体与画面成一定角度时，左右两个侧面有两个消失点，这样的透视图被称为两点透视，如图 1.2.11 所示。

两点透视是指观者从一个侧斜的角度，而不是从正面的角度来观察目标物。因此，观者既看到景物不同空间上的块面，同时又看到各块面消失在两个不同的消失点上，而这两个消失点皆在一个水平线上。两点透视在画面上的构成，先从各景物最接近观者视线的边界开始，景物会从这条边界往两侧消失，直到水平线处的两个消失点。

两点透视表现出的画面效果自由、生动，具备真实性、多样性，有助于表现人物的集会等复杂的场景。

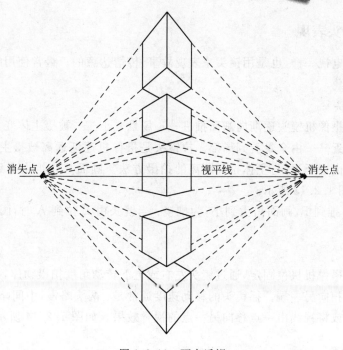

图 1.2.11 两点透视

(3) 三点透视

三点透视又称斜角透视,即在画面中有三个消失点的透视。在动画场景设计中,三点透视多用于表现高大建筑和空间场景的鸟瞰图或仰视图以及夸张的形体透视。

在三点透视中,景物没有任何一条边线或块面与画面平行,相对于画面,景物是倾斜的。当物体与视线形成角度时,因立体的特征,会呈现往长、宽、高三重空间延伸的块面,并消失于三个不同空间的消失点上,如图 1.2.12 所示。

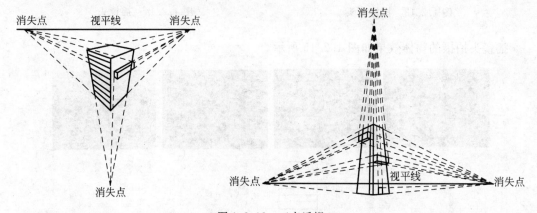

图 1.2.12 三点透视

在两点透视的基础上多加一个消失点,便构成了三点透视。第三个消失点通常表达高度空间的透视关系,消失点则在水平线之上或下。如第三消失点在水平线之上,正好象征物体往高空延展,表明观者仰头看着物体;如第三消失点在水平线之下,则可采用作为表达物体往地心延伸,表明观者是垂头观看物体。

1.2.3　镜头表现

动画与电影电视一样，也是用镜头来表现故事、传情达意的。最常使用的运动镜头有以下 7 种。

1. 推/拉镜头

推镜头是指摄像机镜头逐渐向画面推进——场景变小——被摄主体变大——观众所看到的画面由远及近——由全景看到局部。拉镜头是摄像机逐渐远离被摄主体，或变动镜头焦距使画面框架由近至远，与主体拉开距离的拍摄方法。画面是一组由小到大或由大到小的缩放过程，如图 1.2.13 所示。

当镜头由 A 推到 B，画面由大到小，为推镜；当镜头由 B 拉到 A 时，画面由小到大，为拉镜。

2. 摇镜头

摇镜头是指摄像机机位固定，通过镜头左右或上下转动角度拍摄物体，并引导观众的视线从画面的一端扫向另一端。摇镜头的移动速度通常是：两头略慢，中间略快，犹如人们转动头部环顾四周或将视线由一点移向另一点的视觉效果。如图 1.2.14 所示为镜头由 A 向 B 方向摇动。

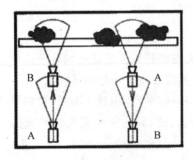

图 1.2.13　推拉镜头

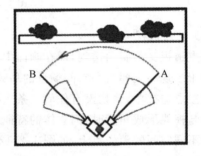

图 1.2.14　摇镜头

摇镜头拍摄的物体效果如图 1.2.15 所示。

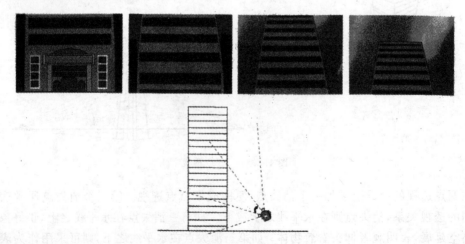

图 1.2.15　摇镜头拍摄的物体效果

3．移镜头

在传统的电影拍摄中,移动摄像是指将摄像机架在活动物体上随之运动而进行的拍摄。用移动摄像的方法拍摄的电视画面称为移动镜头,简称移镜头。如图1.2.16所示为镜头由A向B位置移动。

而动画电影中,移镜头是指镜头的机位不变,通过上下左右地移动背景来实现的。此类镜头移动转换复杂,中间包含着镜头移动速度的快慢,以及特殊镜头的处理,要根据剧情对景物作分层处理。

4．跟镜头

跟镜头又称跟拍,是指摄像机始终跟随运动的被摄主体一起运动而进行的拍摄。跟镜头易于表现复杂的建筑空间和环境空间的结构关系,表现处于动态的主观视线,造成观众身临其境的感觉,如图1.2.17所示。

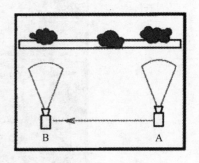

图1.2.16 移镜头

图1.2.17 跟镜头

5．切镜头

由一个画面直接转到下一个画面,是电影电视常用的转换镜头方式,为了避免画面枯燥,一般3～5秒切换一次镜头,如图1.2.18所示。

6．甩镜头

它是Flash动画中最常见的镜头,动画的转场都会采用甩镜头的技巧,摄像机从一个拍摄点突然转到另一个拍摄点,这期间物体会产生模糊变形,如图1.2.19所示。

7．晃动镜头

晃动镜头是指摄像机在做左右上下晃动,比较适合用作主观镜头,在表现跑步、汽车开动等动作时可以得到非常好的效果,如图1.2.20所示。

除了上述介绍的镜头外,还有升降镜头、旋转镜头、推移镜头等,我们可以根据需要灵活变化镜头的表现形式,以创造更多更好的镜头效果。

图 1.2.18   切镜头

图 1.2.19   甩镜头

图 1.2.20   晃动镜头

1.2.4   镜头的景别

景别,是指被摄主体和画面形象在电视屏幕框架结构中所呈现出的大小和范围。画面的景别取决于摄影机和被摄物体之间的距离和所用镜头焦距的长短,景别越大环境因素越多,景别越小强调因素越多。

景别一般分为远景、全景、中景、近景和特写,不同景别的画面将影响人的心理,并产生不同的视觉投影和情感回应,如图 1.2.21～图 1.2.23 所示。

远景 全景

中景 近景 特写

图 1.2.21 各种景别效果

特写 近景 中景

图 1.2.22 特写、近景、中景效果

全景 远景

图 1.2.23 全景、远景效果

（1）远景

远景是所有景别中视距最远、表现空间范围最大的一种景别，重在表现画面气势和总体效果。人物在画面中的比例关系低于二分之一，可以清楚地看见远处的人物。

（2）全景

全景可以看到人物对象的全身，主要用来表现全身人像或场景全貌的镜头画面，同时要保留一定的环境范围和活动空间。

（3）中景

中景是指表现人物膝盖以上部分或场景局部的画面。中景突出表现情节中环境气氛和人物之间的关系及心理活动，是影片中适用范围最广的景别。

（4）近景

近景是表现人物胸部以上或物体小块局部的画面。近景拉近了观众的眼睛和被摄对象之间的距离，突出表现人物的表情和物体的质地，常用来细致地表现人物的精神面貌和物体的主要特征，可以产生近距离的交流感和亲切感。

（5）特写

特写是视距最近的画面，常表现人物肩部以上的头像或者某些被摄对象细部的画面。它是刻画人物、描写细节的独特表现手段。

1.3　动画基本力学原理与时间、节奏

1.3.1　动画基本力学原理

1．运动轨迹

物体不断运动所通过的路径，就叫做"运动轨迹"。动画片制造出的各种运动也有运动轨迹。不过，动画片中所有的运动都是由设计人员在真实运动轨迹的基础上设计出物体移动轨迹的，这种轨迹进行了一定的改造和创作，再按照所设计的运动轨迹，把物体运动过程中的一幅幅图画画出来或摆出来，以使本来不会动的物体仿佛有生命一般活动起来。如图1.3.1所示为小球沿着规定的轨迹作弹跳运动。

不同的轨迹设计会产生不同的动画效果，直线轨迹使运动有力度，曲线轨迹产生流畅优美的感觉，如图1.3.2所示。没有规律的运动轨迹，会使物体的运动失去连续性，变得生硬不自然。

2．速度的变化

速度，按照物理学的概念，是指路程与通过这段路程所用时间的比值。

动画中的"时间"，是指影片中的物体（包括生物和非生物）在完成某一动作时所需要的时间。这一动作所需要的时间越长，其所占片格的数量就越多；时间越短，所占的片格就越少。

动画片计算时间使用的工具是秒表。动画片的动作节奏比较快，镜头比较短，所以在计算一个镜头或一个动作的时间（长度）时，要求更加精确，除了以秒为单位，往往还要以帧（格）为单位（电影中1秒＝24帧，电视片中1秒＝25帧）。

动画中的"距离"，一般理解为动画片中活动影像在画面上活动的范围和位置。更主要的是指一个动作的幅度（即一个动作从开始到终止时间的距离），以及活动形象在每一幅画面之间的距离。

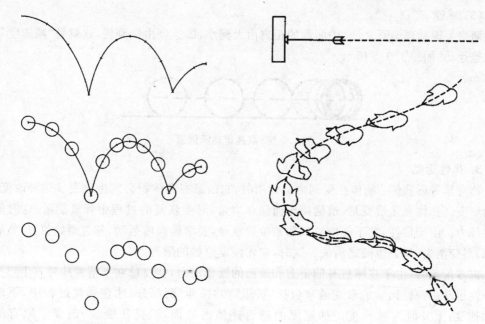

图 1.3.1　小球沿着规定的轨迹作弹跳运动　　　　图 1.3.2　直线轨迹和曲线轨迹

　　动画设计人员在涉及动作时,往往把动作的幅度处理得比真人动作的幅度要夸张一些,来取得更鲜明、更强烈的效果。

　　速度变化的类型分为匀速、加速和减速。

　　物理学上,在任何相等的时间内,物体所通过的路程都是相等的,那么物体的运动就是匀速运动。实际物体在运动过程中,会受到各种外力(重力,阻力,摩擦力,……)的影响,这些都造成物体在运动过程中的速度变化。如果在任何相等的时间内,物体所通过的路程不是都相等的,那么物体的运动就是非匀速运动。非匀速运动分为加速运动和减速运动,速度由慢到快的运动称加速运动;速度由快到慢的运动称减速运动。

　　(1) 匀速

　　在动画中表现一个动作,两张关键动画原画之间,中间画的距离完全相等,拍摄格数也相同,这就是"平均速度",也称为匀速运动,如图 1.3.3 所示。

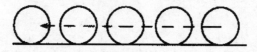

图 1.3.3　匀速运动示例图

　　(2) 加速

　　一个动作的两张关键动画原画之间,如果中间画的距离并不完全相等,而是由小到大地变化着,即速度是由慢到快,这就是"加速度",也称加速运动,如图 1.3.4 所示。

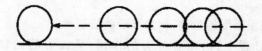

图 1.3.4　加速运动示例图

（3）减速

两张关键动画原画之间，中间画的距离由大到小，即速度由快到慢，这就是"减速度"，也称减速运动，如图1.3.5所示。

图1.3.5 减速运动示例图

3．弹性运动

物理学告诉我们：物体在受到力的作用时，它的形态和体积会发生改变。这种改变，称之为形变。物体发生形变是，遭遇挤压而储存力量，形变恢复的过程中释放能量，这时就会产生弹力。由于惯性，它不会恢复到初始位置就停，要继续向前运动，超过原始位置，然后渐渐地，形变消失，弹力也随之消失。这时，它才恢复原始的形态。

皮球落地时，由于皮球自身的重力和地面的反作用力，使皮球在下落着地时发生形变产生弹性运动。弹性运动的形变通常包括"挤压"和"拉伸"两部分，球在弹跳过程中，下落时为加速度，上升时为减速度。加速度的球迅速撞击地面，被挤压变扁，改变了原有的形状，这就是"挤压"。球在下落和上升过程中，由于力的作用会被拉长，这就是"拉伸"。效果如图1.3.6所示。

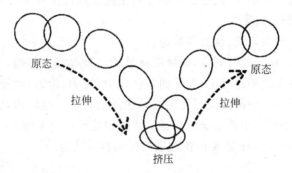

图1.3.6 皮球弹性运动及其形变效果

挤压和拉伸，不只对于皮球，应用到人和动物上，以及其他物体的运动中，都会得到有趣的效果。

4．曲线运动

按照物理学的解释，曲线运动是由于物体在运动中，与它的速度方向成角度的力的作用而形成的。在动画制作技法中的曲线运动，是对真实曲线运动的规律性概括。

曲线运动规律的使用可以使角色的动作及自然形态的运动产生柔和、圆滑、飘忽、优美、和谐的感觉。在动画片中，经常运用曲线运动，从运动的形态上来看，大致分为弧形运动、波形运动和S形运动。

（1）弧形曲线运动

凡物体的运动轨迹呈弧形的运动，称为弧形曲线运动。

一个物体在运动过程中，由于各种力的作用，呈弧形的抛物线曲线运动状态。如图1.3.7所示为炮弹的运动。

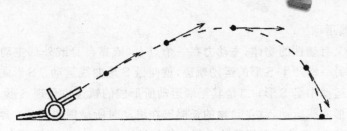

图 1.3.7　抛物线弧形运动

（2）波形曲线运动

在物理学中，把振动的传播过程叫做波。质地柔软的物体由于力的作用，受力点从一端向另一端推移，就会形成一浪接一浪的波形曲线运动。

彩旗波形曲线运动的基本规律，上下两边一浪接一浪，由旗杆推向旗尾，侧面自上而下，如图 1.3.8 和图 1.3.9 所示。

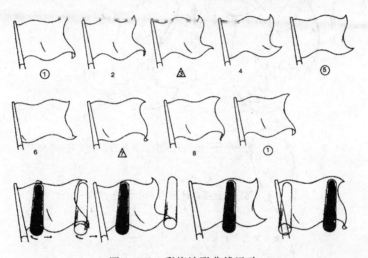

图 1.3.8　彩旗波形曲线运动

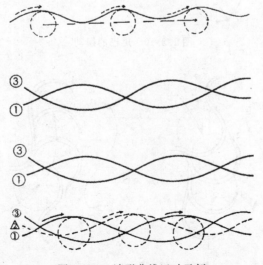

图 1.3.9　波形曲线运动示例

（3）S形曲线运动

表现柔软而又有韧性的物体，主动力在一个点上，依靠自身或外部主动力的作用，使力量从一端过渡到另一端产生S形的运动轨迹，就叫做S形曲线运动。S形曲线运动的特点，一是物体本身在运动中呈S形；二是其尾端运动所形成的轨迹也呈现S形。

最典型的S形曲线运动，就是动物的长尾巴在甩动时所呈现的运动。尾巴甩过去时，是一个S形；甩过来时，又是一个相反的S形。当尾巴来回摆动时，正反两个S形就连接成一个8字形运动线，如图1.3.10和图1.3.11所示。

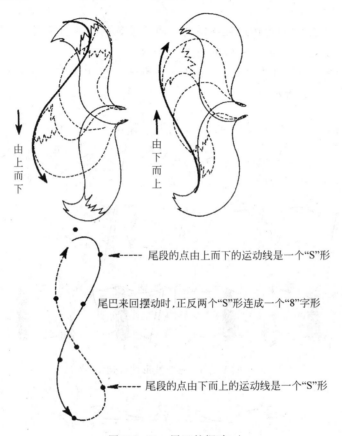

尾段的点由上而下的运动线是一个"S"形

尾巴来回摆动时，正反两个"S"形连成一个"8"字形

尾段的点由下而上的运动线是一个"S"形

图1.3.10　尾巴的摆动

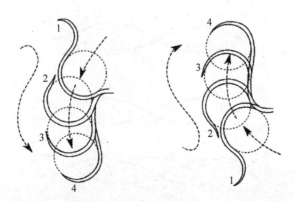

图1.3.11　S形曲线运动规律

1.3.2 人物侧面走的画法

走路是人物角色最基本的运动,在动画片中被使用的频率很高,所以画出一套精彩的人物走路动作是很重要的。

无论是写实人物走、漫画人物走还是拟人动物或静物的走,他们最基本的走方式都大同小异,所以我们可以总结出一套既简单易懂又精准的走动作,也就是最基本的规律性动作,动画人员懂得这些动作的基本规律,并熟练掌握相应的表现人物走规律的动画技法,就能进一步根据剧情的要求和不同的角色去创作加工。

图1.3.12中,1和6是卡通人物的原画,中间加画了四张动画。通常制作动画片时,如果一拍二,中间只加3、4、5三张动画就可以了;一拍一可以采用地4张动画的画法。

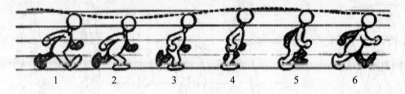

图 1.3.12 卡通人物走路动态

图1.3.13是写实人物走路动态,这是加三张动画的范例。①-⑤-⑨是一个完整步。

图 1.3.13 写实人物走路动态

图1.3.14是一套原地循环走的动画范例。其中①、⑤、⑨三张是原画,在①至⑤之间,中间加画3张动画;⑤至⑨之间,中间加画3张,构成一个完整步(注意,脚在画面中的移动位置)。

走路动画规律总结如下:

(1) 动画中要有一张最高的动画,这样走起来才会有起伏。

(2) 动画单脚落地后整个身体是动画中最低的一张。

(3) 注意手部摆动的轨迹,还须注意腿部、脚下的运动轨迹,如图1.3.15、图1.3.16和图1.3.17所示。

1.3.3 人物侧面跑的画法

跑步的种类很多,这里只介绍动画制作中最常用的画法。一般在动画制作中,初学者只要记住其中的口诀,就可以把跑步画好。"一低、二高、三腾空"这口诀指的是其中的三张动画,如图1.3.18所示。

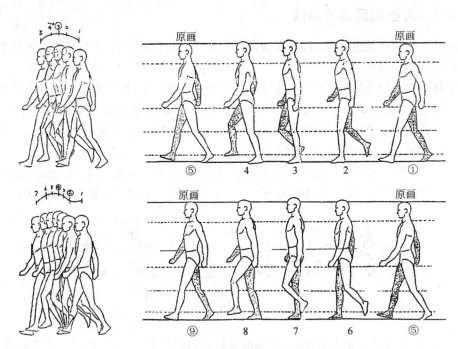

图 1.3.14　原地循环走的动画范例

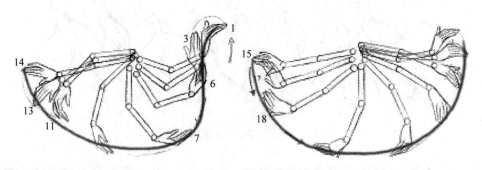

图 1.3.15　手部运动轨迹

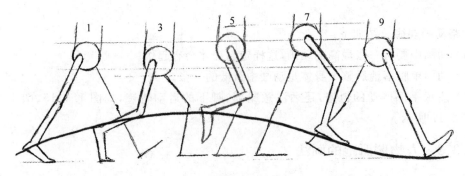

图 1.3.16　腿部的运动轨迹线

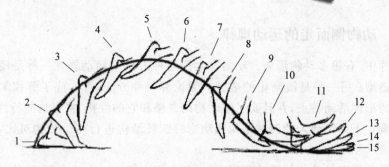

图 1.3.17 脚部的运动轨迹线

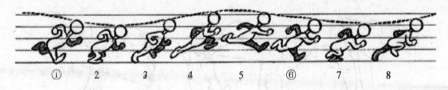

图 1.3.18 人物侧面跑的画法

1.3.4 人物的侧面跳跃

在跳跃动作中,为了避免动作游移不定,需要加入重量,如果一个人腾空跳跃,要让整个跳跃动作中,双臂保持运动,或者双脚保持运动,这样就增加了重量感。同时需要注意运动轨迹线,(弧线运动)强调起跳前的压缩动作(预备动作),如图 1.3.19 所示。

图 1.3.19 跳跃动作分解图

在图 1.3.19 中,动作 2 为起跳前的压缩动作(预备动作)。要注意 4 到 7 之间的弧线运动,以及手、脚、头之间的运动关系。在人物或对象的动作传递过程中,多数动作都会做出压缩与伸展的表现,透过这些动作,也表现出物体的质感与量感。这不见得是真实的物理表现,可是一般人却期待在动画中看到这种夸张的表现,压扁拉长,尽量夸大角色身体变形的程度,来达到动作上的张力与效果。如果把腿的动作延迟一下,动作效果就会不同,如图 1.3.20 所示。

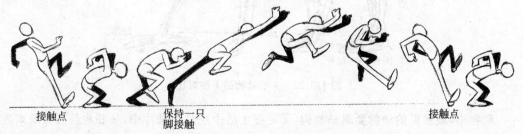

接触点   保持一只   接触点
              脚接触

图 1.3.20 腿部动作延迟的动作效果

1.3.5 动物侧面走的运动规律

在动画片中,有很多动物形象。动画家常用两种方法来画动物。一种是接近实物有真实感的动画造型;另一种是漫画化的造型。无论哪一种方法,首先应了解和掌握动物本来的形体和它的形体活动特点,并且要了解动物的骨骼和它的性格,根据这些特性才能画出动物形象和动画。下面结合人的四肢结构和动物的四肢结构进行一个结构对比,了解动物身体结构。

人与各类动物四肢关节的活动范围,可以分为四个部分。人的上肢(动物的前肢或飞禽的翅膀):肩、肘、腕、指,如图 1.3.21 所示。

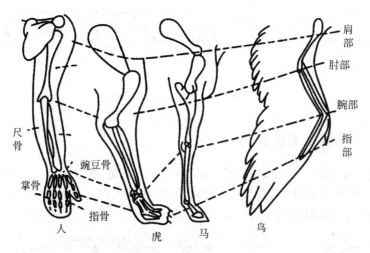

图 1.3.21 人、虎、马、禽的前肢对比

人的下肢(动物的后肢或飞禽的脚):股、膝、踝、趾,如图 1.3.22 所示。结合人自身的四肢结构来理解动物的肢体结构时,就会有一定的对比性。

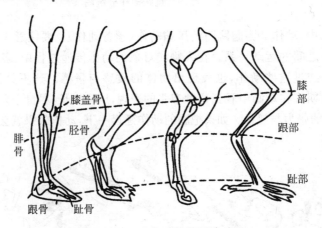

图 1.3.22 人与动物的下肢对比

动物中,最常见的动物要属马和狗,无论在生活中还是动画片中,马和狗与人类最亲近,所以在动画片中出现的频率也最高。下面就以马和狗为例进行介绍。如图 1.3.23 所示为

狗侧面走路的动作分解。

图 1.3.23 狗侧面走路的动作分解（⑨＝①）

图 1.3.23 中①—⑤—⑨为一步循环。从图中可以看出⑤的头部上升,如同人物走路中的中间张最高一样,这样画出来才会有起伏感。同时需要注意尾巴和耳朵的曲线运动规律。

马侧面走路的动作分解如图 1.3.24 所示。图 1.3.24 是马中速行走的动作范例,四足的运动规律是呈对角线运动的,四条腿两分、两合,左右交替成一个完整步(俗称后脚踢前脚)。从图 1.3.24 的①中我们可以看出马腿对角线运动的规律,图①中马右前腿抬起,对角线上的马左后腿也是抬起跟着向前走;接着是左前足向前,然后是右后足跟上。这就完成了一步的循环。马在走动过程中,有点头动作,和人物走路的起伏相似,在动画制作中还需注意马尾的曲线运动状态的表现。

图 1.3.24 马侧面走路的动作分解

需要特别注意的是,四足动物走路时的抬头、低头动作。抬腿时低头,腿落地时抬头,如图 1.3.25 所示。

低头　　　　　　　　抬头

图 1.3.25 四足动物走路时的抬头、低头动作示意图

1.3.6 动物侧面跑的运动规律

动物奔跑动作与走步时四条腿的交替分合相似,但是,跑得越快,四条腿的交替分合就越不明显。奔跑过程中,身体的伸展和收缩姿态变化明显。在快速奔跑过程中,四条腿有时呈腾空跳跃状态,身体起伏弧度较大,但在疾速奔跑时,身体起伏弧度会减小。下面我们还是以狗和马举例,具体了解动物奔跑的运动规律。狗奔跑的动作分解如图 1.3.26 所示。其中⑨＝①,①—⑤—⑨为一个完整步的循环。

图 1.3.26 狗奔跑动作分解图

需要特别注意的是,四足动物奔跑时身体的收缩与伸展,如图1.3.27所示。

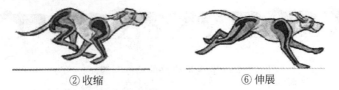

②收缩   ⑥伸展

图1.3.27   动物奔跑时身体的收缩与伸展

马奔跑的动作分解如图1.3.28所示。

①   2   ③   4   ⑤   6   ⑦

图1.3.28   马奔跑的动作分解图

常见的动物走、跑、跳动态画法如图1.3.29所示。

图1.3.29   常见的动物走、跑、跳动态画法

1.3.7 鸟飞翔的运动规律

鸟类的飞行动力学很复杂,这里不详加叙述。鸟飞行的冲击力来自鸟翼向身体下面空气气垫的有力一击,这时空气阻力使羽毛之间紧密闭拢,而翅膀的面积尽可能的张大,最大限度地增强冲击力。这里我们以鹰为例进行讲解。它的动作特点是:①以飞翔的动作为主;飞行时翅膀上下扇动;翅膀向下一击时,身体略微抬高;翅膀向上时,身体又稍微下落。② 因为翅翼宽大,飞行时由于空气的浮力,翅膀动作较慢。③飞行过程中常常有展翅的互相动作。在理解翅膀的结构时,可以和人的手臂作个比较,如图 1.3.40 所示。

图 1.3.40 人物手臂与鸟类翅膀对比图

一般来说,大鸟比小鸟动作要略慢些,像麻雀、燕子等小鸟,他们动作快而短促,常有停顿,琐碎不稳定,飞行速度也快,翅膀扇动频率也快,往往看不清楚翅膀的运动过程。由于它们体小身轻,飞行过程中不是展翅滑翔,而是夹翅飞蹄,还可以身体停在空中,急促扇动双翅,如图 1.3.41 所示。

图 1.3.41 小鸟的振翅、扇翅、夹翅、动作范例

鹰的飞翔动作中,翅膀的飞行状态如图 1.3.42 所示。鹰的翅膀上、下扇动基本动作如图 1.3.43 所示。

在动画中,一套完整的鹰飞翔动作循环,需要 9 张动画图,如图 1.3.44 所示。图中动画 ①—⑥—① 是飞翔动作的循环,图①身体在空中稍有下降;当翅膀向下压时图⑥,身体稍微上升。整套动作效果是翅膀向下时慢①—⑥(②③④⑤四张动画),翅膀向上时快⑥—①(⑦⑧⑨三张动画)。

1.3.8 自然现象的运动规律

1. 火

在动画或动漫设计中,火的形象具有两重性,与环境、与时间、与气氛配搭,或暴烈,或孤寂,对于情绪的渲染效果极其强烈。通常情况下,火的运动轨迹受上部流动的空气影响,火焰运动的时间取决于火焰的大小。在动画设计中,表现大火时,一个单元的火焰需要较长的时间,占有的格数就长,而小火只需几格即

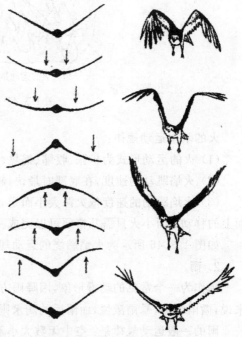

图 1.3.42 鹰飞行的翅膀状态

图 1.3.43　翅膀上、下扇动基本动作　　　　　图 1.3.44　鹰飞动作循环

可。动画片中,表现火焰的运动规律,不像一般的动画需要适当地保持量的稳定,只需一张接一张地迅速改变它的量即可。如图 1.3.45 所示为大火地地运动规律。

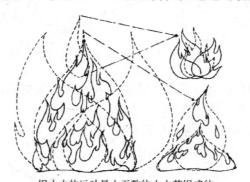

一组大火的运动是由无数的小火苗组成的

图 1.3.45　大火的运动规律

火的基本运动规律:

(1) 火的运动形式为扩张、收缩、摇晃、上升、下收、分离和消失;

(2) 火焰跳动的速度,在底部时最快,越往上越慢,然后分散至消失;

(3) 火焰跳动的速度依火源大小而定,大火需要更长的时间做循环,才能表现火焰自下而上的移动;而小火只需几格便可以完成一个循环。

如图 1.3.46 所示为火焰燃烧的运动规律。

2. 雨

雨作为一个常见的动漫形象,因降雨方式、场合的不同,而具有不同的情感特征。一般来说,微雨缠绵,暴雨激悦,而雨后的滴水则有激情过后的喘息与平静……

雨的一般运动规律是:空中无数大小不等的水点下落,因为雨点下落的速度快,以及人的视觉暂留的原因,我们平常所看到的雨,往往成一条直线形状。雨的动画通常单格拍摄,

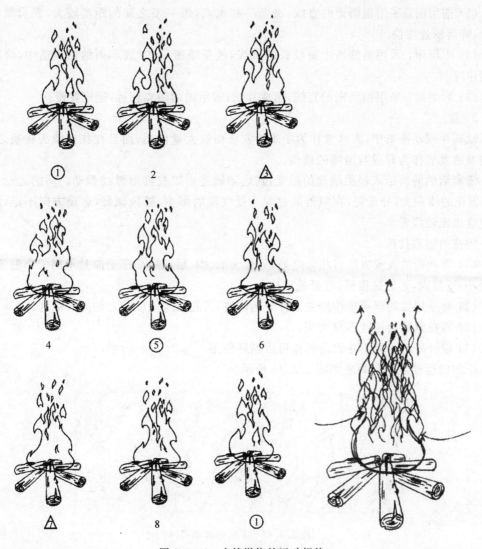

图 1.3.46 火焰燃烧的运动规律

且需要一个较长的时间循环,至少 24 格,这样可以避免过于单调、机械。

为了表现下雨在空中的真实感,原画应设计多个层次的雨,来表现远近纵深的感觉,如图 1.3.47 所示。

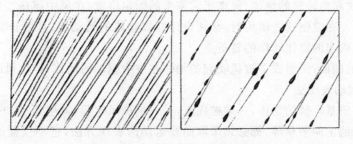

图 1.3.47 下雨的运动规律和画法

（1）前层雨：采用粗而短的直线，夹杂一些水点，每一张之间的距离较大，表示雨的距离近，降落的速度快。

（2）中层雨：采用粗细适中而较长的直线，线条略密一些.表示雨的距离适中，降落的速度中等。

（3）后层雨：采用细而密的直线，组成片状，表示雨的距离较远，速度较慢。

3．雪

动画片或动漫书中，雪常常作为冬季的象征而被大量使用，而且往往在镜头转换之际，为情节的发展作为背景与情绪的铺垫。

潇潇洒洒的雪给人轻柔飘逸的感觉，其运动轨迹多以波浪形弧线飘动。雪的运动规律是：雪花的体积大，分量轻，在飘落的过程中受气流的影响，随风飘舞，运动方向不定，飘落的速度也比较缓慢。

雪花的表现技法：

（1）雪和雨的表现方法有相似之处，可分为前、中、后三层。三层应是不同大小的雪花，远处小，近处大，远处速度慢，近处速度快。

（2）每一层雪的飘落动作应先设计好运动线，雪花按运动线指定的方向飘落。

（3）雪花飘落的速度不宜太快。

（4）设计好的一套雪花飘落动作可以循环使用。

下雪的运动规律和画法如图 1.3.48 所示。

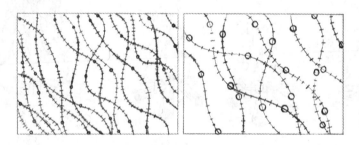

图 1.3.48　下雪的运动规律

4．风

在动画设计中，风常常作为一个重要的表现对象，或表示季节，或烘托气氛，或预示情节。一般来说，风的表现方法大致分为三种：

（1）运动线表现法

凡是被风吹起的较轻的物体，脱离了它原来的固定位置，在风中飘荡。例如：风吹落树叶，吹起纸张等。在绘制这些镜头时，必须设计好该物体的运动线，并且计算出这组动作的时间，确定被风吹起的物体动作的转折点。

这一连串的画面，便组成了被风吹起的物体在空中飘动的动作，产生风的效果。

（2）曲线运动表现法

质地柔软、质量轻薄的物体，一端被固定，另一端被风吹起，发生运动和变化。例如：随风飘动的旗帜、地上的茅草等，都必须采取曲线运动的表现方法，它不仅能够体现物体被风吹动的感觉，也能体现柔软物体的质感。

（3）流线表现法

凡被暴风卷起的物体，通常采用流线的表现方法。例如狂风卷起的沙土、纸屑、树叶等。效果如图 1.3.49 所示。

图 1.3.49　风吹纸的过程的运动轨迹

5．烟

轻烟袅袅，浓烟滚滚，轻烟闲适献蕴，浓烟晦暗不祥……烟的象征能力与渲染气氛的功能一样很强大。效果如图 1.3.50 所示。

（1）浓烟

形态变化较小，不宜消失。浓烟的滚动，注意外形曲线的变化，可以逐渐延长，尾部也可以分裂成小股烟，渐渐消失，速度变慢。如图 1.3.51 所示为浓烟的运动轨迹。

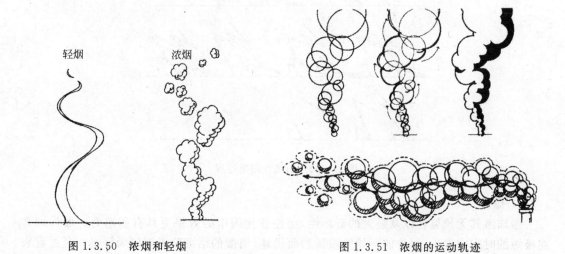

图 1.3.50　浓烟和轻烟　　　　　图 1.3.51　浓烟的运动轨迹

（2）轻烟

轻烟的变化，应注意延长弯曲形的变化，速度要缓慢、柔和。整体通常慢慢地变细，直至消失。轻烟在做后期合成时，可以做成半透明状。

（3）人造烟雾

除了自然界的烟外，人会制造爆炸等人造烟雾。

6．闪电

在动画设计中，闪电往往会出现情节转折，石破天惊的一刻，此时发生的故事变化，不是灾难、挫折，便是警醒，因此往往被动画师着力表现。

闪电是由积雨云产生的放电现象,闪电的时间非常短,动画片中通常用4～8格表现。由于闪电的速度快,一般使用单格拍摄。在闪电的同时,整个镜头应做一些特效处理,背景和人物处理成黑白高反差的强光效果。闪电的画法如图1.3.52和图1.3.53所示。

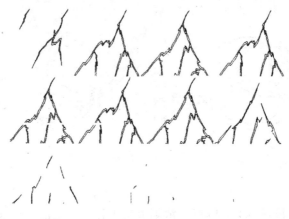

图 1.3.52　树枝形闪电过程

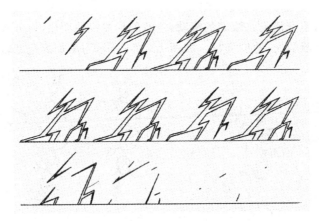

图 1.3.53　图案性闪电过程

7. 爆炸

爆炸因其无预见性以及强大的破坏性,而往往比闪电的效果更具有震撼力。爆炸通常在极短的时间内发生,爆炸的开始阶段猛烈而迅速,消散的结束阶段则较为缓慢。其过程表现为以下几点:

（1）由于爆炸的速度太快,在爆炸之前应有一个短时间的4格或5格的预备动作.以吸引观众的视线。

（2）一旦爆炸开始,在3格的时间内迅速充满屏幕,然后是6格的黑白格交替的闪烁效果,有着很强的视觉冲击力。

（3）随后是弥漫的烟雾在几秒钟内缓慢地消散,直至恢复原状。

爆炸的画法如图1.3.54和图1.3.55所示。

8. 水与浪

水的形态千变万化,小到水滴,大到海里的波涛,我们都能从中找出水运动的基本规律:

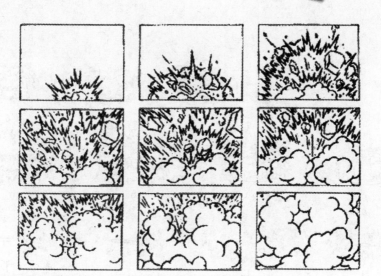

图 1.3.54　爆炸动作

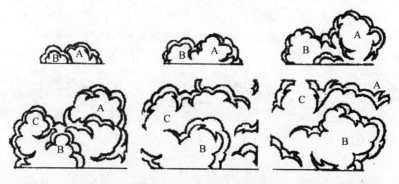

图 1.3.55　爆炸后的烟雾

聚合、分离、推进、S形变化、曲线形变化、扩散形变化、波浪形变化等。如图 1.3.56～图 1.3.58 所示分别为几种不同情况下水的形态变化。

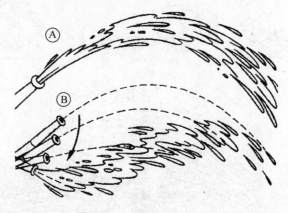

图 1.3.56　水龙头喷出的水

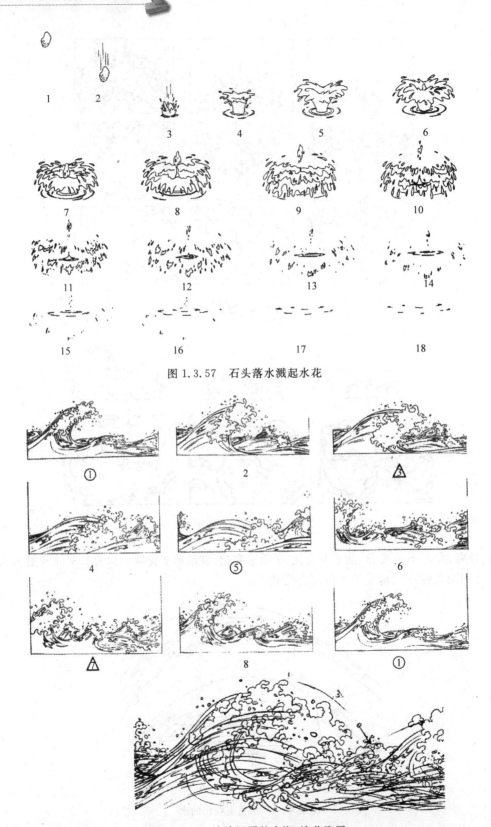

图 1.3.57 石头落水溅起水花

图 1.3.58 波涛汹涌的大海,浪花飞溅

习题

1. 什么是动画？动画如何分类？
2. 与传统动画相比较，Flash 动画有哪些优缺点？
3. 动画的制作流程包括哪些步骤？
4. 动画中有哪些镜头表现手法？

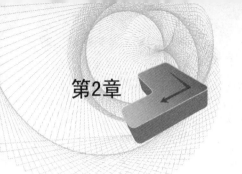

第2章

Flash CS5基础

2.1 Flash CS5 概述

2.1.1 Flash CS5 简介

Flash 是非常优秀的动画制作软件,它所制作的"SWF"文件已经传遍了整个网络,并且成为网络的新兴载体。它迅速在网络及网络以外的领域蔓延,并在商业领域得到了充分发挥。Flash 片头、Flash 广告、Flash MV、Flash 网站、Flash 导航、Flash 游戏及 Flash 教学课件等随处可见,已经成为广告、传媒、网络、教学、生活、娱乐中必不可少的一部分。

自从 Adobe 公司收购 Macromedia 公司后,将其享誉盛名的 Macromedia Flash 更名为 Adobe Flash,并先后推出多款重量级矢量动画制作软件,其中 Adobe Flash Professional CS5 是该公司于 2010 年 5 月最新发布的一款功能最为强大的动画制作软件。

2.1.2 Flash CS5 的用途

Adobe Flash Professional CS5 在 Web 领域以及无线传播领域展现出无穷的魅力,已经成为一个跨平台的多媒体创作工具,其应用范围非常广泛。

1. 电子贺卡

过去逢年过节,大家都会邮寄贺卡互相传递祝福。现在,人们大都通过发 E-mail 或短信的方式来向亲友表示祝福,因为 E-mail 和短信具有速度更快、更便捷和更经济实惠的特点。但是文字信息看起来比较单调,于是产生了电子贺卡并且被大多数人所喜爱。人们只要输入祝福的话语,而背景动画则由专业贺卡站采用 Flash 来制作完成。许多电子贺卡还支持录音功能,这样对方就可以收到一个声情并茂的电子贺卡了。

2. 网站片头和网站

为了丰富因特网的表现方式,常常使用 Flash 制作网站的片头,它可创造出更具视觉冲击力的表现效果。在打开许多网站首页之前,都会出现一段 Flash 动画片头,对自己的企业形象或产品给予生动的介绍,容易抓住浏览者的目光,给浏览者留下美好的印象。

在一段精美的网站片头过后,进入网站界面。通过 Flash 的交互功能,可以使浏览者获得自己所需要的信息,增强网站的实用性和观赏性。由于 Flash CS5 在客户端与服务器之间的交互性能大大提高,完全使用 Flash 设计网站的情况越来越多。

3. 网络游戏

经过多年的发展,如今的 Flash 已经具备强大的交互功能,通过 Flash 可以快速开发出

精彩的游戏。由于 Flash CS5 在客户端与服务器之间的交互性能大大提高,用 Flash 设计的网络游戏越来越吸引人。

4.Flash MV 和动画短片

利用 Flash 对一些歌曲进行动画创作,使得每个人都可以对自己喜欢的音乐作品进行诠释,抒发心情。例如书中的《巧合》、《隐形的翅膀》等都是 Flash MV 的案例,如图 2.1.1 所示。在网络上也可以找到各种流行歌曲的 MV。

图 2.1.1 Flash MV《隐形的翅膀》效果图

除了 MV,更多专业的制作者开始进行二维动画的创作,自己编写剧情,自己设计动画,甚至自己配音和配乐,例如书中的《赈灾》。目前国内已经出现了许多专业的 Flash 动画工作室,开始制作 Flash 长片和 Flash 连续剧。

5.网络广告和电视广告

由于 Flash 具有强大的二维动画制作功能,所以它不仅广泛用于制作网络广告,还有很多电视台和广告制作公司使用 Flash 来制作电视广告。采用 Flash 制作的电视广告具有成本低、周期短和方便改动的优点,所以它受到了不少企业的青睐。例如书中的《远航乡纯》网络广告,如图 2.1.2 所示;《轩尼诗 XO》电视广告,如图 2.1.3 所示。

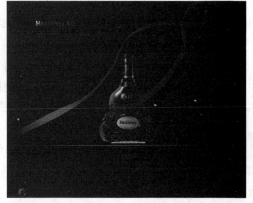

图 2.1.2 《远航乡纯》网络广告效果图 　　 图 2.1.3 《轩尼诗 XO》电视广告效果图

6.教学课件

许多教师都喜欢用 Flash 来制作多媒体课件,因为其操作方法简单,功能强大,而且交

互性强,能够使课堂更加生动有趣,使老师和学生在教与学中找到乐趣,增强教学效果。

2.1.3 Flash CS5 的功能

1. Flash CS5 的基本功能

(1)交互功能

Flash 动画最大的特点就是具有交互性,它通过鼠标和键盘等输入工具来实现作品中的跳转,影响动画的播放。通过 Flash 交互可以制作视觉特效和鼠标特效,这些特效都是通过 Flash CS5 中的 ActionScript 来实现的。使用 ActionScript 可以控制 Flash 中的对象,创建导航和交互元素,制作出交互性强的动画。

(2)图像质量高

Flash 是一个基于矢量图形的动画软件,利用 Flash 绘制的图形可以无限放大而保持一样清晰。

(3)支持多种文件格式

Flash CS5 支持大多数 Photoshop 数据文件,支持多种文件格式的导入,例如,图像文件(如 BMP、AI、PNG、和 JPG 等)、声音文件(如 MP3 和 WMV 等)、视频文件(如 AVI 和 MOV 等)和动画文件(GIF、SWF)等。

(4)元件的运用

对于经常使用的图形和动画片断,可以在 Flash 中定义为元件,并且多次使用也不会导致动画文件的增大。Flash CS5 还可以使用"复制和粘贴动画"功能复制补间动画,并将帧、补间和元件信息应用到其他对象上。

(5)文件小

Flash 动画以矢量图形为基础,只需少量数据就可以描述出相对复杂的对象,再加上元件的运用,因此占用的存储空间很小,非常适合在网络上使用。Flash 还提供了强大的绘制图形的工具,它可以和多个软件结合使用,创造出更具特色的图像。

(6)导入 Adobe Photoshop 文件

在 Flash CS5 中,用户可以导入 Photoshop 的 PSD 文件,并保留图层等内部信息。Photoshop 中的文本在 Flash CS5 中仍然可以进行编辑,甚至可以制定发布时的设置。

(7)导入 Adobe IllustraStor 文件

Flash CS5 可以和 Illustrator 完美地协同工作。通过综合的控制和设置,在 Flash CS5 中可以决定 Illustrator 文件中的哪些层、组或对象,以及如何导入它们。选择导入的 Illustrator 图层可以分别作为 Flash 的独立图层或合为一层,或成为一个关键帧。

(8)ActionScript 的改进

使用 ActionScirpt 3.0 可以更容易地创建那些高度复杂的应用程序,可在应用程序中包含大型数据集和面向对象的可重用代码集。ActionScript 3.0 代码的执行速度可以比旧版的 ActionScript 代码执行速度快 10 倍。

2. Flash CS5 的新增功能

Flash CS5 是最新的版本,它与之前的版本相比,增加了多项新的功能。

(1)面向 Web 设计

Flash CS5 可以创建出包含交互式内容、出众排版、高品质视频和顺畅动画的 Web 设

计,实现真正令人痴迷的 Web 体验。

（2）面向 Web 应用程序开发

Flash CS5 提供 ActionScript 智能编码工具以及与其他 Adobe 工具的紧密集成,形成一个全面的开发环境,可以高效开发跨平台的 Web 应用程序。

（3）面向交互式和视频项目

Flash CS5 轻松集成 Adobe 视频编辑和动画软件中的内容。借助引人入胜的 FLV 视频内容和交互性让观众连连喝彩。

（4）基于 XML 的 FLA 源文件

借助新的、基于 XML 的 FLA 文件格式,更轻松地实现项目协作。解压缩后的项目的外观和操作就像文件夹一样,可以快速管理和修改图像等资源。

（5）代码片断面板

将常用的操作、动画、音频和视频插入等预建了便捷的代码片段供用户使用,加快了项目完成的速度。同时,这也是一种简便的 ActionScript 3.0 语言学习方法。

（6）Creative Suite 集成

Flash CS5 可与 Adobe Photoshop、Illustrator、InDesign 及 Flash Builder 等结合使用,能大大提高工作效率。

（7）广泛的内容分发

跨浏览器、桌面以及包括 iPhone 在内的移动设备实现一致交付。

（8）骨骼工具大幅改进

骨骼工具新增了强度和阻尼设置。改进后的反向运动引擎通过一个简单、熟悉的界面提供了更逼真、复杂的物理运动。充分利用高级动画功能并以可视方式添加逼真的物理效果,创建出具有表现力、逼真的弹跳等动画属性。

（9）Deco 绘制工具

借助为 Deco 工具新增的一整套刷子添加高级动画效果。为云或雨等颗粒现象快速创建移动,为多个对象绘制格式化的线条或图案。

（10）视频改进

借助舞台视频擦洗和新提示点属性检查器,简化视频嵌入和编码流程。在舞台上直接查看和回放 FLV 组件。

（11）ActionScript 编辑器

借助经过改进的 ActionScript 编辑器加快开发流程,其中包括自定义类代码提示和代码完成。通过有效参考自己的代码或外部代码库,快速掌握 ActionScript 的精髓。

（12）Flash Builder 集成

借助 Adobe Flash Builder 软件,与使用你的 Flash 项目文件的开发人员实现更密切的合作,从而提高内容的测试、调试和发布效率。

（13）动画创建模板

Flash CS5 新增了动画创建模板,可以通过模板快速创建各种常见的动画。

（14）范例创建模板

Flash CS5 新增了范例创建模板,通过模板可以快速创建各种动画效果。

（15）演示文稿创建模板

Flash CS5 新增了演示文稿创建模板，通过模板创建的"Flash 演示文稿"不仅具有"PowerPoint 演示文稿"的全部优点，而且其动画制作功能象 Flash 一样强大。"Flash 演示文稿"的制作就像 PowerPoint 一样简单、快捷、容易，但其使用性能却更好、动感更强、智能性更高、交互性更强。

2.2　Flash CS5 文件操作

2.2.1　Flash CS5 操作界面

Flash CS5 的操作界面有多种，可适合各种不同的需要。其中"传统"操作界面主要包括菜单栏、工具箱、时间轴、属性面板、编辑面板按钮和舞台工作区等，如图 2.2.1 所示。

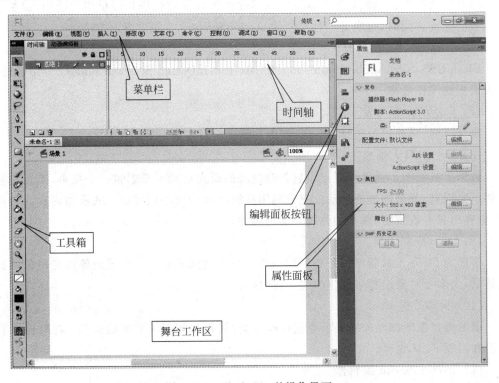

图 2.2.1　Flash CS5 的操作界面

1．菜单栏

菜单栏位于标题栏的下方，它包含各种操作命令的归类组合。菜单栏中有【文件】、【编辑】、【视图】、【插入】、【修改】、【文本】、【命令】、【控制】、【调试】、【窗口】和【帮助】这 11 个菜单，如图 2.2.1 所示。

2．舞台工作区

舞台工作区（Stage）是编辑动画的工作区域（图 2.2.1 中白色区域），主要用来安排图形内容。它既是动画制作的总装车间，又是动画表演的舞台，可以在其中绘制矢量图形，并放置位图、视频、文本和按钮等。也可以测试电影的播放效果，有着随时预览的功能。

舞台是 Flash 中重要的组成部分,是完成影片制作的重要工具。

Flash 默认的舞台大小是 550×400 像素,默认背景为白色。需要结合"属性"面板来调整这些默认值。

3.时间轴

时间轴(Timeline)由图层、帧和播放头三部分组成。

时间轴是一个以时间为基础的线性进度的安排表,用户能够很容易地以时间的进度为基础,一步步安排每一个动作。Flash 将时间轴分割成许多大小相同的小块,每一小块代表一帧。帧由左到右运行就形成了动画电影。时间轴是安排并控制帧的排列及将复杂动作组合起来的窗口。时间轴窗口如图 2.2.2 所示。

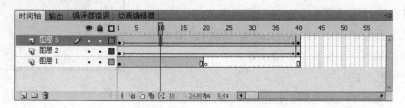

图 2.2.2 时间轴窗口

1)图层

图层是从上到下逐层叠加的,一个图层如同一张透明的纸张,上面可以画上各种图文。一个 Flash 影片中往往包含许多图层,不同图层上的内容会叠加在一起,它与 Photoshop 中的图层类似。图层从类型上可分为:普通图层、遮罩层和引导层。"图层"面板如图 2.2.3 所示。

(1)图层的创建和修改

单击"图层"面板下方的"新建图层"按钮 ，可以创建一个新的图层并将其激活;"新建文件夹"按钮 可于图层中建立文件夹,用于存放多个图层;"删除图层"按钮 用于删除当前选中的图层。图层上方的"眼睛"按钮 代表是否显示或隐藏图层;"锁"按钮 代表是否锁定图层;"线框"按钮 代表图层是否以线框模式显示,默认为预览模式。"图层"面板中的按钮如图 2.2.4 所示。

图 2.2.3 "图层"面板

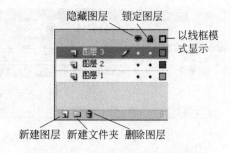

图 2.2.4 "图层"面板中的按钮

(2)选中图层的方法

• 单击"时间轴"面板中的图层名称,可以选中图层。

• 单击属于该图层时间轴上的任意一帧,也可以选中图层。

- 在舞台编辑区中选择该层中的对象,可以选中图层。
- 想要同时选中多个图层时,按"Shift"键的同时单击所要选择的图层名称即可。

(3) 删除图层的方法

- 单击"时间轴"面板上的"删除图层"按钮 ,可将图层删除。
- 将要删除的图层用鼠标拖动到"删除图层"按钮 上,直接删除。
- 在图层上单击鼠标右键,在弹出的快捷菜单中选择"删除图层"命令。

(4) 图层的属性设置

双击某个图层的图标时,会弹出"图层属性"对话框,可以调节图层属性,如图 2.2.5 所示。

(5) 改变图层的次序

将鼠标的光标移动到图层上,按住鼠标左键可上下拖动图层来改变图层的位置。

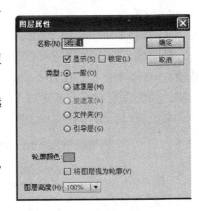

图 2.2.5 "图层属性"对话框

(6) 图层重命名

双击图层的名称可以将图层重命名。双击图层的图标,在弹出的"图层属性"对话框中可以将图层重命名。

2)帧

时间轴上一个小格子,是舞台内容中的一个片断。帧是 Flash 动画的基本组成部分。Flash 动画的播放是以每一帧的内容按顺序展现而构成的。帧放置在图层上,Flash 按照从左到右的顺序来播放帧。

Flash 中常见的帧主要包括:关键帧和普通帧(或延长帧)。关键帧上有圆点标记,可以放置图形、文字、动作脚本等。关键帧可以识别动作的开始帧和结束帧。每个关键帧可以设定特殊的动作,包括移动、变形和进行透明变化等。普通帧上不能放置图文或动作脚本,上面也没有任何标记。它的作用是延长其前面关键帧中的动画播放时间。帧的组成如图 2.2.6 所示。

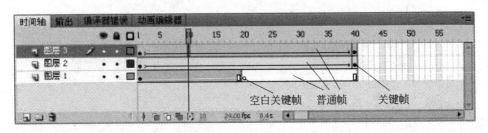

图 2.2.6 帧的组成

3)播放头

播放头相当于电影机的播放镜头,它所指的帧的内容会展现在舞台上,有助于我们编辑帧的内容,如图 2.2.7 所示。

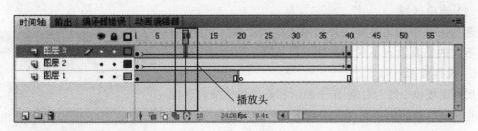

图 2.2.7 播放头

4. 工具箱

工具箱位于舞台的左边，大约有 20 个工具或工具组，合共约 40 个工具。整个工具箱可分为 4 个区域，其中绝大部分是绘图工具。如图 2.2.8 所示为工具箱及其 4 个区域。

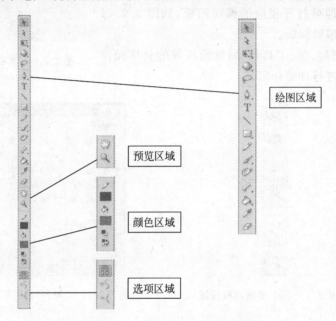

图 2.2.8 工具箱及其 4 个区域

（1）绘图区域

选择工具	部分选取工具	任意变形工具
套索工具	钢笔工具	文本工具
线条工具	矩形工具	铅笔工具
刷子工具	墨水瓶工具	颜料桶工具
滴管工具	橡皮擦工具	

（2）预览区域

手形工具　　缩放工具

（3）颜色区域

笔触颜色　　填充颜色　　笔触和填充颜色互换

（4）选项区域

选项区域中的工具要结合其他区域的工具一起使用，选择不同的工具就有不同的选项可供选择。

5．属性面板

属性面板位于舞台右侧，用于显示和修改舞台或时间轴上当前选定对象的相关属性。工具箱中各种工具的属性也在属性面板中显示和设置。图2.2.9为矩形工具属性面板。

6．编辑面板按钮

在舞台的右上角共有7个编辑面板按钮，如图2.2.10所示。它们可以分别调用"颜色"、"样本"、"对齐"、"变形"、"信息"、"库"和"动画预设"等7个不同的编辑面板。单击其中的按钮即可打开相应的编辑面板，如图2.2.11为打开的"对齐"编辑面板。

关于舞台、图层、帧、工具箱、属性面板等的具体操作将在后面章节中进行详细介绍。

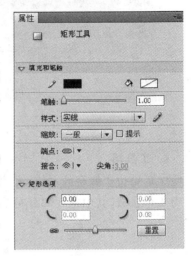

图2.2.9　矩形工具属性面板

图2.2.10　7个编辑面板按钮

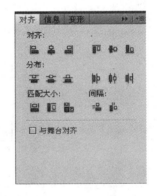

图2.2.11　"对齐"编辑面板

2.2.2　Flash CS5 文件操作

1．新建文件

（1）启动 Flash CS5，首先看到的是开始页对话框，页面中列出了一些常用的任务，如图2.2.12所示。

开始页对话框的左边栏是从模板创建的各种动画文件以及打开最近的项目，中间栏是创建各种类型的新项目，右边栏是 Flash CS5 的学习教材。

- 从模板创建：列出了最常用的模板，并允许从列表中进行选择。
- 打开最近的项目：用户可以查看最近打开过的文档。单击【打开】选项将弹出"打开"对话框。
- 新建：提供了可从中选择的文件类型列表。Flash CS5 允许新建不同的"ActionScript"版本的文档。
- 扩展：连接到 Adobe Flash CS5 Exchange Web 站点，可下载附加应用程序，获取最

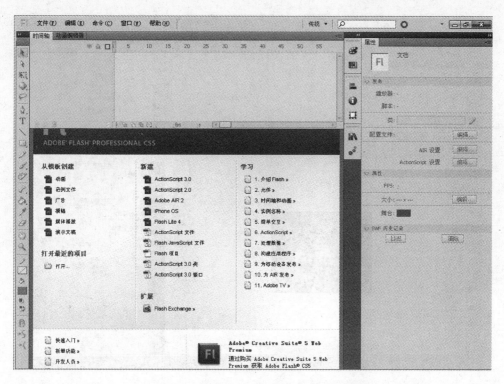

图 2.2.12 Flash CS5 的开始页对话框

新信息。
- 学习：提供了 Flash CS5 的学习教材共 11 部分，用户可以从中选择相应的内容进行学习。

（2）在"新建"选项中单击选中 ActionScript3.0 选项，新建一个 Flash 文档，进入 Flash CS5 的编辑界面，如图 2.2.1 所示。

（3）在工具箱中选择"矩形工具"按钮 ▢，然后单击"填充颜色"按钮 ◈ ▇ 将其填充色设置为"红色"，这时鼠标指针会变成一个十字，在舞台上按住鼠标左键拖曳，绘制一个红色的矩形，如图 2.2.13 所示。

2．保存文件

单击菜单栏中的【文件】菜单，选中"保存"选项，在弹出的"另存为"对话框中输入文件名和文件的存储路径，如图 2.2.14 所示，单击"保存"按钮即可完成动画文件的保存。

保存后的 Flash 源文件格式为 fla，它是 Flash 特有的文件格式。在以后的工作中它可用 Flash 反复打开进行编辑修改。

3．文件发布

动画文件经保存后，可用两种方法进行发布以获得播放文件。

方法一：单击【文件】菜单，在菜单中选中【发布】选项，在源文件目录内自动生成一个格式为"swf"的播放文件。

方法二：在键盘中直接按下 Ctrl＋Enter 快捷键，此时可在屏幕上预览动画效果，同时在源文件目录内自动生成一个格式为 swf 的播放文件。

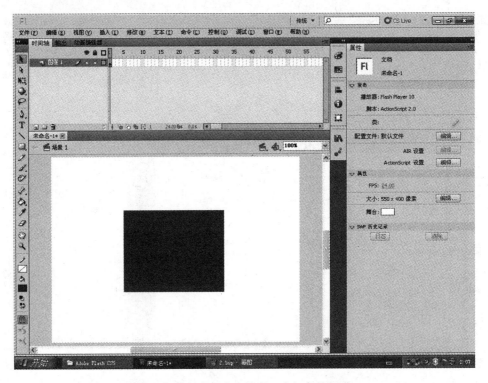

图 2.2.13　在舞台上绘制一个红色的矩形

图 2.2.14　"另存为"对话框

　　Flash 中生成的动画播放文件的格式为 swf,它是一种流媒体文件,它不但存储容量小,而且在网上具有边下载边播放功能,有利于加快网上传播和浏览速度。

　　如果采用方法一进行发布,在发布前还可以进行发布设置:单击【文件】菜单,在菜单中选中【发布设置】选项,弹出"发布设置"对话框,如图 2.2.15 所示。

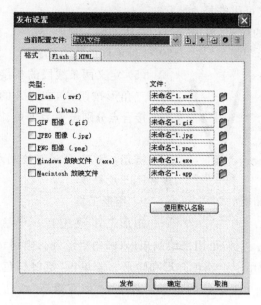

图 2.2.15 "发布设置"对话框

在"发布设置"对话框中可供发布的文件格式有 7 种,其中 swf 和 html 是两种默认的发布格式。swf 是 Flash 动画常用播放文件格式,它需要 Flash 播放器(Flash Player)支持播放,目前也有很多流行的播放器可以播放 swf 动画文件。html 是网页文件格式,它支持网络浏览器播放,它令 Flash 设计网页和网站成为可能。exe 是可执行文件格式,它的存储容量较大,但在没有播放器的情况下也可以在 Windows 中运行播放。

2.3 绘图工具及运用

Flash 提供了强大的绘图功能,这是动画制作最基础也是最常用的功能。下面分别介绍各种工具的功能和使用方法。

2.3.1 绘图工具与图形绘制

1. 线条工具

线条工具 用于绘制直线。在"工具箱"中单击"线条工具"按钮 ,在舞台上按住鼠标拖动即可绘制出一条直线。选中"线条工具" 后,可在舞台右边的"属性面板"中调整线条的属性设置,如图 2.3.1 所示。

(1)设置线条颜色,可以单击"笔触颜色"按钮 设置线条的颜色。

(2)设置线条粗细,可以在"笔触"右边的选框中直接输入数值或调节滑块来设置线条粗细。

(3)设置线条样式,单击"样式"右边的倒三角形按钮 ,可在打开的下拉菜单中选定线条的样式。下拉菜单中

图 2.3.1 "线条工具"的属性面板

有实线、虚线等多种样式可供选择。

（4）设定线条终点的样式，单击"端点"右边的倒三角形按钮，在打开的下拉菜单中可以为线条分别选择"方形""圆角"或"无"等 3 种不同的终点样式。

（5）定义两条线段的相接方式，单击"接合"右边的倒三角形按钮，在打开的下拉菜单中，可以将线条的接合点分别设置为尖角、圆角和斜角，如图 2.3.2 所示。

提示：按 Shift 键可绘制水平线、垂直线、45 度斜线和 135 度斜线。

尖角接合　　　圆角接合　　　斜角接合

图 2.3.2　线段的相接方式

2. 矩形工具

矩形工具中有 5 个隐藏的工具，矩形工具的子菜单如图 2.3.3 所示。它们可用来绘制矩形、圆角矩形、圆、椭圆、多边形、多角星等。

（1）"矩形工具"用于绘制正方形和矩形。若单击"笔触颜色"按钮并选中"不填充"按钮，则可绘制出无边线的矩形。若单击"填充颜色"按钮并选中"不填充"按钮，则可绘制出中间没有填充色的矩形，如图 2.3.4 所示。

无边线　　　无填充

图 2.3.3　"矩形工具"的子菜单　　　　　图 2.3.4　绘制矩形

（2）"基本矩形工具"用于绘制圆角矩形，圆角矩形常被用来制作网页按钮，如图 2.3.5 所示。图中首先用"基本矩形工具"绘制了一个矩形，然后在属性面板中调节"矩形选项"中的滑块，从而得到圆角矩形。

（3）"椭圆工具"用于绘制圆或椭圆，如图 2.3.6 所示。

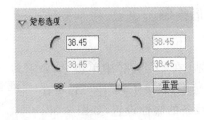

图 2.3.5　绘制圆角矩形　　　　　　　图 2.3.6　绘制圆形

（4）"基本椭圆工具"用于绘制扇形，如图 2.3.7 所示。最终形成的扇形是通过调节"属性"面板中的"起始角度"、"结束角度"和"内径"完成的。

（5）"多角星形工具"用于绘制星形和多边形，星形和多边形的绘制必须调节"属性"面板中的工具设置"选项"，如图 2.3.8 和图 2.3.9 所示。

提示：按 Shift 键可绘制正圆和正方形。

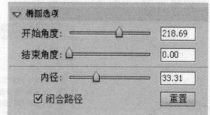

图 2.3.7 绘制扇形

图 2.3.8 多角星的绘制　　　图 2.3.9 多边形的绘制

3．填充颜色工具

"填充颜色工具" ⚄ ■用于设定图形内部的填充颜色，在"工具箱"中单击"填充颜色工具"中的颜色方块 ■，弹出如图 2.3.10 所示的颜色"样本"面板。在颜色"样本"面板中单击选中红色，所绘制图形即成为红色，图 2.3.11 所示。

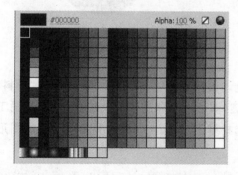

图 2.3.10 颜色"样本"面板　　　图 2.3.11 用填充颜色工具选中红色绘图

若在颜色"样本"面板中单击选中"不填充"按钮 ▱，则所绘制的图形只有边框而没有填充色块，如图 2.3.12 所示。若在颜色"样本"面板中单击选中"颜色"按钮 ⬤，则弹出如图 2.3.13 所示的"颜色"面板，用户可在其中任意选择颜色。

4．笔触颜色工具

"笔触颜色工具" ✐ ■用于设定线条或图形边线的颜色，在"工具箱"中单击"笔触颜色工具"中的颜色方块 ■，弹出如图 2.3.14 所示的颜色"样本"面板。在颜色"样本"面板中单击选中某种颜色，所绘制图形的边线即成为该颜色。单击选中 ▱ 按钮，则所绘制的图形没有边线，如图 2.3.15 所示。

5．墨水瓶工具

墨水瓶工具用来描绘所选对象的边缘轮廓。在"工具箱"中单击"墨水瓶工具"按钮 ⬤，给图形添加一个边缘轮廓,如图 2.3.16 所示。

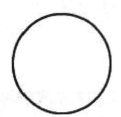

图 2.3.12 不填充的效果

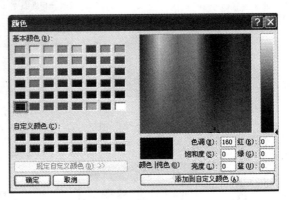

图 2.3.13 "颜色"面板

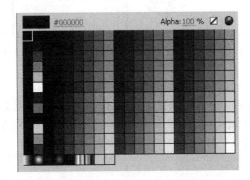

图 2.3.14 颜色"样本"面板

图 2.3.15 绘制没有边线的图形

6. 颜料桶工具

颜料桶工具用来对封闭区域进行填充颜色。选择颜色后,在"工具箱"中单击"颜料桶工具"按钮 ,将鼠标移动到目标图形上单击左键,即可对图形进行颜色填充。"颜料桶工具" 可结合选项区域使用,在选项区域里可以选择缝隙的大小来填充未完全封闭的图形,如图 2.3.17 所示。

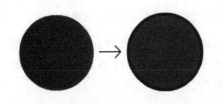

图 2.3.16 用墨水瓶工具添加边缘轮廓

无空隙　有小空隙　有中空隙　有大空隙

不封闭空隙　封闭小空隙　封闭中空隙　封闭大空隙

图 2.3.17 用"颜料桶工具"填充未完全封闭的图形

颜料桶工具结合颜色编辑面板 可对图形进行渐变填充。单击窗口中的"颜色面板"按钮 ,弹出如图 2.3.18 所示的"颜色面板"。默认的颜色设置为纯色,单击"颜色面板"右上角的倒三角形按钮 ,可见下拉菜单中分别有"无色"、"纯色"、"线性渐变"、"径向渐变"和"位图填充"等 5 种填充模式,如图 2.3.19 所示。选中"径向渐变"填充模式,如图 2.3.20 所示。分别双击"颜色面板"最下方的黑色油墨桶 和白色油墨桶 ,将颜色改为红色和浅红色,如图2.3.21所示。此时选择"椭圆工具" 可绘制出中心光亮的红色圆形,选择"颜料桶工具",分别单击圆形的上方和下方可改变中心光亮点的位置,得到不同的渐变填充效果,如图2.3.22所示。

图2.3.18 颜色编辑面板

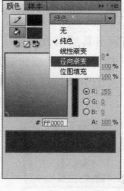

图2.3.19 5种填充模式

图2.3.20 径向渐变模式

图2.3.21 改变油墨桶颜色

7. 铅笔工具

铅笔工具的用法与现实生活中使用的铅笔相似,可以轻松自由地绘制线条。选中"铅笔工具",按住鼠标左键在舞台上拖动,就可以进行铅笔的绘画。"铅笔工具" 需要结合选项区域同时使用,选项区域中有3个选项,分别是"伸直"、"平滑"和"墨水"。图2.3.23是分别用这3个选项画出来的文字图形。

图2.3.22 径向渐变填充效果

伸直 平滑 墨水

图2.3.23 用铅笔工具3个选项所画的图形

8．钢笔工具

钢笔工具 是最基本的路径绘制工具，它具有最高的精确度和最大的灵活性。用它可以绘制直线或曲线，并能对绘制的线条进行简单编辑。"钢笔工具" 中有 4 个绘图工具，分别为"钢笔工具" 、"添加锚点工具" 、"删除锚点工具" 和"转换锚点工具" ，"钢笔工具"的子菜单如图 2.3.24 所示。

（1）使用钢笔工具绘制直线：用鼠标单击工具箱中的"钢笔工具"按钮 ，将钢笔工具指针移到舞台任意地方单击，确定起始点，然后继续移动指针到下一位置再次单击，绘制终点。运用鼠标单击的方法可以绘制直线和折线，如图 2.3.25 所示。

图 2.3.24 "钢笔工具"子菜单   图 2.3.25 用钢笔工具绘制直线和弧线

（2）使用钢笔工具绘制弧线：用鼠标单击工具箱中的"钢笔工具"按钮 ，移动鼠标到舞台任意地方单击作为起始点，在绘制第二个锚点时按住光标拖动一定的距离，即可绘制一条曲线路径，如图 2.3.25 所示。

（3）调整弧线的形状：用鼠标单击工具箱中的"部分选取工具"按钮 ，单击弧线并选中弧线的锚点，用鼠标按住控制杆的端点拖动、通过调整控制杆的长度和角度来改变弧线的形状。

（4）添加和删除锚点：利用"添加锚点工具" 可为曲线添加新的锚点。利用"删除锚点工具" 可为曲线删除多余的锚点。

（5）改变锚点的类型：改变线条锚点的类型进而可以改变线条的形状。

- 将直线型锚点转换为弧线型锚点：单击"转换点工具"按钮 ，将鼠标指针移动到直线型锚点上按住并拖动鼠标，使其出现控制杆，完成转变后可以操纵控制杆对路径形状进行编辑。

- 将弧线型锚点转换成直线型锚点：单击"转换点工具"按钮 ，将鼠标指针移动到弧线型锚点上单击。

9．刷子工具

刷子工具用来自由绘制刷子效果的线条或填充所选对象的内部颜色。使用刷子工具绘图时，在"工具箱"中单击"刷子工具"按钮 ，并结合选项区域同时使用。在选项区域中有调节笔刷的形状、笔刷的大小及刷子的模式 3 个选项。

2.3.2 图形编辑

1．选择工具

利用选择工具 可以轻松地实现将文字或图形选中、移动、复制、删除、甚至变形等操作。

（1）选择对象

- 全部选择：在"工具箱"中单击"选择工具"按钮 ，将光标移动到目标图形上双击鼠标即可选中整个对象，如图 2.3.26 所示选中了整个矩形。

- 部分选择：在"工具箱"中单击"选择工具"按钮 ，将光标移动到目标图形上单击鼠标即可选中对象的某个部分，如图2.3.26中分别选中了矩形的内部和矩形的边线。

（2）移动对象

用"选择工具" 选中对象后，按住鼠标左键拖动选取的部分，便可以移动对象，如图2.3.27所示将选中的矩形填充移动到一边，将其与线框分离。

图2.3.26 全选和部分选择的效果　　　　　图2.3.27 移动对象

（3）变形操作

单击"选择工具"按钮 ，在不选中对象的情况下，移动鼠标指针至图形的边线上，按住鼠标拖曳边线，可以改变边线的形状，从而使图形变形，如图2.3.28所示。

将鼠标放置在线条的边角处，可以拖动边角的位置，将对象进行变形操作，如图2.3.29所示。

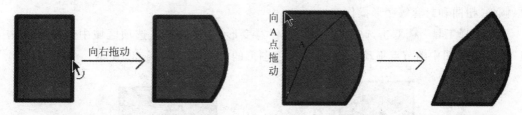

图2.3.28 拖曳图形的边线改变图形的形状　　　图2.3.29 拖曳图形的边角位置改变图形的形状

2．部分选取工具

利用"部分选取工具" 选中矩形的边线，将鼠标的光标移动到边线的节点上，按住鼠标拖动，也可以改变图形的形状，其方法与"选择工具" 相同。

3．钢笔工具

利用"钢笔工具"中的"添加锚点工具" 、"删除锚点工具" 和"转换锚点工具" ，轻松地添加、删除和转换锚点，从而可以非常灵活地改变图形的形状。如图2.3.30所示先

图2.3.30 用"添加锚点工具"改变矩形的形状

用"添加锚点工具" 在矩形上边线的中部添加 1 个锚点,然后用"部分选取工具" 按住该锚点往下拖动,即可改变矩形的形状。

利用"转换锚点工具" 可将直角改变为圆角。如图 2.3.31 所示,选择"转换锚点工具" ,将光标移动到矩形边线的右上角,按住鼠标拖动将节点转换为弧线锚点,再用"部分选取工具" 按住该锚点往左下方向拖动,最后调整控制杆长度和角度,即可将矩形的直角改变为圆角。利用相同的方法也可以将圆角转换为直角。

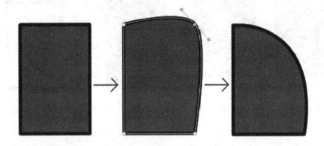

图 2.3.31　用"转换锚点工具"将直角改变为圆角

4. 任意变形工具

任意变形工具的选项区域中有"旋转与倾斜" 、"缩放" 、"扭曲" 和"封套" 等 4 个工具。选择"任意变形工具" ,并结合选项区域中的 4 个工具,可对图形进行旋转、缩放、倾斜、扭曲和封套等变形操作。

用"选择工具" 双击选中对象,单击"任意变形工具" ,在选项区域中选择"缩放工具" ,按住图中的节点拖动,即可任意改变图形的大小,如图 2.3.32 所示。

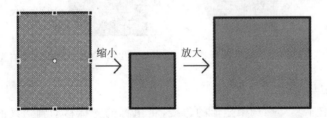

图 2.3.32　缩小和放大图形

提示：如果需要等比例缩放,可以按 Shift 键进行操作。如果以中心点进行缩放,需要按 Shift＋Alt 组合键。

用"选择工具" 双击选中矩形对象,单击"任意变形工具" ,在选项区域中选择"旋转与倾斜工具" ,按住矩形上边线中间的节点向右拖动,可将矩形变为平行四边形,如图 2.3.33 所示。

用"选择工具" 双击选中正方形,单击"任意变形工具" ,在选项区域中选择"旋转与倾斜工具" ,将鼠标的光标移动到正方形的右上角外,鼠标的光标变成"弧形箭头",此时按住鼠标向右下角拖动让正方形旋转 45 度角,可将正方形旋转变形为菱形,如图 2.3.34 所示。

在选项区域中选择"扭曲工具" 可将正方形变成梯形,如图 2.3.35 所示。

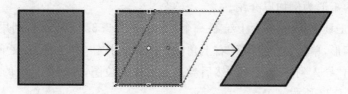

图 2.3.33 将矩形变为平行四边形

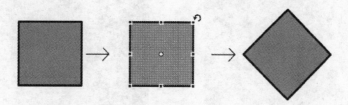

图 2.3.34 将正方形旋转变形为菱形

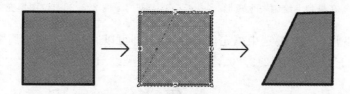

图 2.3.35 用扭曲工具将正方形变成梯形

选中矩形后在选项区域中单击"封套工具" ，将鼠标的光标移动到矩形的边线节点上，按住鼠标拖动让边线变成弯曲，调整控制杆长度和角度，即可将矩形改变为弯曲的 S 形，如图 2.3.36 所示。

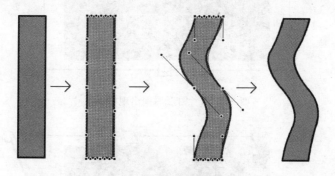

图 2.3.36 用封套工具将矩形变为弯曲的 S 形

提示：需要进行扭曲时，可以按 Ctrl 键拖动一个节点，按 Ctrl ＋Shift 组合键可以对两个节点进行调节。"任意变形"工具中的"扭曲"和"封套"功能只可以应用于形状，对其他对象则无法进行操作，如果要应用变形操作，必须先将对象打散（按 Ctrl ＋B 组合键）。

5. 渐变变形工具

"任意变形工具" 中包括一个"渐变变形工具" ，其主要作用是对颜色进行渐变变形操作。"渐变变形工具" 可对所选中的对象进行渐变填充，创造出丰富的渐变效果。下面以位图填充的矩形为例加以介绍。

选择"矩形工具" ▢ ，在舞台上绘制一个矩形，如图2.3.37所示。利用"选择工具" ▸ 选中所绘制的矩形，单击"颜色面板"右上角的倒三角形按钮 ▾ ，在下拉菜单中选择"位图填充"选项，则弹出"导入到库"对话框，然后导入所需要的位图，此时舞台上的矩形就变成了位图填充，如图2.3.38所示。

图2.3.37　在舞台上绘制一个矩形

图2.3.38　位图填充效果

利用"渐变变形工具" ▨ 选中填充位图的矩形，即可以通过调节图形周围出现的控制点来改变位图的填充方式，如图2.3.39、图2.3.40和图2.3.41所示。

图2.3.39　图形周围出现控制点

图2.3.40　按住控制点拖动产生变形

图 2.3.41 两种渐变变形效果

6. 滴管工具

滴管工具用于吸取颜色,在"工具箱"中选择"滴管工具" 可以吸取图形的颜色、边线颜色和文字的颜色,用于填充目标图形。

7. 橡皮擦工具

橡皮擦工具 用于擦除文字或图形,它可以结合选项区域中的选项进行擦除操作。在选项区域中,有橡皮擦模式和橡皮擦形状两类选项,用户可根据需要选择使用。

8. 套索工具

给位图图像去除背景最适合使用"套索工具" 。"套索工具"的项区域中包括"魔术棒" 、"魔术棒设置" 和"多边形模式" 等 3 个选项。单击场景中的小汽车,按 Ctrl+B 将小汽车打散,单击"套索工具"按钮 ,在选项区域中选择"魔术棒设置"选项 ,设置"阈值"为 60,用鼠标单击选中小汽车图像的背景部分,按 Delete 键即可删除图像的背景。效果如图 2.3.42 所示。

去除背景前　　　　　　　　　　　　去除背景后

图 2.3.42 运用套索工具去除位图背景的效果

提示:在对位图图像进行修改的时候,需要将位图图像转变为可编辑的图形,方法是单击选中位图图像,按 Ctrl+B 组合键打散位图。在"套索工具"中设置的"阈值"越大,选中的颜色误差范围也越大,反之亦然。

习题

1. Flash 中各种绘图工具如何使用?
2. 参照书中的绘图方法绘制各种图形。
3. 用钢笔工具画一个三角形,然后将三角形改变为圆形。
4. 用钢笔工具画一个圆形,然后将圆形改变为圆形三角形。

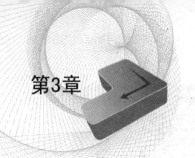

Flash动画制作原理

Flash 动画是将事先绘制好的图片一幅接一幅地连续播放,利用人的眼睛具有"视觉暂留"的特性而产生动态视觉效果的。这与电影院里播放的电影一样。所不同的是,电影播放的是用感光胶片拍摄的一张张电影胶片,而动画播放的是用人工绘画的一幅幅电子图像。

通常将 Flash 制作的动画文件称为"电影"(Movie),该"电影"中连续播放的一幅幅图像则称为"帧"。也就是说 Flash 的"电影"是通过一帧一帧地连续播放图像而形成的。

Flash 动画中最基本的时间单位就是帧。帧是时间轴上记录动作的小格。Flash 中最常用的帧主要有关键帧、空白关键帧和延长帧(又称普通帧)。它们是 Flash 的重要组成部分,其中关键帧是动画中的主导,如图 3.0.1 所示。

- 关键帧█:此帧的特点是在帧的中间有实心的圆点标记,代表此帧有东西存在。插入关键帧可以按 F6 键。

图 3.0.1 帧的组成

- 空白关键帧○:此帧的特点是在帧的中间有空心的圆点标记,代表此帧上没有内容。插入空白关键帧可以按 F7 键。

- 延长帧□:此帧的特点是在帧的中间有空心方块标记,代表关键帧上的对象在舞台上的持续时间(即延长多少时间)。插入延长帧可以按 F5 键。

一般来说,最基本的 Flash 动画可分为逐帧动画、运动动画和变形动画等 3 种。

3.1 逐帧动画

逐帧动画需要一帧一帧的绘制,工作量比较大。逐帧动画通常用在制作传统的 2D 动画中,而且经常被使用。

逐帧动画对刻画人物或动物的动作很到位,因此在表现角色的走、跑和跳等一些很精细的动作时,都是用逐帧动画来完成的。

3.1.1 小鸟摆动翅膀

时间轴是用于组织和控制动画中的层和帧在一定时间内播放的坐标轴,是 Flash 编辑动画的主要工具。本例通过已有的图片来制作小鸟摆动翅膀的动画,以便掌握时间轴和关键帧的操作,了解逐帧动画的制作原理和方法。

本例完成后形成小鸟不停摆动翅膀的动画效果,如图3.1.1所示。

图3.1.1　小鸟摆动翅膀效果图

(1) 新建一个 Flash 文档。选择【文件】→【导入】→【导入到库】命令,在弹出的对话框中选择素材文件所在的路径,将素材文件内名为"01bird"、"02bird"和"03bird"3 张小鸟图片同时选中,将小鸟的图片素材全部导入到库中。

(2) 选中时间轴的第 1 帧,将库中"01bird"图片拖到舞台上,放在适当位置,如图3.1.2所示。

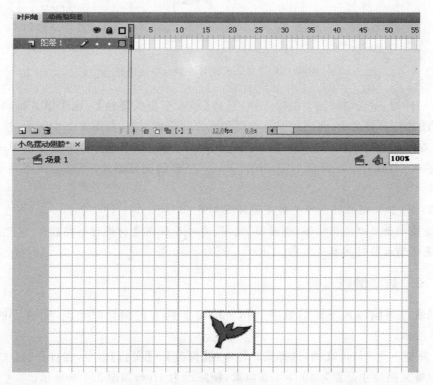

图3.1.2　"01bird"图片在舞台中的位置

（3）右击时间轴上的第 2 帧,选择【插入空白关键帧】;选中第 2 帧,将库中的"02bird"图片拖到舞台上,此图片应与第一张图片的位置对齐(可按下时间轴下方"编辑多个帧"按钮 进行编辑对齐),如图 3.1.3 所示。

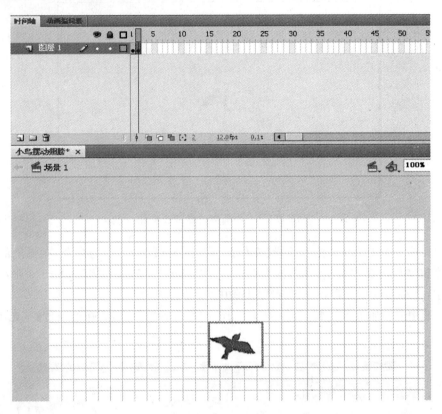

图 3.1.3 "02bird"图片在舞台中的位置

（4）同样地,右击时间轴上的第 3 帧,选择【插入空白关键帧】;选中第 3 帧,将库中的"03bird"图片拖到舞台上,此图片应与前两张图片的位置对齐,如图 3.1.4 所示。

（5）在菜单栏中选择【文件】→【保存】,在弹出的对话框中选择存储路径后单击"保存"按钮将动画文件保存。在键盘中按 Ctrl＋Enter 组合键测试影片,可以看到小鸟不停地扇动着翅膀。

提示：① 防止动画抖动的关键是图片要对齐。

② 逐帧动画可以使用位图、矢量图、文字、元件等任何素材进行制作。

③ 逐帧动画的时间轴为灰色。

3.1.2 数字倒数

本例通过逐帧输入不同的数字制作一个由 5 到 0 的倒计时动画,完成后的效果如图 3.1.5 所示。

（1）新建一个 Flash 文档,选择菜单栏中的【修改】→【文档】命令,在打开的【文档属性】对话框中将文档尺寸设置为 400×400 像素,帧频设为 1fps,如图 3.1.6 所示。

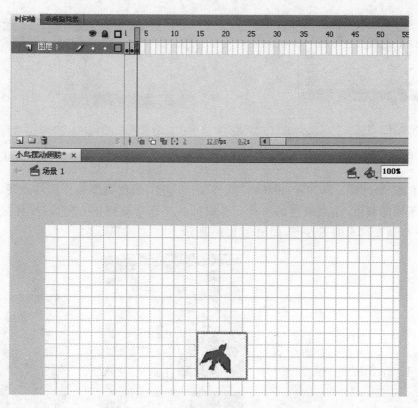

图 3.1.4 "03bird"图片在舞台上的位置

图 3.1.5 数字倒数效果图

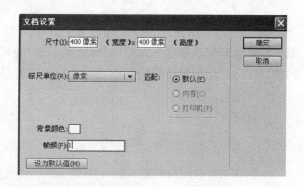

图 3.1.6 倒计时文档属性设置

（2）在图层面板中单击"新建图层"按钮，在时间轴上新建 3 个图层，并将这 4 个图层从下至上分别命名为"bg1"、"bg2"、"bg3"和"数字"（"bg"即 background 的缩写），如图 3.1.7 所示。

（3）单击"锁定"按钮 🔒 下方的小圆点"·"，将"bg2"、"bg3"和"数字"图层锁定，以免误操作，如图 3.1.8 所示。

（4）单击选中图层"bg1"的第一帧，单击"笔触颜色"按钮 ✏️■，在弹出的"颜色选框"中选择"不填充"按钮 ▱，选择"矩形工具" ▭ 绘制一个无边框的正方形，位置和大小如图 3.1.9 所示（该属性面板位于舞台的右侧）。

图 3.1.7   建立新图层和命名

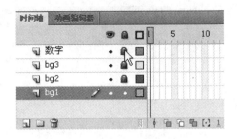

图 3.1.8   锁定 bg2、bg3、数字图层

（5）单击"颜料桶工具" ，再单击"颜色"按钮 ，颜色类型选择线性渐变，渐变颜色选择两种不同的颜色，注意颜色的协调。将鼠标的光标移动到正方形内，按住鼠标左键拖动，形成一个渐变填充的正方形，如图 3.1.10 所示。

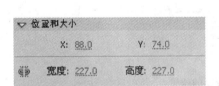

图 3.1.9   "bg1"图层上正方形的属性

图 3.1.10   对正方形进行渐变填充

（6）将"bg1"层锁定，单击"bg2"层上的"锁定"按钮 解锁，用同样的方法在"bg2"层的第 1 帧绘制渐变填充的正方形，但形状要小于"bg1"层的正方形，其属性如图 3.1.11 所示。同法，在"bg3"层的第 1 帧绘制渐变填充的正方形，其形状最小，属性如图 3.1.12 所示。

图 3.1.11   "bg2"层正方形的属性   图 3.1.12   "bg3"层正方形的属性

（7）"bg2"和"bg3"层的矩形的渐变填充参照"bg1"层，需要注意的是不同矩形渐变的颜色方向不同，这可加强倒计时牌的立体感，如图 3.1.13 所示。

（8）分别在"bg1"、"bg2"和"bg3"层的第 6 帧按 F5 键插入"延长帧"，然后选择"数字"层的第 2 帧，按 F7 功能键插入"空白关键帧"。"数字"层的第 3～6 帧也同样插入空白关键帧，此时时间轴窗口如图 3.1.14 所示。

（9）在"数字"层的第 1～6 帧用文本工具分别输入数字5～0，时间轴窗口如图 3.1.15 所示。

图 3.1.13   计时牌矩形背景

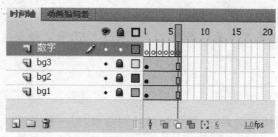

图 3.1.14　时间轴窗口

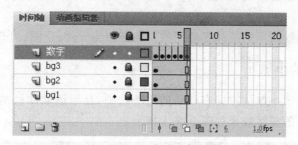

图 3.1.15　时间轴窗口

（10）此时按 Enter 键测试动画，可看到播放头每秒移动 1 帧，相应的倒计时牌也是每一秒变化一次。但如果按 Ctrl＋Enter 组合键测试 swf 文件，会发现计时牌倒计时到 0 以后，又返回到 5 重新开始倒数。这是因为 Flash 默认设置为自动循环播放。

（11）选中"数字"层的最后 1 帧，然后在菜单栏中选择"窗口"→"动作"命令，打开"动作"面板，在右侧的脚本窗口中输入"stop();"语句，如图 3.1.16 所示。

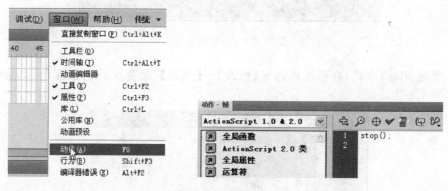

图 3.1.16　打开"动作"面板输入 stop 命令

（12）观察此时时间轴窗口，可以看到"数字"层的第 6 帧上多了一个字母"a"，表示该关键帧上有动作脚本，如图 3.1.17 所示。

（13）此时再保存并测试动画，发现动画倒计时到 0 后停止，不再自动循环播放。

提示：① 利用原位粘贴将"数字"层第 1 帧的文字复制到后面各帧，然后修改各帧中文字的内容，可以提高动

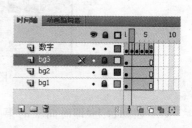

图 3.1.17　时间轴窗口

画制作的速度。

② 原位粘贴的方法是先复制对象,然后按 Ctrl＋Shift＋V 组合键粘贴。

3.2　运动动画

在 Flash 中有两种补间动画,一种是运动补间动画,另一种是形状补间动画。运动补间动画用于制作物体的移动、旋转、缩放、变色等动画效果,通常简称运动动画。运动动画只需设置首尾关键帧中对象的位置、颜色、Alpha 值等属性,系统会自动生成中间的"补间",实现动画效果。

制作运动动画需要满足的条件是应用的对象必须为元件、位图、组合对象或绘制对象。

3.2.1　移动的小球

本例通过制作一个小球从左向右移动的简单动画,介绍运动动画的基本原理和制作方法。动画制作完成后的最终效果如图 3.2.1 所示。

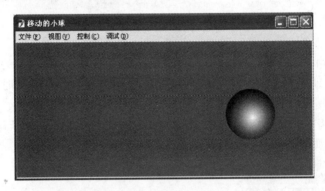

图 3.2.1　移动的小球

(1) 新建 Flash 文档,在菜单栏选择【修改】→【文档】,改变文档背景颜色,如图 3.2.2 所示。

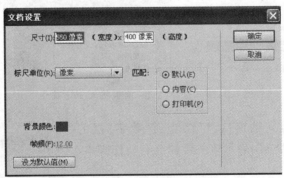

图 3.2.2　改变文档背景颜色

(2) 在舞台上(即时间轴的第 1 帧)用椭圆工具 绘制一个小球并用"填充颜色工具" 对其填充颜色,可选择任意一种颜色,如图 3.2.3 所示。

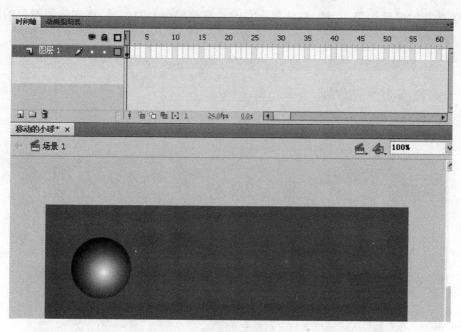

图 3.2.3　在舞台上绘制一个小球

（3）右击时间轴的第 1 帧关键帧，在弹出的快捷菜单上选择"创建传统补间"命令，如图 3.2.4 所示。

（4）创建传统补间时，Flash 自动将关键帧上的小球转变为元件（自动命名为"补间 1"），此时舞台上的小球被一个淡蓝色的边框围住，左上角有一个"＋"号，如图 3.2.5 所示。

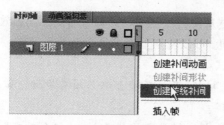

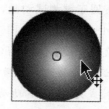

图 3.2.4　创建补间动画　　　　　　图 3.2.5　小球变成了一个元件

（5）选择时间轴的第 30 帧，按 F6 功能键插入一帧关键帧，可以看到时间轴上有箭头连接了第 1 帧和第 30 帧这两帧关键帧，它们之间的第 2 帧至第 29 帧也就是所谓的"补间"，由 Flash 自动生成，如图 3.2.6 所示。

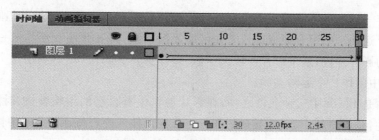

图 3.2.6　时间轴窗口

（6）选择时间轴的第 30 帧，按住鼠标左键并拖动舞台上的小球，将它拖到舞台的右侧，如图 3.2.7 所示。

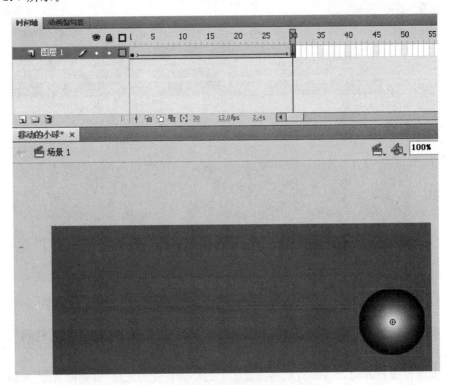

图 3.2.7　拖动小球到舞台的右侧

（7）此时按回车键测试动画，可以看到小球从舞台左侧移动到舞台右侧的动画效果。

（8）按 Ctrl+L 热键打开 Flash 的"库"面板，可以看到里面多了一个补间元件。

（9）保存文件并按 Ctrl+Enter 组合键测试动画。

提示：① 运动动画的首尾两帧必须都是关键帧，而且两帧上都必须有素材。如果有一个帧不是关键帧或无素材，运动动画将无法实现。

② 运动动画只能使用元件、位图、组合对象或绘制对象作为素材。"组合对象"是指由多个图形组合而成的对象。"绘制对象"是指在绘图工具的选项区域中选择"对象绘制" 按钮后绘制而成的图形对象。

3.2.2　小鸟飞翔

本例制作一只小鸟不停地扇动着翅膀向前飞翔的动画。实际上，这个动画是由一个逐帧动画和一个运动动画组合而成的。首先借助逐帧动画，将 3 张图片制作成一只小鸟在原地扇动翅膀的影片片段，这个影片片段又叫做"影片剪辑"元件。然后利用这个元件作为素材，在主场景中制作一个运动动画。

影片剪辑是 Flash 中三种元件之一，在影片剪辑中有自己的编辑窗口、时间轴和属性。它具有交互性，是用途最广、功能最多的部分。有关元件的内容将在下一章中详细介绍。

本例播放时小鸟从画面的左下角飞向右上角，效果图如 3.2.8 所示。

图 3.2.8 小鸟飞翔

（1）新建 Flash 文档，单击菜单【视图】→【网格】→【显示网格】，选择【文件】→【导入】→【导入到库】，将图片"01bird"、"02bird"和"03bird"全部导入到库中，如图 3.2.9 所示。

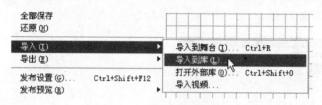

图 3.2.9 将图片导入到库

（2）用逐帧动画制作一个影片剪辑。单击菜单【插入】→【新建元件】命令，创建一个新元件"小鸟"，元件类型选择影片剪辑，单击【确定】按钮，进入影片剪辑编辑窗口，如图 3.2.10 所示。

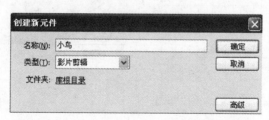

图 3.2.10 创建小鸟摆动翅膀的影片剪辑

（3）在影片剪辑编辑中单击图层 1 的第 1 帧，将库中"01bird"拖到舞台上，图片的左上角对准舞台中的"＋"号。右击时间轴上的第 2 帧，选择"插入空白关键帧"，选中第 2 帧，将库中的"02bird"拖到舞台上，此图片应与第 1 帧的图片位置对齐，如图 3.2.11 所示。

（4）用同样的方法，将图片"03bird"放到时间轴的第 3 帧上，位置与前两张图片对齐。

（5）在舞台左上角单击"场景 1"按钮 ，回到场景 1 的编辑窗口，单击选中场景 1 时间轴的第 1 帧。在舞台右上角单击"库"按钮 打开库面板，用鼠标按住"库"中"小鸟"影片剪辑元件的图标，将"小鸟"元件拖到舞台的左下方，如图 3.2.12 所示。

（6）右击场景 1 时间轴的第 1 帧，在弹出的快捷菜单中选择"创建传统补间"命令。

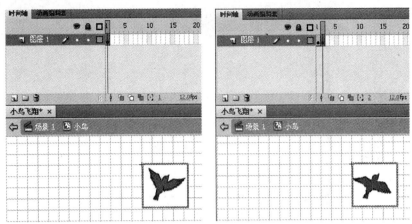

图 3.2.11 图片 01bird 和 02bird 在元件编辑窗口中的位置

（7）单击选中时间轴第 40 帧，按 F6 功能键插入关键帧，将第 40 帧上的小鸟拖曳到舞台的右上角，如图 3.2.13 示。

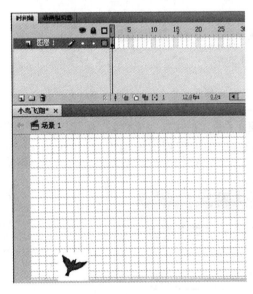

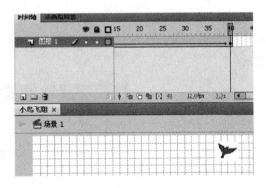

图 3.2.12 第 1 帧小鸟的位置　　　　图 3.2.13 第 40 帧小鸟的位置

（8）保存文件，按 Ctrl＋Enter 组合键测试动画，可以看到小鸟不停地扇动翅膀，从画面的左下角飞向右上角，动画效果逼真。

提示：① 主场景和元件都有各自的编辑窗口和时间轴，初学者容易混淆。它们的区别是元件的编辑窗口正中央有"＋"号标记，主场景的编辑窗口中有个白色矩形（又称舞台），上面没有任何标记。

② 在时间轴上同一时间段内制作两个不同的运动动画，必须在两个不同的图层中进行，否则因互相干扰而无法实现运动动画的效果。

③ 运动动画的时间轴为浅蓝色。

3.3 变形动画

在动画制作实践中,我们不仅需要制作人物运动的效果,而且常常需要制作人物形状发生变化的效果,变形动画就可以满足这方面的需要。

变形动画又称为形状补间动画。变形动画只需设置首尾两个关键帧上对象的形状、颜色、Alpha值等属性,系统会自动生成中间的"补间",实现变形动画效果。

制作变形动画需要满足的条件是应用对象的属性必须为"形状"。位图、文字、元件、组合对象或绘制对象等都不能直接用于制作变形动画,位图、文字等经过分离处理变为"形状"对象后才能使用。

3.3.1 图形互变

本例通过一个由圆形变为方形的简单例子,介绍变形动画的原理和制作方法。由圆形变为方形的最终动画效果如图3.3.1所示。

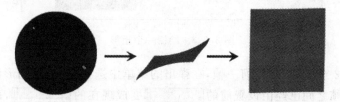

图 3.3.1 变圆为方效果图

(1)新建 Flash 文档,选择图层 1 的第 1 帧,用椭圆工具 ⬤ 绘制一个无边框的圆形,如图 3.3.2 所示。

图 3.3.2 绘制圆形

(2)在图层 1 的第 30 帧单击鼠标右键,在弹出的快捷菜单中选择【插入空白关键帧】,接着用矩形工具在舞台上画一个矩形,如图 3.3.3 所示。这样就确定好了变形的初始状态为圆形和终止状态为矩形。

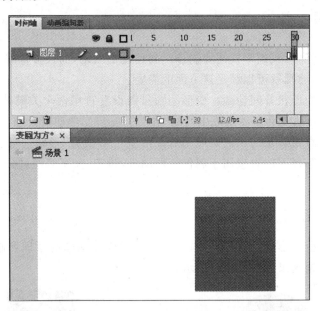

图 3.3.3 绘制一个矩形

（3）右击第 2 至 29 帧中任何一帧，在弹出的菜单中选择"创建补间形状"，这时看到时间轴上两个关键帧之间已经由设置前的 变成现在的 ，两个关键帧之间有一个箭头相连接，表示从第 1 帧过渡到第 30 帧的中间过程由程序自动生成，如图 3.3.4 所示。

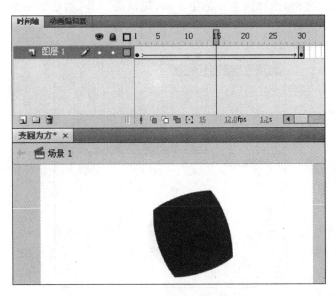

图 3.3.4 创建补间形状

（4）此时按回车键或者拖动播放指针测试动画，可以看到圆形以 Flash 默认的方式，逐渐变成一个矩形，如图 3.3.5 所示。

第1帧   第15帧   第30帧

图 3.3.5 圆变方的过程

（5）选择图层 1 第 1 帧，然后选择菜单栏的【修改】→【形状】→【添加形状提示】命令，为形状变化添加提示点。此时舞台中的圆中增加了一个红色的字母"a"，用鼠标单击字母"a"并拖曳至圆的边缘处，如图 3.3.6 所示。

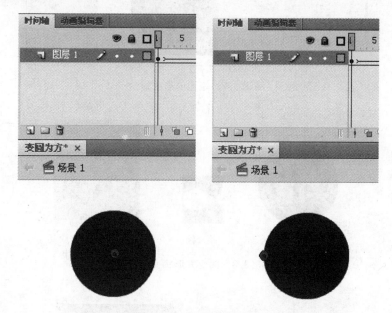

图 3.3.6 添加形状提示

（6）选择时间轴的第 30 帧，可以看到正方形中央也多了一个字母"a"，用鼠标单击并拖曳至正方形的左下角，会发现字母"a"由原来的红色变成了绿色，如图 3.3.7 所示。

（7）此时按回车键测试动画便发现原来的变形动画已经发生了变化，效果如图 3.3.8 所示。

（8）用同样的方法添加另外 3 个提示点并放置好位置，如图 3.3.9 所示。

（9）保存文件，按 Ctrl＋Enter 组合键测试动画效果，可见动画变形过程按设置的 4 个提示点位置一一对应进行。

提示：① 变形动画的首尾两帧必须都是关键帧，而且两帧上都必须有素材。如果有一个帧不是关键帧或无素材，变形动画将无法实现。

② 变形动画只能使用属性为"形状"的对象作为制作素材。

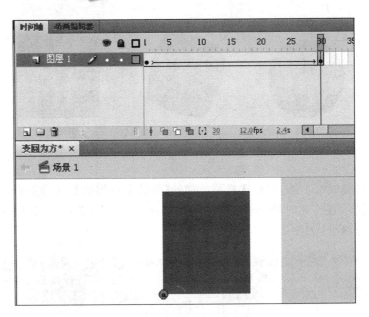

图 3.3.7　矩形的形状提示

第1帧　　　　第15帧　　　　第30帧

图 3.3.8　圆变方形状变化过程

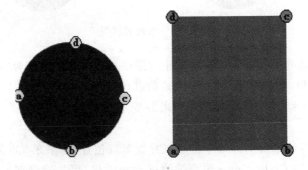

图 3.3.9　添加形状提示点

3.3.2　图文互变

前面通过"圆变方"的简单实例,让我们对变形动画的基本原理、制作方法以及提示点的作用等有了初步的了解。本例通过图形变成文字进一步学习变形动画的制作以及文字分离的操作,图文互变动画的变化过程如图 3.3.10 所示。

第1帧　　　　　　第20帧　　　　　　第40帧

图 3.3.10　图文互变效果图

（1）新建 Flash 文档，选择图层 1 的第 1 帧，在舞台中间用椭圆工具 ⬤ 绘制一个无边框的椭圆，用颜料桶工具 🪣 填充颜色，如图 3.3.11 所示。

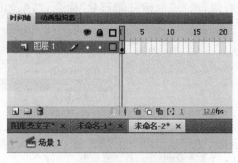

图 3.3.11　绘制椭圆

（2）在图层 1 的第 30 帧单击鼠标右键，在弹出的快捷菜单中选择【插入空白关键帧】，接着单击文本工具 🇹，在舞台中间上输入"变形动画"四个字，再在第 45 帧单击右键，选择"插入帧"，如图 3.3.12 所示。现在就确定好了变形的初始状态为圆形和终止状态为"变形动画"四个字。

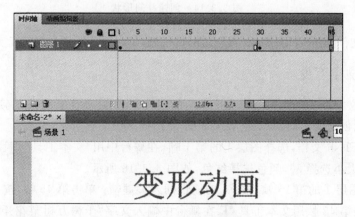

图 3.3.12　输入文字

（3）选择第 30 帧，选中文字单击右键，选择【分离】命令，对着文字再次单击右键，选择"分离"命令，也就意味着对"变形动画"四字进行两次分离，如图 3.3.13 所示。文字经过两次分离后变为"形状"属性,才能用于制作变形动画。

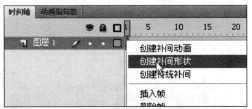

文字分离前　　　　　　　　　分离一次　　　　　　　　　分离两次

图 3.3.13　文字分离效果

(4) 选择第 1 帧单击右键,选择"创建补间形状"命令,结果如图 3.3.14 所示。

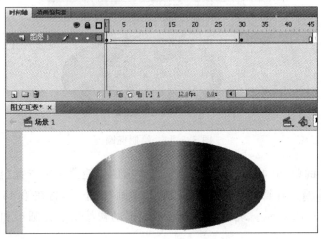

图 3.3.14　创建补间形状

(5) 保存文件并按 Ctrl+Enter 组合键测试动画,可以看到图形与文字互变的动画效果。

3.3.3　文字互变

本例通过文字互变来深入学习变形动画的制作方法,需要注意的是文字必须分离成"形状"对象后才能创建变形动画,最终效果如图 3.3.15 所示。

(1) 新建 Flash 文档,选择图层 1 的第 1 帧,在舞台中用"文本工具"**T** 输入"忽如一夜春风来",字体大小选择 50,颜色选择红色,如图 3.3.16 所示。

(2) 单击图层 1 的第 15 帧,按 F6 功能键插入关键帧;单击第 45 帧,按 F7 功能键插入空白关键帧,在第 45 帧用文本工具 **T** 在舞台中输入文字"千树万树梨花开"。单击选中文字,在舞台右边的属性面板中修改第 1 帧、第 15 帧和第 45 帧文字的位置,如图 3.3.17 所示。最后单击第 60 帧,按 F5 功能键插入延长帧,如图 3.1.18 所示。

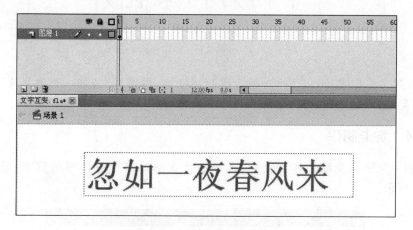

忽如一夜春风来

第1帧

第30帧

千树万树梨花开

第60帧

图 3.3.15 文字互变

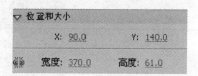

图 3.3.16 输入文字

图 3.3.17 文字的大小和位置

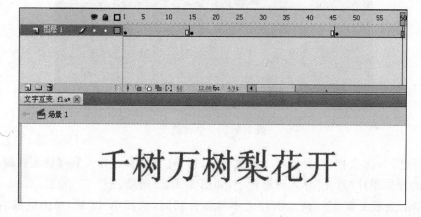

图 3.3.18 文字输入结果

（3）分别选择第 15 帧和第 45 帧，对两句诗句分别进行两次分离，再在第 15 帧单击鼠标右键，选择【创建补间形状】命令，形成文字互变的动画，如图 3.3.19 所示。

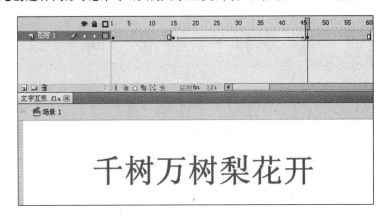

图 3.3.19　分离文字，创建补间动画

（4）保存文件并按 Ctrl＋Enter 组合键测试动画，可见从"忽如一夜春风来"逐渐变为"千树万树梨花开"的动画效果。

3.3.4　贺卡制作

本例利用文字互变动画作为贺词，再添加背景图片制作成简单的贺卡，最终效果如图 3.3.20 所示。

图 3.3.20　中秋贺卡

（1）新建 Flash 文档，选择图层 1 的第 1 帧，选择【文件】→【导入】→【导入到舞台】命令，将准备好的背景图片"月光"导入到舞台上，如图 3.3.21 所示。

（2）单击变形工具 ，调节图片大小与舞台相同，选择第 60 帧，单击鼠标右键，选择"插入帧"命令，如图 3.3.22 所示。

图 3.3.21 导入图片到舞台

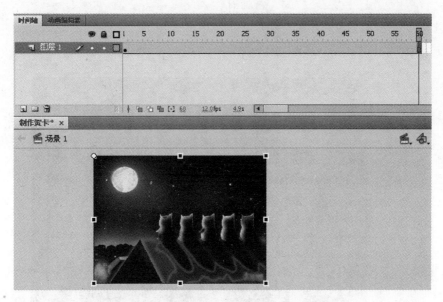

图 3.3.22 导入图片、调节图片大小和位置

（3）单击时间轴窗口的"新建图层"按钮 🖿，在时间轴上新建图层 2，这个图层用来制作变形文字。

（4）锁定图层 1，选择图层 2 的第 1 帧，在舞台中用"文本工具" 🅃 输入"但愿人长久"5 个字，属性设置如图 3.3.23 所示。

（5）选择图层 2，在第 20 帧插入延长帧，在第 40 帧插入空白关键帧，在舞台中用文本工具 🅃 输入"千里共婵娟" 5 个字，在第 60 帧插入延长帧，文字属性设置如图 3.3.24 所示。

图 3.3.23 文字属性(1)

图 3.3.24 文字属性(2)

（6）分别选择第 20 帧和第 40 帧，对两句诗句进行两次分离，再在第 20 帧单击鼠标右键，选择【创建补间形状】命令，形成文字互变的动画，如图 3.3.25 所示。

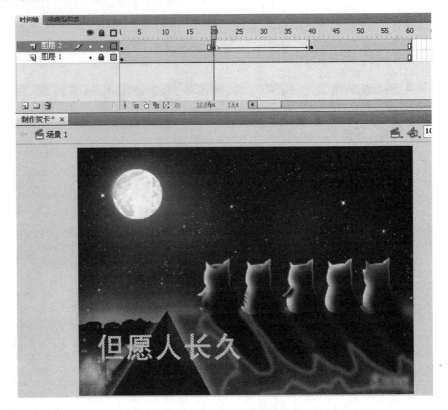

图 3.3.25　分离文字，创建补间动画

（7）保存文件并按 Ctrl＋Enter 组合键测试动画。

提示： ① 在时间轴上同一时间段内制作两个不同的变形动画，必须在两个不同的图层中进行，否则因互相干扰而无法实现变形效果。

② 变形动画的时间轴为浅绿色。

习题

1. 制作逐帧动画、运动动画、变形动画，分别适合使用什么素材？
2. 逐帧动画、运动动画、变形动画，这三种动画的时间轴分别为什么颜色？
3. 各制作一个简单的逐帧动画、运动动画和变形动画。

第4章

元 件

4.1 库、元件和实例

4.1.1 库面板

在制作 Flash 动画时,经常需要将所绘制的素材整合到一起,这时候就需要一个管理者。在 Flash 中把这个管理者叫做"库","库"面板就是管理和存放 Flash 文件的,正如把生产资料存放在"仓库"中一样。把存放在"库"中的对象称为元件。库面板如图 4.1.1 所示。如果制作动画的过程中需要用到某个元件的时候,可以从"库"面板中选中所要的元件,直接拖动到舞台上,如图 4.1.2 所示。

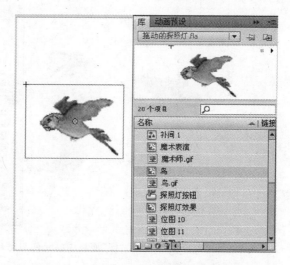

图 4.1.1 "库"面板   图 4.1.2 将元件从"库"面板中拖动到舞台上

4.1.2 元件和实例

在 Flash 中可以创建的元件有图形元件、按钮元件和影片剪辑元件。每个元件都有自己的时间轴、场景和完整的图层,如图 4.1.3 所示。

将"库"面板的元件拖动到舞台上,元件就转变为实例了。实例是元件在舞台上的具体应用。利用同一个元件可以创建若干个不同颜色、大小和功能的实例,如图 4.1.4 所示。不管在舞台上拖入多少个实例,文件永远只占一个元件的大小。

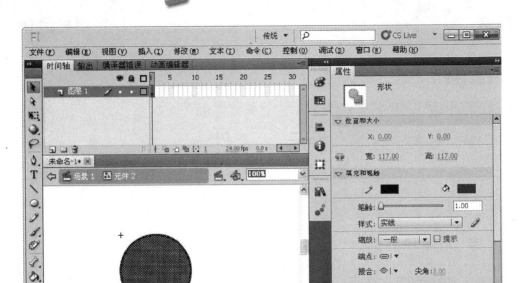

图 4.1.3　元件自己的时间轴、场景和图层

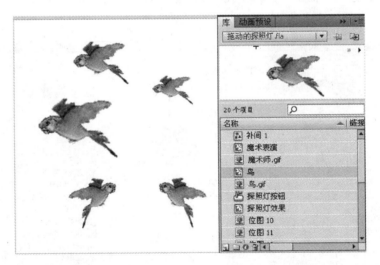

图 4.1.4　"库"面板中的元件与舞台上的多个实例

元件的类型分为 3 种,它们分别有不同的功能和用途。

- 图形元件:用于制作静态图像及附属于主影片时间轴的可用的动画片段。
- 按钮元件:用于创建响应鼠标单击、滑过或其他动作的交互操作。
- 影片剪辑元件:用来制作可以独立于主影片时间轴的动画片段。影片剪辑可以包括动画片段、交互式控制、声音、图形元件实例、其他影片剪辑实例等。也可以把影片剪辑实例放在按钮元件的时间轴中,以创建交互性动画。

4.1.3 元件的创建与编辑

创建元件的方法有两种：一种是通过菜单【插入】→【新建元件】命令创建新元件（或按 Ctrl＋F8 组合键）；另一种是在舞台上绘制图形，再通过菜单【修改】→【转换为元件】命令创建新元件（或按 F8 键），分别如图 4.1.5 和图 4.1.6 所示。

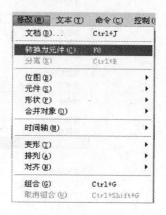

图 4.1.5 通过"插入"菜单新建元件   图 4.1.6 通过"修改"菜单转换为元件

完成了元件创建，下面来介绍编辑元件的几种方法。

（1）在"库"面板中双击要编辑的元件图标，直接进入该元件的编辑窗口，如图 4.1.7 所示。

（2）单击舞台上方的"编辑元件"按钮 ，从弹出的下列表中选择要编辑的元件。或者选中实例后选择【编辑】→【编辑元件】命令，直接进入该元件的编辑窗口，效果如图 4.1.8 所示。

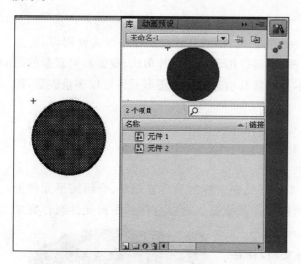

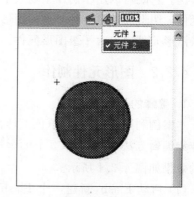

图 4.1.7 在"库"面板中双击元件图标进入   图 4.1.8 单击"编辑元件"按钮进入元件的
元件的编辑窗口   编辑窗口

（3）直接在舞台中双击元件实例，或者选中元件后选择【编辑】→【在当前位置编辑】命令，进入在当前位置编辑元件的模式，如图 4.1.9 所示。

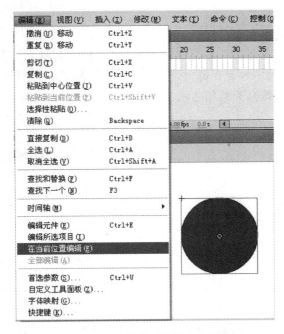

图 4.1.9   在当前位置编辑元件的模式

提示：① 当舞台上的实例被修改时，"库"面板中的元件不会随之改变。
② 当元件被修改时，该元件在舞台上的所有实例也随之改变。

4.2   图形元件

4.2.1   图形元件的特点

图形元件是 Flash 动画中最简单也是最基本的元件，它在动画制作中经常使用，用途非常广泛。它既可以用于制作主场景中的动画，也可以用于制作影片剪辑、按钮和更复杂的图形元件。图形元件是一种静态的图形，它本身不具有动态效果。图形元件可以多重嵌套，即父级图形元件内包含子级图形元件。

4.2.2   图形元件制作

1. 蜜蜂的身体

本案例利用椭圆工具、填色工具、直线工具等绘制蜜蜂的身体和翅膀，介绍图形元件的制作和编辑方法，同时为 4.3 节的影片剪辑制作准备素材。蜜蜂身体的图形元件制作完成后的效果如图 4.2.1 所示。

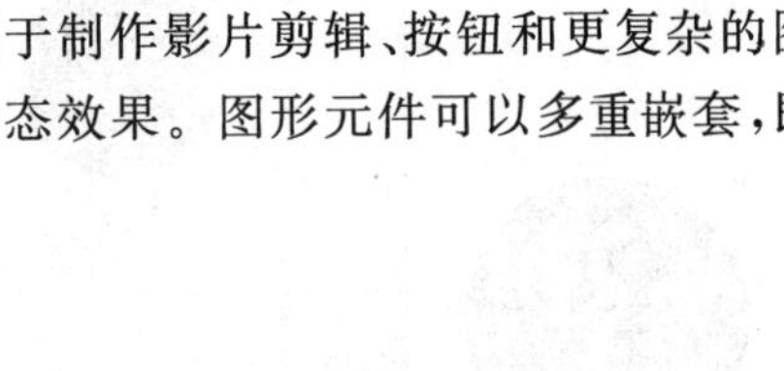

（1）启动 Flash，新建一个 Flash 动画文档，保存为"蜜蜂的身体"。

（2）创建图形元件，单击菜单栏的【插入】→【新建元件】，或者按快捷键 F8 创建新元件，在弹出的创建新元件窗口中名称命名为"body"，类型选择"图形"。

图 4.2.1   蜜蜂身体的图形元件效果图

（3）单击椭圆工具 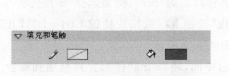，颜色填充设置如图 4.2.2 所示，在"body"元件的舞台中间画一个椭圆，效果如图 4.2.3 所示。

图 4.2.2　椭圆的颜色填充设置　　　　　　图 4.2.3　椭圆的效果

（4）新建图层 2，单击椭圆工具 ，填充颜色选择黑色，按住 Shift 键在"图层 2"上画两个黑色的小圆作为蜜蜂的眼睛，其大小和位置如图 4.2.4 所示。

（5）新建图层 3，单击线条工具 ，填充颜色选择红色，线条大小可通过属性面板的"笔触"来调整，按住 Shift 键在"图层 3"上绘画若干条竖线，作为蜜蜂身体的斑纹，其长度、大小和位置效果如图 4.2.1 所示。保存文件。

2. 蜜蜂的翅膀

利用椭圆工具、填色工具可以绘制出蜜蜂的一只翅膀，完成后效果如图 4.2.6 所示。

（1）在"蜜蜂的身体"文件中，创建新的元件，命名为"wing"，类型选择"图形"。

（2）单击椭圆工具 ，颜色填充设置如图 4.2.7 所示，在舞台中间画一个椭圆，效果如图 4.2.6 所示。保存文件。

图 4.2.4　蜜蜂眼睛的大小和位置　　图 4.2.6　蜜蜂的翅膀　　图 4.2.7　椭圆的颜色填充设置
　　　　　　　　　　　　　　　　　　　效果图

4.3　影片剪辑

4.3.1　影片剪辑的特点

在 Flash 动画制作中，影片剪辑是用途最广也是最重要的核心部分。影片剪辑主要用于制作独立于主影片时间轴的动画片段，它可以包括动画片段、交互式控制、声音、图形元件实例、其他影片剪辑实例等。还可以把影片剪辑实例放在按钮元件的时间轴中，以创建交互性动画。影片剪辑是一种具有动态效果的元件，它本身就是一段动态小电影。影片剪辑可以多重嵌套，即父级影片剪辑内包含子级影片剪辑。

4.3.2　影片剪辑制作

1. 蜜蜂

本案例借助 4.2 节制作的"蜜蜂的身体"图形元件，介绍元件库的应用以及简单影片剪辑的制作。作品完成后可以看到蜜蜂在不停地扇动翅膀,效果如图 4.3.1 所示。

（1）启动 Flash,打开 4.2 节制作的 Flash 动画文件"蜜蜂的身体"。

（2）单击菜单栏的【插入】→【新建元件】命令,创建影片剪辑元件。或者按组合键 Ctrl ＋F8 创建新元件。在弹出的创建新元件窗口中名称命名为"bee",类型选择"影片剪辑"。

（3）单击"图层 1"的第 1 帧,再单击 "库面板"按钮 （或按快捷键 Ctrl＋L)打开"库面板",里面有"body"和"wing"两个图形元件,如图 4.3.2 所示。

（4）将"body"图形元件从"库"中拖动到舞台中间,将"wing"图形元件拖动到舞台上、移动摆放在蜜蜂身体的一侧。重复再拖一次把另一片翅膀放在蜜蜂身体的另一侧,注意两侧翅膀要对称,效果如图 4.3.3 所示。

图 4.3.1　蜜蜂的效果图　　　　图 4.3.2　库面板内的图形元件　　　图 4.3.3　蜜蜂的身体和翅膀的
　　　　　　　　　　　　　　　　　　　　　　　　　　　　　　　　　　　　　　摆放位置

（5）在"bee"影片剪辑元件中,用任意变形工具 选中翅膀,分别将两片翅膀的"轴心点"拖到翅膀的根部,如图 4.3.4 所示。图中白色小圆点即为轴心点,它是翅膀旋转时的轴心。

（6）在"bee"影片剪辑的元件的第 2 帧按 F6 键插入关键帧,用任意变形工具 选中翅膀,分别将两片翅膀的末端拖到蜜蜂的尾部,形成蜜蜂摆动翅膀的效果,如图 4.3.5 所示。

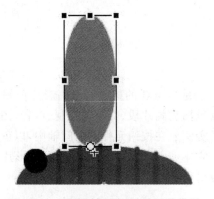

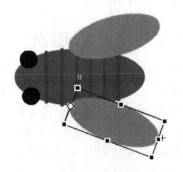

图 4.3.4　翅膀"轴心点"移动后的位置　　　　　　图 4.3.5　调整后蜜蜂翅膀的位置

（7）单击"编辑场景"按钮 回到场景 1。打开"库面板",将库中的"bee"影片剪辑元件拖到舞台的适当位置并调整好大小。将文件另存为"蜜蜂"并测试影片,可见蜜蜂不停地扇动翅膀的效果,如图 4.3.1 所示。

2. 马儿跑

本例利用 gif 动画制作"马儿跑"的影片剪辑,再利用影片剪辑制作运动动画,实现马儿从草坪左边奔向右边的动画效果,如图 4.3.6 所示。

图 4.3.6 马儿跑的动画效果图

(1) 新建 Flash 文档,单击菜单栏的【修改】→【文档】命令,将文档尺寸设置为 550×400 像素。

(2) 单击菜单栏的【插入】→【新建元件】命令创建影片剪辑元件(或者按组合键 Ctrl＋F8 创建新元件),将元件命名为"马",类型选择"影片剪辑"。单击选中影片剪辑的第 1 帧,选择【文件】→【导入】→【导入舞台】命令,将"马. gif"动画文件直接导入到影片剪辑的舞台上,效果如图 4.3.7 所示。

图 4.3.7 "马"的影片剪辑

(3) 单击 回到场景 1,新建图层 2 和图层 3,从上到下分别命名为"声音"、"马"和"bg",选择【文件】→【导入】→【导入到库】命令,将背景图片和声音素材导入到库中。

（4）选择"马"层第 1 帧，打开库 ，将库中"马"的影片剪辑拖曳到舞台左下方外，位置如图 4.3.8 所示，在第 35 帧按 F6 键插入关键帧，将舞台左边的马拖曳到舞台右下方外，位置如图 4.3.9 所示，选择第 2～34 帧任意一帧，右键选择【创建传统补间】命令，将"马"图层锁住。

图 4.3.8　马在舞台左下方外的位置

图 4.3.9　马在舞台右下方外的位置

（5）选择"bg"层第 1 帧，将库中的"bg"图片拖到舞台中，选中图片，单击任意变形工具 或利用【窗口】→【属性】命令，将图片大小调整为与舞台大小一致，如图 4.3.10 所示，并选择第 35 帧按"F5"插入普通帧，将"bg"图层锁住。

（6）在"声音"图层的第 7 帧按 F6 键插入关键帧，将库中的"奔马"声音文件拖到舞台上，打开属性面板，在"同步"栏选择"数据流"，并在第 35 帧按 F5 键插入普通帧，时间轴如图 4.3.11 所示。

（7）保存文件并发布测试。马儿在草坪上从左向右奔跑的动画效果如图 4.3.6 所示。

3．小狗漫步

本案例利用图形制作逐帧动画的方法完成"小狗漫步"的影片剪辑制作，完成后效果如图 4.3.12 所示，小狗在草地上从右向左漫步。

（1）新建 Flash 文档，单击菜单栏的【修改】→【文档】命令，将文档尺寸设置为 550×400 像素。

（2）选择【文件】→【导入】→【导入到库】命令，将"小狗.gif"动画和"草地.jpg"图片等素材文件一次性全部导入到库中。单击"库面板"按钮 打开库，在库中除了出现"草

图 4.3.10　bg 图片大小

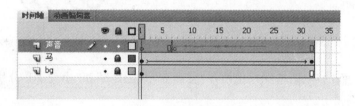

图 4.3.11　时间轴效果

图 4.3.12　小狗漫步效果图

地.jpg"图片和"小狗.gif"动画外,还有"小狗"的逐帧动作分解图片,如图 4.3.13 所示。

（3）创建影片剪辑元件,将元件命名为"小狗漫步"。

（4）选中元件的第 1 帧,从"库"中把图片"位图 3"拖曳到舞台中间,图片左上角对准舞台中间的"十字"符号,如图 4.3.14 所示。

（5）选中第2帧，按功能键F7在图层1的第2帧添加空白关键帧，从"库"中把图片"位图4"拖曳到舞台中间，图片左上角对准舞台中间的"十字"符号，如图4.3.15所示。

图4.3.13　库中的全部素材

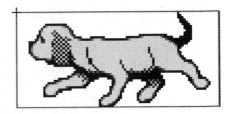

图4.3.14　小狗图片右上角对准十字符号

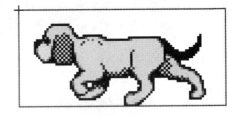

图4.3.15　小狗图片右上角对准十字符号

（6）按照上面的步骤，按顺序把图片"位图5"、"位图6"和"小狗gif"分别添加到第3帧至第5帧的关键帧上。

（7）单击"编辑场景"按钮，回到场景1，新建图层2，从上到下分别命名为"小狗"、"背景"。

（8）选择"背景"图层第1帧，将库中的"草地.jpg"图片拖到舞台中。选中图片，单击任意变形工具，将图片大小调整为比舞台略大，并选择第30帧，按F5键插入普通帧，将"背景"图层锁定。

（9）选择"小狗"图层第1帧，将库中"小狗漫步"的影片剪辑拖曳到舞台右下方外，位置如图4.3.16所示。

（10）选择第1帧，右键选择"创建传统补间"。在第30帧按F6键插入关键帧，将舞台右边的"小狗"实例拖曳到舞台左下方外，位置如图4.3.17所示。选择第2至34帧任意一帧，右键选择"创建传统补间"，将"小狗"图层锁定。

图4.3.16　小狗在舞台右下方外的位置

图4.3.17　小狗在舞台左下方外的位置

（11）保存文件并发布测试。可见小狗在草地上从右向左漫步，效果如图 4.3.12 所示。

4.4 按钮元件

在 Flash 中，按钮元件主要用于制作具有交互功能的动画。通过创建响应鼠标按下、放开、拖动、滑过或其他动作的交互操作，可以用按钮来控制动画进程。

Flash 的"公用按钮库"中提供了大量现成的各类按钮供用户选用，用户也可以根据需要自行创建个性化的按钮。

Flash 中的按钮元件可有 1 个或多个图层，但不管图层有多少，每个图层最多只有 4 个关键帧，它们分别名为"弹起"、"指针"、"按下"、"单击"，它们分别具有不同的用途和功能。

- 弹起：当按钮处于正常状态（没有任何动作）时，按钮的形状和颜色。
- 指针：当鼠标的光标进入按钮区域时，按钮的形状和颜色。
- 按下：当鼠标的光标进入按钮区域并按下鼠标时，按钮的形状和颜色。
- 单击：用于设定按钮的有效单击范围。

如图 4.4.1 所示为一个按钮的 4 个关键帧的不同颜色设置。在动画播放时该按钮的正常颜色为黄色，当鼠标经过、按下或单击时按钮分别为草绿色、红色和蓝色。

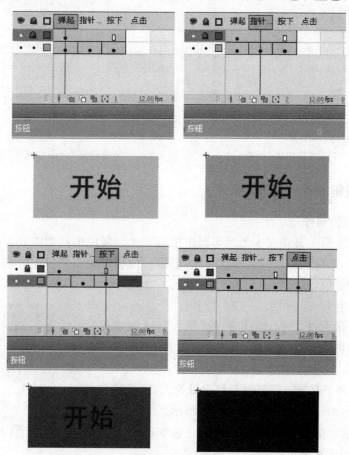

图 4.4.1 按钮 4 个关键帧的颜色设置

4.4.1　公用按钮库的运用

Flash 的"公用按钮库"中共有 17 类各式按钮可供选用,单击菜单栏中的【窗口】→【公用库】→【按钮】命令即可调出"公用按钮库"面板,如图 4.4.2 所示。使用时可用鼠标在"公用按钮库"面板中按住鼠标左键将按钮直接拖到舞台上,如图 4.4.3 所示。

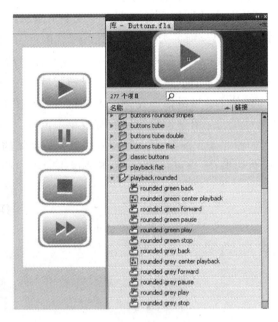

图 4.4.2　"公用按钮库"面板　　　　　　图 4.4.3　将按钮从"公用按钮库"中拖到舞台上

4.4.2　按钮制作与编辑

1. 简单按钮的制作

本案例使用矩形工具和文本工具等制作按钮元件。制成的按钮在动画播放时,鼠标一旦进入按钮范围,光标立即从箭头形状变成"手指"形状,按钮也变了一种颜色,单击按钮则再变成另外一种颜色,效果如图 4.4.4 所示。

（1）新建一个 Flash 文档。

（2）创建按钮元件。单击菜单栏的【插入】→【新建元件】命令,在弹出的创建新元件窗口中名称命名为"按钮",类型选择"按钮"。

（3）选择矩形工具 ▢ ,将笔触颜色设置为无,选择橘黄色作为填充颜色,画一个矩形,如图 4.4.5 所示。

图 4.4.4　完成后的效果

（4）按 F6 功能键添加关键帧,填充颜色选取草绿色,用颜料桶工具 ◇ 对橘黄色的矩形进行填充,使其变成草绿色,如图 4.4.6 所示。

（5）按 F6 功能键添加关键帧，填充颜色选取红色，用颜料桶工具 对草绿色的矩形进行填充，使其变成红色矩形，如图 4.4.7 所示。

图 4.4.5　用橘黄色填充的矩形　　图 4.4.6　用草绿色填充的矩形　　图 4.4.7　用红色填充的矩形

（6）在时间轴的图层 1 上方新建图层 2，选择文本工具 **T**，在矩形中间位置输入文字"开始"，如图 4.4.8 所示。

（7）单击"编辑场景"按钮 回到场景 1，单击"库面板"按钮 打开库，把"按钮"元件拖曳到舞台中间。

（8）保存并测试动画，鼠标在按钮范围外移动时，按钮效果如图 4.4.9 所示，鼠标在按钮范围内移动时，按钮效果如图 4.4.10 所示，单击按钮时，按钮效果如图 4.4.11。

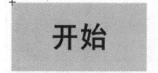 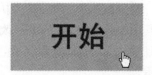

图 4.4.8　按钮上的文字　　图 4.4.9　鼠标在按钮范围外　　图 4.4.10　鼠标在按钮范围内
　　　　　　　　　　　　　　　的效果　　　　　　　　　　　　的效果

2．文字按钮制作

通过本案例的制作掌握以文字作为触发的按钮的制作方法。

制作完成后，鼠标在文字按钮范围外移动时呈箭头状，一旦进入按钮范围，箭头变成手指形状，效果如图 4.4.12 所示。

图 4.4.11　单击按钮的效果　　　　　　　图 4.4.12　完成后的效果

（1）新建一个 Flash 文档。

（2）创建按钮元件，单击菜单栏的【插入】→【新建元件】，在弹出的创建新元件窗口中名称命名为"文字按钮"，类型选择"按钮"。

（3）选择文本工具 **T**，在属性栏选择适合的字体、大小和颜色，在舞台中输入文字"开始"，接着选择第 3 帧"按下"帧，按快捷键 F5 插入帧。

（4）选择第 4 帧"单击"帧，按快捷键 F6 插入关键帧，选择矩形工具 ，任意选择一种填充颜色，画一个与文字"开始"面积相近的矩形，如图 4.4.13 所示。

（5）用选择工具 ⬉ 选中"单击"帧的文字，按 Delete 键删除该帧文字。

（6）单击 ⬅ 回到场景1，打开库 ⬚，把按钮元件"文字按钮"拖曳到舞台中间。

（7）保存并测试动画，鼠标在文字按钮范围外移动时，按钮效果如图 4.4.14 所示，鼠标在文字按钮范围内移动时，按钮效果如图 4.4.15 所示。

图 4.4.13　文字后面的矩形　　　图 4.4.14　鼠标在按钮范围外　　　图 4.4.15　鼠标在按钮范围内
　　　　　　　　　　　　　　　　　　　　　的效果　　　　　　　　　　　的效果

3．按钮的编辑与修改

Flash"公用按钮库"中的按钮品种繁多而且风格各异，一般情况下已能够满足正常的需要。但有时用户需要更个性化的按钮，除了自己制作外，直接拿"公用按钮库"中的按钮加以必要的修改不失为一个"短平快"的方法。

这里以"公用按钮库"中的一个按钮为例，将其中的英文文本"Enter"改变为中文"开始"，并且颜色和字体也会改变，效果如图 4.4.16 所示。

图 4.4.16　完成后的效果

（1）新建一个 Flash 文档。

（2）选择【窗口】→【公用库】→【按钮】命令，在其中选择一个带有文本的按钮，以"rectangle flat dark blue"为例，如图 4.4.17 所示，把该按钮拖曳到舞台中间。

（3）单击选择工具 ⬉，双击舞台上的按钮，进入按钮的编辑界面，时间轴效果如图 4.4.18 所示。

（4）单击图层"text"的"解除锁定"按钮 🔒 为该图层解锁，选择第 1 帧"弹起"帧，再选择文本工具 T，接着选中按钮中的文本"Enter"，修改为"开始"，并在属性面板中将字体改为黑体，将颜色改为红色，如图 4.4.19 所示。

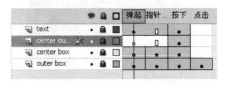

图 4.4.18　时间轴效果

图 4.4.17　公用按钮库　　　　　　　图 4.4.19　修改后的按钮

（5）选择第 3 帧"按下"帧，选择文本工具 **T** ，单击按钮中的文本"Enter"，修改为"开始"，并在属性面板将字体改为黑体，将颜色改为黄色，如图 4.4.20 所示。

图 4.4.20　修改后的按钮

（6）单击"编辑场景"按钮 🖾 回到场景 1，保存并测试动画，按钮所带的英文文本"Enter"都变成字体、颜色不同的中文文本"开始"，效果如图 4.4.16 所示。

习题

1. 图形元件、按钮元件、影片剪辑元件各有什么特点和用途？
2. 影片剪辑元件与 Flash 动画有何异同？
3. 分别制作一个简单的图形元件、按钮元件、影片剪辑元件，并用这些元件制作一个动画。

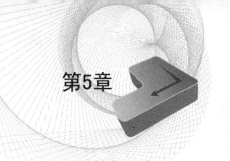

chapter 5

图　　层

Flash 的图层是从上到下逐层叠加的，一个图层如同一张透明的纸张，上面可以画上各种图文。一个 Flash 影片中往往包含许多图层，不同图层上的内容会叠加在一起，它与 Photoshop 中的图层类似。图层从类型上可分为：普通图层、遮罩层和引导层。在前面各章中已经学习了普通图层，本章重点介绍遮罩层和引导层。

5.1　引导线图层

5.1.1　引导线图层的用途

在动画制作过程中，常常需要设计物体沿某一固定的路线运动，这就需要使用引导线图层。其原理是在引导线图层上绘画线条作为物体运动的引导线，在动画播放时物体沿着引导线运动，而引导线则不会被显示。

5.1.2　引导线图层的运用

1．小球沿弧线运动

本案例通过制作一个简单的引导线运动动画，介绍引导线图层的创建、引导线的绘制、物体的移动设置等。作品制作完成后小球将实现从右往左沿弧线运动的动画，效果如图 5.1.1 所示。

（1）新建一个 Flash 动画文档。

（2）在填充颜色一项选择如图 5.1.2 所示的一格。

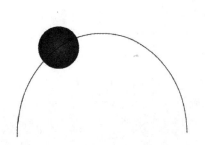

图 5.1.1　完成后的效果

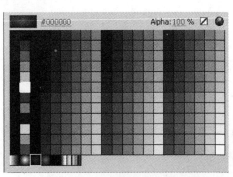

图 5.1.2　填充颜色选择内容

（3）单击椭圆工具 ，按住 Shift 键，在舞台中间画一个渐变填充的小球，如图 5.1.3 所示。

（4）选择图层 1 的第 1 帧，右键选择【创建传统补间】，选择第 30 帧，按 F6 键或右键选择【插入关键帧】，形成补间动画。

（5）选择图层 1，右键选择【添加传统运动引导层】，即可为图层 1 添加一个运动引导图层。

（6）单击钢笔工具 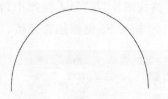，选择引导层的第 1 帧，在舞台上画一条弧线，如图 5.1.4 所示。

图 5.1.3　小球的填充效果　　　　　　　　图 5.1.4　弧线效果

（7）选择图层 1 的第 1 帧，单击选择工具 ，选中小球，移动小球使其中心圆点对准弧线右边的端点，如图 5.1.5 所示。

（8）选择图层 1 的第 30 帧，单击选择工具 ，选中小球，移动小球使其中心圆点对准弧线左边的端点，如图 5.1.6 所示。

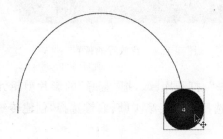 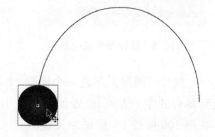

图 5.1.5　小球在弧线右边端点　　　　　　图 5.1.6　小球在弧线左边端点

（9）保存并测试动画，可见小球沿弧线运动，效果如图 5.1.1 所示。

2．蜜蜂采蜜

通过本案例的制作，学习运用影片剪辑制作引导线运动动画的方法。作品完成后蜜蜂从左边飞入舞台，弯弯曲曲飞过一段路程后飞到花朵上，效果如图 5.1.7 所示。

图 5.1.7　蜜蜂沿规定的路线飞行

（1）新建一个 Flash 动画文档，保存为"蜜蜂采蜜"。打开 3.3 节制作的"蜜蜂.fla"文件，从库中复制"蜜蜂"影片剪辑，将其粘贴到"蜜蜂采蜜"文件的库中。

（2）将图层 1 重命名为"背景"，用矩形工具 ▢ 绘制一个比舞台略大的矩形，采用线性渐变对其进行颜色填充，渐变颜色的设置如图 5.1.8 所示，在第 100 帧按 F5 键添加普通帧。

（3）在"背景"图层上新建一个图层，命名为"花"，选择【文件】→【导入】→【导入到库】命令，把 gif 格式图片"花"导入到库中，再打开库 ▨，把"花"拖曳到舞台右边，如图 5.1.9 所示，在第 100 帧按 F5 键添加普通帧。

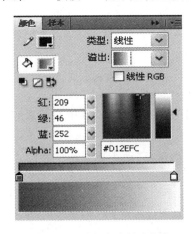

图 5.1.8　线性渐变填充颜色

图 5.1.9　花放置的位置

（4）在"花"图层上新建一个图层，命名为"蜜蜂"，打开库 ▨，把"蜜蜂"的影片剪辑元件拖曳到舞台的左下方外，位置如图 5.1.10 所示。选择该图层第 1 帧，右键选择"创建传统补间"，在第 100 帧按 F6 键添加关键帧。

（5）选择图层"蜜蜂"，右键选择【添加传统运动引导层】，即可在"蜜蜂"图层上添加一个运动引导图层。

（6）单击铅笔工具 ✐，铅笔模式选择平滑 ⌇，选择引导层的第 1 帧，在舞台中间画一条曲线，如图 5.1.10 所示。

图 5.1.10　曲线效果

（7）单击选择工具 ，在选项区域中选择"紧贴至对象"按钮 ，选择图层"蜜蜂"的第1帧，按住蜜蜂移动，使蜜蜂中心的圆点对准曲线左边的开端。

（8）选择图层"蜜蜂"的第100帧，单击选择工具 ，按住蜜蜂移动，使蜜蜂中心的圆点对准曲线右边的末端。

（9）选择任意变形工具 ，在"蜜蜂"图层的第1帧和第100帧分别对蜜蜂进行旋转调整，使蜜蜂的头部朝向与运动方向一致，调整后的方向分别如图5.1.11和图5.1.12所示。

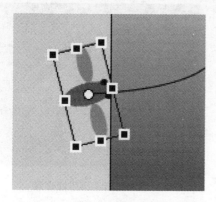 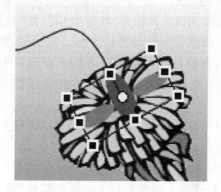

图5.1.11 蜜蜂在曲线开端的头部朝向　　　　图5.1.12 蜜蜂在曲线末端的头部朝向

（10）选择图层"蜜蜂"的第1帧至第99帧的其中任意一帧，在属性面板中选择"调整到路径"复选框，如图5.1.13所示。

（11）保存并测试动画，可见蜜蜂沿着曲线弯弯曲曲地飞行，最后飞到花朵上，效果如图5.1.14所示。

图5.1.13 "调整到路径"选项

图5.1.14 "蜜蜂采蜜"的动画效果

5.2 遮罩图层

5.2.1 遮罩图层的用途

遮罩图层也是Flash图层的一种，它有两个特点。第一是它与普通图层刚好相反，是一种不透明的图层，可以将位于其下方的"被遮罩图层"完全遮盖，令"被遮罩图层"上的图文在播放时无法显示。第二是放置在遮罩层上的图文在动画播放时也不会显示，但这些图文所覆盖的区域在动画播放时将变为窗口,透过这些窗口可以看到"被遮罩图层"上的图文。这两个特点使遮罩图层成为制作动画特效的有效工具。

5.2.2　遮罩图层的运用

利用遮罩层制作的各种 Flash 动画特效深受大家喜爱。本节通过几个简单案例,介绍几种遮罩层动画特效的制作方法。

1. 探照灯

本案例以图片作为"被遮罩层",在"遮罩层"上画一个圆作为窗口并制作成运动动画,播放时随着圆形窗口的移动可以看到下面图层中的景物,正如夜晚的探照灯一样。效果如图 5.2.1 所示。

图 5.2.1　探照灯效果

(1) 新建一个 Flash 动画文档,将背景色设置为黑色。

(2) 将图层 1 重命名为"图片",选择【文件】→【导入】→【导入到库】,把 jpg 格式图片"风景"导入到库中,再打开库 📖 ,把"风景"拖曳到舞台中间,用任意变形工具 ▦ 对图片进行调整,使其比舞台略大,在第 55 帧按 F5 键插入帧。

(3) 在"图片"图层上新建一个图层,命名为"探照灯",选择第 1 帧,再选择椭圆工具 ◯ ,笔触颜色设置为无,填充颜色任意选择一种,按住 Shift 键在舞台中间画一个圆,如图 5.2.2 所示。

(4) 选择图层"探照灯"的第 1 帧,右键选择【创建传统补间】,选择第 5 帧,按 F6 键或右键选择【插入关键帧】,形成补间动画,并选择任意变形工具,再选中圆,按住 Shift 键拖动四个角中任意一个把圆形拉大,如图 5.2.3 所示。

图 5.2.2　第 1 帧圆的位置

图 5.2.3　第 5 帧圆的大小

(5) 选择图层"探照灯"的第 15 帧,按 F6 键插入关键帧,把圆移动到左上角,如图 5.2.4 所示。

(6) 选择图层"探照灯"的第 25 帧,按 F6 键插入关键帧,把圆移动到下方,如图 5.2.5 所示。

图 5.2.4 第 15 帧圆的位置

图 5.2.5 第 25 帧圆的位置

(7) 选择图层"探照灯"的第 35 帧, 按 F6 键插入关键帧, 把圆移动到右边, 如图 5.2.6 所示。

(8) 选择图层"探照灯"的第 45 帧, 按 F6 键插入关键帧, 把圆移动到中间, 如图 5.2.7 所示。

图 5.2.6 第 35 帧圆的位置

图 5.2.7 第 45 帧圆的位置

(9) 选择图层"探照灯"的第 55 帧, 选择任意变形工具, 再选中圆, 按住 Shift 键拖动四个角中任意一个把圆形拉大, 直到圆把图片全部挡住。

(10) 选择图层"探照灯", 右键选择【遮罩层】。制作完成后的时间轴形状如图 5.2.8 所示

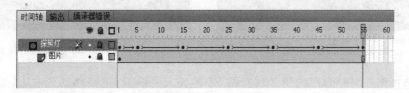
图 5.2.8 时间轴形状

(11) 保存并测试动画, 可见探照灯的动画效果, 如图 5.2.1 所示。

2. 文字探照灯

本案例将文字放置在"被遮罩层",通过"遮罩层"上圆的移动实现文字探照灯的效果,如图 5.2.9 所示。

(1) 新建一个 Flash 动画文档。

(2) 将图层 1 重命名为"背景",选择矩形工具 ▣,填充颜色选择墨蓝色,画一个比舞台略大的矩形,再选中第 60 帧,按 F5 键插入帧。

(3) 在"背景"图层上新建一个图层,命名为"文字",选择文字工具 T,在属性面板选择适合的文字字体、字号和颜色,在舞台中间输入英文"CHINA",输入完成后用选择工具 ▶ 选中文字,再按两次快捷键 Ctrl+B 将文字打散为矢量图,再用墨水瓶工具 ⬦ 为英文字母添上适合的边框,最后选中第 60 帧,按 F5 键插入帧,如图 5.2.10 所示。

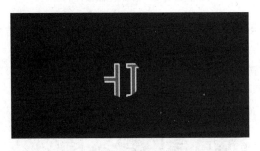

图 5.2.9　文字探照灯的效果

图 5.2.10　英文字母的效果

(4) 在"文字"图层上新建一个图层,命名为"探照灯",选择第 1 帧,再选择椭圆工具 ◉,笔触颜色设置为无,填充颜色任意选择一种,按住 Shift 键在文字右上方画一个圆,如图 5.2.11 所示。

(5) 选择图层"探照灯"的第 1 帧,右键选择【创建传统补间】,选择第 15 帧,按 F6 键或右键选择【插入关键帧】,形成补间动画,并用选择工具 ▶ 选中圆,把圆移到左边的位置,如图 5.2.12 所示。

图 5.2.11　圆的位置

图 5.2.12　第 15 帧圆的位置

(6) 选择图层"探照灯"的第 30 帧,按 F6 键插入关键帧,把圆移动到右边,如图 5.2.13 所示。

(7) 选择图层"探照灯"的第 45 帧,按 F6 键插入关键帧,把圆移动到英文字母的中间位置。

(8) 选择图层"探照灯"的第 55 帧,选择任意变形工具,再选中圆,按住 Shift 键拖动四个角中任意一个把圆形拉大,直到圆把图片全部挡住,接着选择第 60 帧,按 F6 键插入关键帧。

(9) 选择图层"探照灯",右键选择【遮罩层】。

(10) 保存并测试动画,效果如图 5.2.14 所示。

图 5.2.13　第 30 帧圆的位置

图 5.2.14　文字探照灯效果

3. 卡拉 OK 字幕

本案例在两个图层中分别放置两句内容相同、位置相同、但颜色不同的歌词字幕,为上面一个图层添加遮罩并制作运动动画,即可实现歌词字幕从一种颜色逐字变成另外一种颜色的动画效果。卡拉 OK 字幕效果如图 5.2.15 所示。

我和你心连心　同住地球村

图 5.2.15　动画播放效果

(1) 新建一个 Flash 动画文档。

(2) 将图层 1 重命名为"文字 1",选择文字工具 T ,在属性面板选择适合的文字字体、字号和颜色,在舞台下方输入歌词"我和你心连心 同住地球村",选中第 35 帧,按 F5 键插入帧,利用选择工具 ▶ 选中文字,按快捷键 Ctrl+C 复制文字。

(3) 在"文字 1"图层上方新建一个图层,命名为"文字 2",按快捷键 Shift+Ctrl+V,在原位粘贴歌词,再选择文字工具 T ,在属性面板换一种字体颜色,选中第 35 帧,按 F5 键插入帧。

(4) 在"文字 2"图层上方新建一个图层,命名为"遮罩",选择矩形工具 ▢ ,任意选择一种填充颜色,再画一个矩形,大小为刚好覆盖住歌词文字。

(5) 选择图层"遮罩"的第 1 帧,右键选择【创建传统补间】,选择第 35 帧,按 F6 键或右键选择【插入关键帧】,形成补间动画。选择第 1 帧,用选择工具 ▶ 把矩形拖到歌词文字的左边,如图 5.2.16 所示。

(6) 选择图层"遮罩",右键选择【遮罩层】。

我和你心连心　同住地球村

图 5.2.16　矩形的位置

（7）保存并测试动画，效果如图 5.2.17 所示。

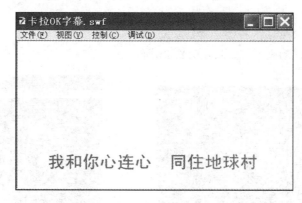

图 5.2.17　卡拉 OK 字幕效果

4．电影文字

本案例将文字放置在"遮罩层"中，让图片在"被遮罩层"中移动来实现图片在文字框内运动的效果。电影文字效果如图 5.2.18 所示。

（1）新建一个 Flash 动画文档。

（2）在图层 1 上方新建两个图层，并对这3 个图层进行命名，从上到下分别为"边框"、"英文"和"花"。

（3）选择图层"英文"的第 1 帧，选择文字工具 T，在属性面板选择适合的文字字体、字号和颜色，在舞台中间输入英文

图 5.2.18　完成后的效果

"FLOWERS"，按快捷键 Ctrl＋C 复制文字，再选中第 30 帧，按 F5 键插入帧，完成后将图层锁定并设置为隐藏。

（4）选择图层"边框"的第 1 帧，按快捷键 Shift＋Ctrl＋V，在原位粘贴了英文字母"FLOWERS"，按两次快捷键 Ctrl＋B 将文字打散为矢量图，再用墨水瓶工具 为英文字母添上适合的边框，选中第 30 帧，按 F5 键插入帧，如图 5.2.19 所示。

（5）用选择工具 选中图层"边框"中英文字母内部的填充部分，按 Delete 键删除，留下边框，完成后锁定该图层，如图 5.2.20 所示。

图 5.2.19　添加边框后的英文字母

图 5.2.20　"边框"图层中的边框

（6）选择【插入】→【新建元件】命令，类型选择"图形"，命名为"花"，选择菜单栏【文件】→【导入】→【导入到库】命令，把"水仙"、"荷花"、"菊花"、"梅花"四张图片导入到库中，再拖曳到舞台中依次排列好，并复制一份并列在一起，如图 5.2.21 所示。

图 5.2.21　图片的排列

（7）单击"场景编辑"按钮 回到场景 1，选择图层"花"的第 1 帧，将库中的图形元件"花"拖到舞台上，右键选择【创建传统补间】，用选择工具 移动图形元件使其左边与字母边框左边对齐，如图 5.2.22 所示。

图 5.2.22　第 1 帧图形元件的位置

（8）选择"花"图层的第 30 帧，按 F6 键插入关键帧，用选择工具 移动图形元件使其右边与字母边框右边对齐，如图 5.2.23 所示。

图 5.2.23　第 30 帧图形元件的位置

（9）取消图层"英文"的隐藏设置，并右键选择【遮罩层】命令，将"英文"图层设置为遮罩层。

（10）保存并测试动画，效果如图 5.2.24 所示。

5. 图片切换

在 Flash MV 制作中经常使用图片切换效果，如果运用遮罩图层，可以令图片的切换效果变得更富动感和艺术特色。本例制作的图片切换效果如图 5.2.25 所示。

图 5.2.24　电影文字效果

图 5.2.25　运用遮罩层的图片切换效果

（1）新建一个 Flash 动画文档。

（2）选择菜单栏【文件】→【导入】→【导入到库】，把"景色1"、"景色2"和"景色3"三张图片导入到库中。

（3）将图层1重命名为"风景1"，打开库，把图片"景色1"拖曳到舞台中间，并选择任意变形工具 📰 调整图片大小为比舞台略大，选择第20帧，按F5键添加帧。

（4）在图层"风景1"上方新建一个图层，命名为"风景2"，选择第10帧，打开库把图片"景色2"拖曳到舞台中间，调节图片大小使其覆盖舞台，再选择第50帧，按F5键添加帧。

（5）在图层"风景2"上方新建一个图层，命名为"遮罩1"，选择第10帧，选择矩形工具 🔘 ，按住 Shift 键，在舞台中间画一个圆，圆的面积尽量小。

（6）选择图层"风景2"的第10帧，右键选择【创建传统补间】，接着选择第20帧，按F6键插入关键帧，选择任意变形工具 📰 调整圆的大小，使其覆盖图片，再选择第65帧，按F6键插入关键帧。

（7）选择图层"遮罩1"，右键选择【遮罩层】命令，时间轴的效果如图5.2.26所示。

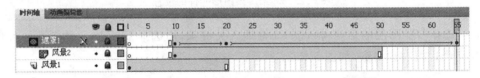

图 5.2.26　时间轴效果

（8）在图层"遮罩1"上新建一个图层，命名为"风景3"，选择第35帧，打开库把图片"景色3"拖曳到舞台中间，调节图片大小使其覆盖舞台，再选择第65帧，按F5键添加帧。

（9）在图层"风景3"上方新建一个图层，命名为"遮罩2"，选择【插入】→【新建元件】命令新建一个元件，类型选择"图形"，命名为"遮罩"，用矩形工具 ▣ 和多角星形工具 ⬡ 画出如图5.2.27所示的图形。

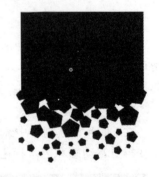

（10）返回场景1，选择图层"遮罩2"的第35帧，按F6键插入关键帧，单击右键创建"传统补间动画"，从库中把"遮罩"图形元件拖到舞台中间，并用任意变形工具调整，使图形元件的矩形部分可以覆盖住舞台，把图形元件移动到舞台上方，放置在舞台范围以外。

图 5.2.27　图形元件效果

（11）选择图层"遮罩2"的第50帧，按F6键插入关键帧，再用任意变形工具把"遮罩"图形元件往下移，使图形元件的矩形部分可以覆盖整个舞台。

（12）选择图层"遮罩2"的第65帧，按F6键插入关键帧。

（13）选择图层"遮罩2"，右键选择【遮罩层】命令，时间轴的效果如图5.2.28所示。

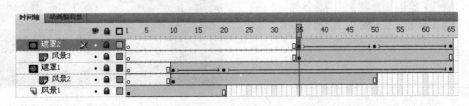

图 5.2.28　时间轴效果

（14）保存并测试动画，效果如图 5.2.29 所示。

图 5.2.29　图片切换效果

5.3　动画预设

5.3.1　动画预设和动画模板

Flash 的"动画预设"功能为制作某些常见的动画效果提供了极大的方便，用户只要打开"动画预设"面板从中选用即可。此外，Flash CS5 在开始页中和新建文档对话框中新增了"动画模板"，用户从模板中创建各种常用的动画非常方便，无须自己制作。最值得一提的是"演示文稿"模板，利用其制作的 Flash 演示文稿与利用 PowerPoint 制作的 PPT 演示文稿一样方便快捷，而且动画功能远优于 PPT 演示文稿。

下面主要介绍 Flash 的动画预设功能，让读者了解简单的 2D 和 3D 动画的制作方法。

5.3.2　动画预设的运用

1. 2D 动画效果和 3D 动画效果

本案例介绍如何运用"动画预设"功能制作 2D 动画和 3D 动画的方法。作品的动画效果如图 5.3.1 所示。

2D动画　　　　　　　　3D动画

图 5.3.1　作品的 2D 动画和 3D 动画效果

（1）新建一个 Flash 动画文档。

（2）选择矩形工具 ，任意选择一种填充颜色，在舞台左边画一个矩形，用选择工具 选中矩形，单击舞台右侧的"动画预设"按钮 打开动画预设面板，从面板中选定第一个【2D 放大】选项，右键选择【在当前位置应用】，在弹出的提示窗口中选择"确定"，如图 5.3.2

所示,将会自行把矩形变为图形元件。

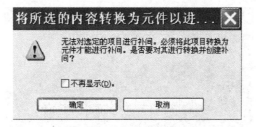

图 5.3.2　转换为元件的提示窗口

（3）在图层 1 上方新建图层 2,选择第 1 帧,再选择矩形工具 □,任意选择一种填充颜色,在舞台右边画一个矩形,用选择工具 ▶ 选中矩形,打开动画预设面板,选定第二个【2D放大】一项,右键选择【在当前位置结束】,在弹出的提示窗口中选择“确定”把矩形变为图形元件。

（4）保存并测试动画,将会看到左右两边的矩形分别显示两种 2D 放大动画预设效果,如图 5.3.3 所示。

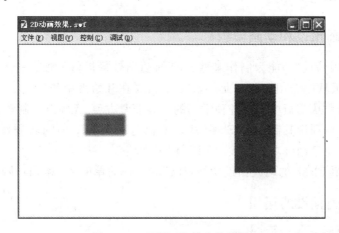

图 5.3.3　两种 2D 放大的效果

（5）新建一个 Flash 动画文档。

（6）选择椭圆工具 ○,任意选择一种填充颜色,按住 Shift 键在舞台左边画一个圆,用选择工具 ▶ 选中圆,打开动画预设面板,选定第二个【3D 放大】,右键选择【在当前位置应用】,在弹出的提示窗口中选择“确定”把圆变为图形元件。

（7）在图层 1 上方新建图层 2,选中第 1 帧,选择文本工具 T,在舞台右边输入文字“你好”,用选择工具 ▶ 选中文字,打开动画预设面板,选定【3D 旋转】一项,右键选择【在当前位置结束】,在弹出的提示窗口中选择“确定”把文本变为图形元件。

（8）保存并测试动画,将会看到左边的球和右边的“你好”文字分别显示两种 3D 动画效果,如图 5.3.4 所示。

2. 飞入飞出动画效果

本案例主要介绍雪花从顶部模糊飞入和从底部飞出两种动画的制作,作品完成后能简

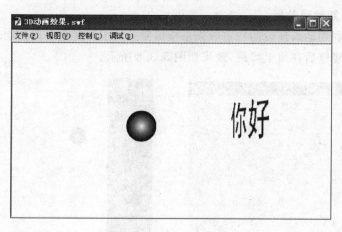

图 5.3.4 两种 3D 动画效果

单模拟雪花从空中飘落下来接着逐渐消失的效果,如图 5.3.5 所示。

(1)新建一个 Flash 动画文档。

(2)在图层 1 上方新建两个图层,从上而下分别命名为"飞出"、"飞入"和"背景"。

(3)选择菜单栏【文件】→【导入】→【导入到库】,把 gif 图片"雪花"导入到库中,再选择【插入】→【新建元件】,类型选择"图形",命名为"snow"。打开库,把图片"雪花"元件拖曳到舞台中间。

(4)返回场景 1,选择图层"飞入"的第 1 帧。打开库,从库中把"snow"图形元件拖到舞台中间,按快捷键 Ctrl+C 复制一次该元件。

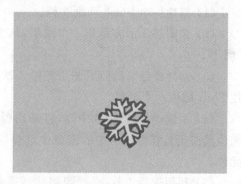

图 5.3.5 完成后的效果

(5)打开动画预设面板,选定【从顶部模糊飞入】一项,右键选择【在当前位置结束】,完成后锁定该图层。

(6)选择图层"飞出"的第 15 帧,按 F6 键插入关键帧,再按快捷键 Shift+Ctrl+V 粘贴一次"snow"图形元件。

(7)打开动画预设面板,选定【从底部飞出】一项,右键选择【在当前位置应用】,完成后锁定该图层。

(8)选择图层"背景"的第 1 帧,用矩形工具 ▢ 画一个矩形,填充颜色为天蓝色,大小为比舞台大,再选择第 38 帧,按 F5 键插入帧,完成后的时间轴效果如图 5.3.6 所示。

(9)保存并测试动画,效果如图 5.3.7 所示。

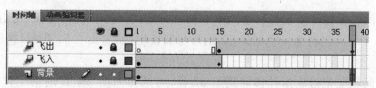

图 5.3.6 时间轴效果

3．移动和跳跃动画效果

本案例介绍利用动画预设的特定效果来模拟简单的小球碰壁下落的物理效果。作品播放时小球经两次碰壁后在地上弹跳，效果如图 5.3.8 所示。

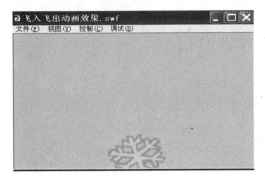

图 5.3.7　雪花飞入飞出的效果

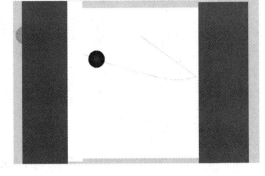

图 5.3.8　完成后的效果

（1）新建一个 Flash 动画文档。

（2）在图层 1 上方新建 4 个图层，从上而下分别命名为"球弹跳"、"墙 2"、"球移动"和"墙 1"。

（3）选择图层"球移动"图层的第 1 帧，再选择椭圆工具 ◎，填充颜色任意选择一种，按住 Shift 键画一个正圆。

（4）用选择工具 ▶ 选中圆，打开动画预设面板，选定【快速移动】一项，右键选择【在当前位置应用】，在弹出的提示窗口中选择"确定"，如图 5.3.9 所示，将会自行把圆变为图形元件。

（5）利用选择工具 ▶ 把圆移动到适合位置，如图 5.3.10 所示。选择第 32 帧，用选择工具选中圆，按 Ctrl＋C 快捷键复制一次圆，完成后锁定该图层。

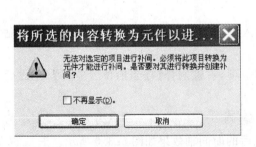

图 5.3.9　转换为元件的提示窗口

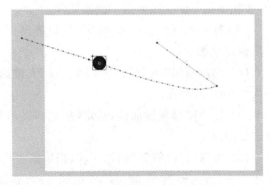

图 5.3.10　圆及其运动轨迹的位置

（6）在时间轴上把播放指针移动到第 8 帧，选择图层"墙 1"的第 1 帧，用矩形工具 ▭ 在舞台右边画一个填充颜色为灰色的矩形，矩形与圆相切，如图 5.3.11 所示，选择第 106 帧按 F5 键插入帧。

（7）在时间轴上把播放指针移动到第 32 帧，再选择图层"墙 1"的第 1 帧，用矩形工具 ▭ 在舞台左边画一个填充颜色为灰色的矩形，矩形与圆相切，如图 5.3.12 所示。

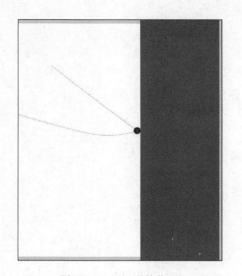

图 5.3.11 矩形的位置

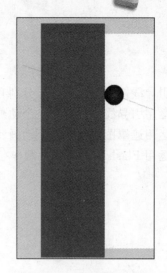

图 5.3.12 矩形的位置

（8）选择图层"球弹跳"的第 32 帧，按快捷键 Shift＋Ctrl＋V 在原位复制一个圆，用选择工具 ▶ 选中圆，打开动画预设面板，选定【大幅度跳跃】一项，右键选择【在当前位置应用】，在弹出的提示窗口中选择"确定"，自行把圆变为图形元件。

（9）选择任意变形工具 ▦ 调整图层"球弹跳"中圆的大小，使其与图层"球移动"中第 32 帧的圆重合。

（10）用选择工具 ▶ 选中图层"墙 1"中左边的灰色矩形，按快捷键 Ctrl＋C 复制一次，再选择图层"墙 2"的第 32 帧，按 F6 键插入关键帧，接着按 Shift＋Ctrl＋V 快捷键在原位复制灰色矩形。

（11）选择矩形工具，填充颜色选择白色，在图层"墙 2"的灰色矩形右边画一个相邻的白色矩形，矩形的宽度同圆的直径，如图 5.3.13 所示。

（12）保存并测试动画，效果如图 5.3.14 所示。

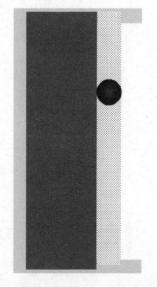

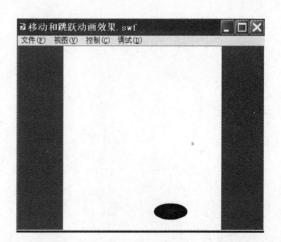

图 5.3.13 圆的后面是处于选中状态的白色矩形

图 5.3.14 小球两次碰壁后在地上弹跳的效果

习题

1. 引导线图层和遮罩图层分别有什么作用？各有哪些特点？
2. 运用引导线图层制作一个动画。
3. 运用遮罩图层制作一个动画。
4. 运用 Flash 的动画预设制作一个动画。

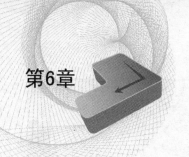

第6章

音频的运用

声音是 Flash 动画的重要组成部分，因此对声音的运用和设置非常重要。

在 Flash 中声音的使用类型有两种：流式声音和事件激发声音。"事件声音"必须在播放之前完全下载，它可以持续播放，直到有明确的指令时才停止播放。事件声音常常附着在按钮上，使按钮更具交互性。"流式声音"只需要选择开始的帧就可以播放，并且能和 Web 上播放的时间轴同步。通常流式声音被用来作为背景音乐。

6.1 音频的导入与设置

6.1.1 音频的导入

Flash 提供了许多使用声音的方式。可以使声音独立于时间轴连续播放，或使动画与一个声音同步播放。还可以向按钮添加声音，使按钮具有更强的感染力。另外，通过设置淡入淡出效果还可以使声音更加优美。由此可见，Flash 对声音的支持已经由先前的实用，转到了现在的既实用又求美的阶段。

只有将外部的声音文件导入到 Flash 中以后，才能在 Flash 作品中加入声音效果。可以直接导入 Flash 的声音文件，主要有 WAV 和 MP3 两种格式。

（1）新建 Flash 文档，选择【文件】→【导入】→【导入到库】命令，弹出【导入到库】对话框，在该对话框中，选择要导入的声音文件，将声音导入到库，如图 6.1.1 所示。

（2）导入声音后，单击舞台右侧的"库面板"按钮 ▨（或按 Ctrl＋L 组合键）调出"库面板"，在"库面板"中可以看到刚导入的声音文件。可以像使用元件一样使用声音对象，如图 6.1.2 所示。

（3）保存 Flash 文件，命名为"音频的导入与设置"。

6.1.2 音频的属性设置

（1）打开 6.1.1 小节保存的文件"音频的导入与设置"，选择第 1 帧，然后将库面板中的声音对象拖放到场景中，如图 6.1.3 所示。

（2）可以看到图层 1 第 1 帧出现一条短线，这就是声音对象波形的一小段。选择第 30 帧，按下 F5 功能键插入延长帧，在时间轴上可以看到声音对象的波形，如图 6.1.4 所示。这时按一下键盘上的回车键，可以测试声音效果。

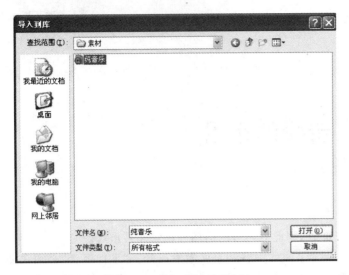

图 6.1.1 "导入到库"对话框

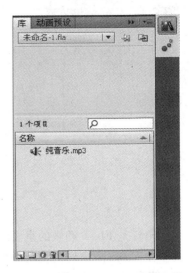

图 6.1.2 "库面板"中的声音文件

图 6.1.3 将声音引用到时间轴上

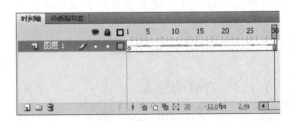

图 6.1.4 声音对象的波形

（3）选择图层 1 的第 1 帧，舞台右侧出现声音的"属性面板"，在"属性面板"中有很多设置和编辑声音对象的参数，如图 6.1.5 所示。引用到时间轴上的声音，往往还需要在声音的"属性面板"中进行适当的属性设置，才能更好地发挥声音的效果。

（4）打开"效果"下拉菜单，可以选择【无】、【淡入】、【淡出】、【左声道】、【右声道】和【自定义】等声音效果选项，如图 6.1.6 所示。

- 无：不使用任何声音效果。
- 左声道/右声道：仅使用左声道或右声道播放声音。
- 从左到右淡出/从右到左淡出：在两个声道间进行切换。
- 淡入/淡出：在开始播放时声音逐渐加大或者在播放结束时声音逐渐减小。
- 自定义：可以使用"编辑封套"对话框调整左右声道。

（5）打开"同步"下拉菜单，可以选择【事件】、【开

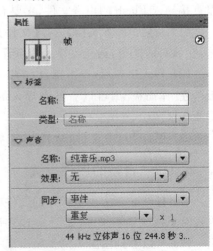

图 6.1.5 声音的属性面板

始】、【停止】和【数据流】等 4 个同步选项，如图 6.1.7 所示。

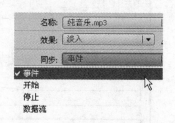

图 6.1.6 声音的效果设置

图 6.1.7 声音的同步属性

【事件】选项会将声音和一个事件的发生过程同步起来，即声音与某个事件同步发生。当动画播放到某个关键帧时，附加到关键帧的声音开始播放。由于事件声音的播放与动画的时间轴无关，所以即使动画结束，声音也会继续完成播放。如果舞台上有多个声音文件，那么最终将听到混合声音的效果。

【开始】选项与【事件】方式相同，其区别是，如果当前正在播放该声音文件的其他实例，则在其他声音实例播放结束前，将不会播放该声音文件实例。

【停止】选项将使指定的声音静音。

【数据流】选项将强制动画和音频流同步。与事件声音不同，音频流随着 SWF 文件的停止而停止。而且，音频流的播放时间绝对不会比帧的播放时间长。当发布 SWF 文件时，音频流与动画混合在一起，在 Web 站点上播放影片时，使影片和声音同步。

（6）在同步菜单下面有一个下拉框，如图 6.1.8 所示。可以选择【重复】，并输入一个数值，以指定声音重复播放的次数；也可以选择【循环】以连续不断地循环播放声音。

（7）在效果菜单右边有个"编辑声音封套"按钮，如图 6.1.9 所示。

图 6.1.8 设置重复或循环属性

图 6.1.9 "编辑声音封套"按钮

（8）单击"编辑声音封套"按钮会弹出"编辑封套"面板，其中可以看到两个波形表，按住波形表上的方块拖动可以很容易地进行声音设置，如图 6.1.10 所示。

（9）保存并测试动画，可以试听声音设置的效果。

6.1.3 音频的输出设置

音频输出设置的目的是保证 Flash 输出的声音有较高的质量、不失真。

（1）打开 6.1.2 小节的"音频的导入与设置"Flash 文件，对文件进行发布设置。

（2）选择【文件】→【发布设置】命令，在弹出的"发布设置"对话框中选择 Flash 选项，如图 6.1.11 所示。

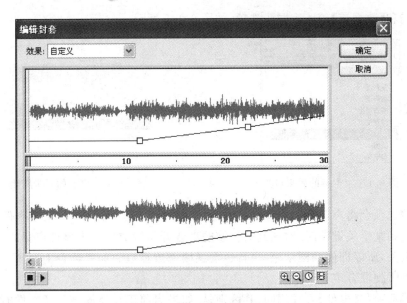

图 6.1.10　"编辑封套"窗口

（3）找到【图像和声音】项中的【音频流】，单击音频流的"设置"按钮，弹出"声音设置"对话框，如图 6.1.12 所示。

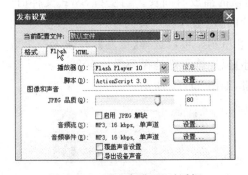

图 6.1.11　"发布设置"对话框

图 6.1.12　"声音设置"对话框

（4）压缩栏的下拉列表中可以选择设置该音频素材的输出属性，如图 6.1.13 所示，可选择的音频输出压缩方式有 4 种：ADPCM（自适应音频脉冲编码）、MP3、原始（不压缩）和语音。

（5）"声音设置"主要是比特率的设置，声音中的比特率是指将数字声音由模拟格式转化成数字格式的采样率，采样率越高，还原后的音质就越好。Flash 中默认的比特率为16kbps，16kbps 的音质等于电话中听到的音质，比较像机器人的声音，而要保持声音的真实性，尤其在 Flash 中经常有录音，就必须将比特率设置到 64kbps 或以上。将比特率设置为64kbps 后单击"确定"按钮，如图 6.1.14 所示。

（6）保存文件，选择【文件】→【发布】命令并试听效果。

提示："属性"面板中的"声音循环"选项是设置声音循环的次数的。但流式声音的播放时间取决于它在"时间轴"中占据的帧数，因此不为流式声音设置循环。

图 6.1.13 压缩栏选项

图 6.1.14 设置比特率

6.2 Flash MV 制作原理

网上流行的 Flash MV 表现形式多样,有 Q 版风格的,也有完全手绘制作的。不同的表现形式有着不同的风格,让观众有不同的感受。与电视 MV 相比,Flash MV 具有文件小、易制作、易传播、成本低、个性强、效果好等众多优点,深受网友们欢迎。

一般来说,Flash MV 的制作过程大体上可分为以下几个步骤:

1. 构思策划

在构思策划阶段,需要选择歌曲、确立 MV 风格、确定 MV 的表现情节和内容,要做好场景设计、镜头安排、角色设计等工作。

2. 搜集素材

完成构思策划后,要根据主题的内容和需要有针对性地搜集所需的声音(歌曲)、图片、文字(歌词)等素材,为后续工作做好准备。

3. 建立文件和导入素材

建立文件时要确定画面的大小尺寸和帧频,如果在网上播放可考虑设置全屏效果;如果要同时在电视上播放,则要设置画面大小为 720×576 像素、帧频为 25fps。建立文件后可将全部素材分次或一次性导入到文件的库中以备使用。

4. 制作动画和编辑场景

Flash MV 中的动画可用手绘或使用图片代替。使用手绘制作人物和场景,要尽可能运用元件和元件嵌套方法,这可提高工作效率同时也便于修改。

5. 添加字幕

完成动画场景的制作后,可根据歌曲中每句歌词的出现时间,在时间轴的相应位置上添加歌词文字,制作成歌词字幕。

6. 调试发布

制作完成后需要对整个影片进行测试,不满意的地方要进行调整或修改。发布前,根据需要对 MV 发布的格式、图像和声音的压缩品质、声音的输出属性等进行设置。

本节主要介绍 Flash MV 的基本原理和制作方法,完整的 Flash MV 作品制作过程将在第 9 章中详细介绍。

6.2.1 图片运用和切换效果

Flash MV 的镜头表现方法很多,例如画面移动、拉伸、旋转、切换等,本小节重点介绍图片的切换。

在 Flash MV 制作中,常常使用图片作为动画素材,这是既简单又省时的方法。Flash 中图片切换的方法有多种,例如硬切、移动、淡入淡出、飞入飞出、放大缩小、旋转、遮罩层运用等。运用遮罩层制作图片切换的方法已经在第 5 章中进行了详细介绍,这里重点介绍硬切和淡入淡出两种方法。

1. 硬切

图片硬切换是指无任何过渡效果的直接切换。

(1) 新建 Flash 文档,选择【文件】→【导入】→【导入到库】命令将准备好的图片素材导入到库中,新建图层 2,如图 6.2.1 所示。

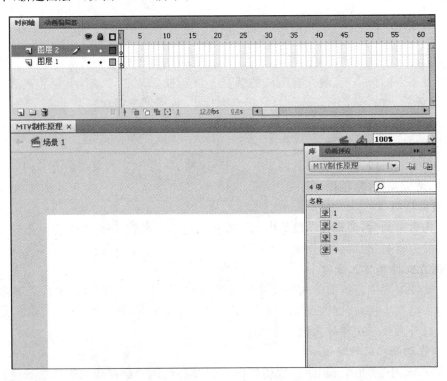

图 6.2.1   将图片导入到库并新建图层 2

(2) 锁定图层 2,单击图层 1 第 1 帧,把图片 1 从库中拖入舞台,用"任意变形工具"按钮 将图片调整到与舞台的大小相同,在第 25 帧插入帧(延长帧),如图 6.2.2 所示。

(3) 锁定图层 1,在图层 2 第 26 帧插入空白关键帧,把图片 2 从库中拖入场景,用"任意变形工具" 将图片调整到与舞台的大小相同,在第 50 帧插入帧,如图 6.2.3 所示。

(4) 保存文件,按 Ctrl+Enter 组合键测试动画,可以看到两张图片在切换时直接跳过,没有任何过渡效果。

2. 淡入和淡出

(1) 新建 Flash 文档,选择【文件】→【导入】→【导入到库】命令将准备好的图片素材导入到库中。

(2) 单击第 1 帧,把图片 1 从库中拖入舞台,用任意变形工具将图片调整适合舞台的大小,在第 10 帧、30 帧、40 帧处分别插入关键帧。在时间轴第 1 至 30 帧之间单击右键创建传

图 6.2.2 调整图片的位置和大小

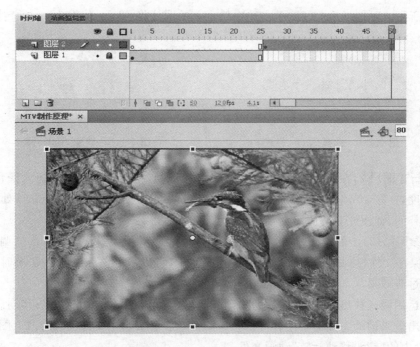

图 6.2.3 图层 2 中的图片

统补间,再在时间轴第 30 至 50 帧之间单击右键创建传统补间,如图 6.2.4 所示。

（3）单击第 1 帧,再单击选中舞台上的图片,在舞台右边的图片"属性面板"里找到色彩效果一栏,将样式选择为 Alpha,如图 6.2.5 所示。将 Alpha 的值从 100%调为 0,如

图6.2.4　图层1插入关键帧,创建补间

图6.2.6所示。再选择第50帧,单击选中舞台上的图片将Alpha值设为0。锁定图层1。

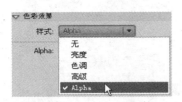

图6.2.5　选择Alpha样式

图6.2.6　改变Alpha值

　　(4) 新建图层2,在图层2第30帧插入空白关键帧,把图片2从库中拖入舞台,调整好高度和宽度,在第40帧、60帧、70帧分别插入关键帧,分别在第30帧、第60帧处单击右键创建传统补间,如图6.2.7所示。

　　(5) 参照第(3)步的操作方法,将图层2第30帧和70帧上图片的Alpha值调整为0。

　　(6) 保存文件,按Ctrl+Enter组合键测试动画,可以看到两张图片在切换时有淡入淡出的渐变过渡效果。

　　如果运用淡入淡出,再结合图片的移动和旋转,就可以制作出既有镜头移动和旋转、又有淡入淡出效果的动态画面。读者可以参考第6章教学资料中文件夹(6.2.1　图片运用和切换效果)内的"镜头移动旋转"动画文件。

6.2.2　歌词字幕制作

　　Flash MV作品中的歌词字幕制作方法有多种。如果制作不需要动感的歌词字幕,则可以在同一个图层中制作全部字幕,方法是根据歌词出现的时间直接在时间轴上对应的位

图 6.2.7 图层 2 插入关键帧,创建补间

置插入关键帧并输入各句歌词文字即可。

如果要制作卡拉 OK 字幕效果,则有两种方法可供选择,但两种方法都要运用遮罩层。第一种方法是运用遮罩层在主场景中制作全部歌词字幕;第二种方法是运用遮罩层将各句歌词字幕单独制作成影片剪辑,再将全部歌词字幕的影片剪辑放入主场景同一个图层中。两种方法各有优缺点,读者可以根据喜好自行选择。本节介绍第一种方法制作卡拉 OK 字幕效果。

(1)新建 Flash 文件,将图片和"给未来的自己"声音文件导入到库,新建 4 个图层,从上至下将图层分别命名为"遮罩"、"红色歌词"、"蓝色歌词"、"声音"和"背景"。

(2)锁住上面图层。将图片放在"背景图层"第 1 帧并调整好大小与舞台相同,在第 310 帧插入延长帧,锁住"背景图层"。为"声音"图层解锁,将声音文件从库中拖入该图层第 1 帧的舞台上,在第 310 帧插入延长帧,锁住图层,如图 6.2.8 所示。

(3)为"蓝色歌词"图层解锁,在第 165 帧插入关键帧并输入第一句歌词的文字,颜色为蓝色,在第 221 帧插入空白关键帧并输入第二句歌词的文字(蓝色),在第 310 帧插入延长帧,加锁,如图 6.2.9 所示。

(4)在"图层面板"中单击选中整个"蓝色歌词"图层,将光标移到该图层时间轴的任一帧上,右击鼠标选择"复制帧"。为"红色歌词"图层解锁并选中第 1 帧,右击鼠标选择"粘贴帧"。此时两个图层上的内容完全相同。将"红色歌词"图层第 165 帧和第 221 帧上的文字改为红色(大小和位置不变),锁住图层,如图 6.2.10 所示。

(5)为"遮罩"图层解锁并选中第 1 帧,右击鼠标选择"粘贴帧",此时图层上的内容与

图 6.2.8　背景和声音图层制作

图 6.2.9　"蓝色歌词"图层制作

"蓝色歌词"图层完全相同。将"遮罩"图层第 165 帧上的文字删除、然后绘制一个细长的矩形，其大小刚好能遮住第一句歌词，矩形可填充任一种颜色。将矩形拖到文字的左侧，如图 6.2.11 所示。

图 6.2.10 "红色歌词"图层制作

图 6.2.11 矩形的制作

（6）右击165帧并选择"创建传统补间"，在第220帧插入一个关键帧，并将其上的矩形拖到刚好全部遮住整句歌词，如图6.2.12所示。

图 6.2.12　运动动画制作

（7）同样，在 221 帧和 291 帧上制作一个矩形移动的动画。最后在"图层面板"中右击鼠标选择"遮罩层"，锁住图层，如图 6.2.13 所示。

图 6.2.13　"遮罩层"制作效果

（8）保存文件，按 Ctrl＋Enter 组合键测试发布影片，可以看到卡拉 OK 歌词字幕的效果。

本例只制作了其中的两句歌词，读者可按照这种方法把歌曲的歌词全部制作成动态字幕。如果将背景图层中的图片制作成放大和移动的运动动画，就可以加强画面的动感效果，如图 6.2.14 所示。

图 6.2.14　卡拉 OK 歌词字幕的效果

6.2.3　动态字幕制作

动态字幕主要用于制作 Flash MV 的歌名，以增加动感效果。动态字幕也可用于制作歌词字幕，但工作量较大。下面以歌曲"给未来的自己"为例，介绍如何使用影片剪辑制作动态歌名。

（1）新建 Flash 文档，选择【文件】→【导入】→【导入到舞台】将背景图片导入到舞台上，调整图片大小为 550×400 像素，与舞台的大小相符，如图 6.2.15 所示。

（2）选择【插入】→【新建元件】新建六个图形元件，分别命名为"给"、"未"、"来"、"的"、"自"、"己"，再分别在六个元件中用文本工具 T 输入与其元件名字一样的文字，如图 6.2.16 所示，字符属性如图 6.2.17 所示。

（3）新建一个影片剪辑元件，命名为"给未来的自己"，在影片剪辑元件中新建 6 个图层，由下到上将图层分别命名为"给"、"未"、"来"、"的"、"自"、"己"，如图 6.2.18 所示。

（4）回到场景 1 中，复制舞台上的背景图片，再打开"给未来的自己"影片剪辑元件，选中图层 1 第 1 帧，按 Ctrl＋V 组合键，将背景图片粘贴到舞台上，如图 6.2.19 所示，图片所在的位置也就是场景中舞台的大小，选择第 100 帧插入延长帧。锁定全部图层。

（5）为图层"给"解锁，在图层"给"的第 5 帧插入空白关键帧，将库中的"给"元件拖曳到舞台上，放在图片的右上角外，如图 6.2.20 所示。

图 6.2.15　导入背景图片

图 6.2.16　在图形元件中输入文字

图 6.2.17　字符属性

图 6.2.18　重命名影片剪辑中的图层

图 6.2.19　将场景中的背景图片粘贴到影片剪辑元件中

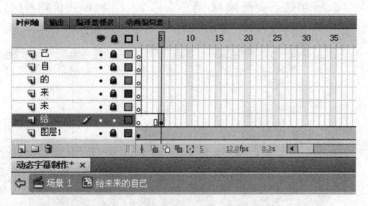

图 6.2.20　把图形元件"给"拖到舞台上

（6）在图层"给"的第25帧插入关键帧，选择第5帧，右键选择【创建传统补间】命令，选择第25帧，将"给"字移动到图片左边，位置X为70，Y为137，如图6.2.21所示，设置"补间属性"为顺时针旋转2次，如图6.2.22所示。

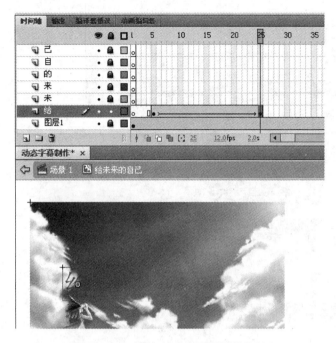

图 6.2.21　第25帧中文字"给"的位置　　　　　　图 6.2.22　补间属性

（7）在第50、53、56帧插入关键帧，右键单击第50、53帧创建传统补间，选择第53帧，将舞台中的"给"字位置Y轴改为90，如图6.2.23所示。在第100帧插入帧，锁定图层。

图 6.2.23　第53帧"给"的位置

（8）用同样的方法，在图层"未"第10帧插入空白关键帧，将库中的"未"元件拖曳到舞台上，放在图片的右上角外。在图层第30帧插入关键帧。选中第10帧，右键选择【创建传统补间】命令，设置补间属性为顺时针旋转2次，选中第30帧并将"未"字拖到"给"字旁边，如图6.2.24所示。

图 6.2.24 "未"字的位置

（9）在第53、56、59帧插入关键帧，右键单击第53、56帧创建传统补间，选择第56帧，将舞台中的"未"字位置Y轴改成90，在第100帧插入帧，如图6.2.25所示。锁定图层。

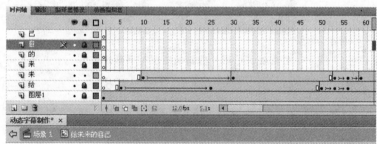

图 6.2.25 "给"、"未"两字的位置及图层效果

（10）用同样的方法，把剩下的"来"、"的"、"自"、"己"各个图层完成编辑，效果如图6.2.26所示。

（11）删除"给未来的自己"元件中的图层1。回到场景1中，锁定场景1的图层1。新建图层2，将库中的"给未来的自己"影片剪辑元件拖曳到舞台上，将元件的中点放在舞台的左上角，如图6.2.27所示。

（12）保存文件，按Ctrl＋Enter快捷键测试动画，可以看到歌曲标题的文字旋转着飞进舞台并跳跃的动画效果。

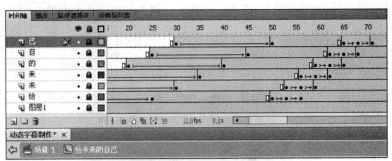

图 6.2.26　影片剪辑的图层与字幕效果

图 6.2.27　将影片剪辑元件拖到舞台上

习题

1. 为什么要修改音频输出的比特率？
2. 如何确定每句歌词出现的时间和所在的帧位置之间的关系？
3. 请选择一首歌曲，制作一小段简单的 Flash MV。

第7章

动画交互控制

7.1 动画交互控制原理

在实际应用中,人们常常需要制作具有人机交互功能的 Flash 动画。例如教学课件、网络游戏、动态网站等,交互功能是必不可少的。本节通过分析 Flash 动画的播放特性,讨论动画交互控制的条件和方法。

7.1.1 Flash 动画的默认播放设置

在默认的情况下,Flash 发布的动画是自动而且循环播放的。若动画只有一个场景,则播放的顺序是从该场景的时间轴第 1 帧开始,播放到最后一帧后播放头自动回到第 1 帧重新播放,而且会反复循环播放,没有次数限制。如图 7.1.1 所示的动画文件,发布后的动画将在场景 1 的第 1 帧和第 30 帧之间反复播放,从画面中可见小球从左向右移动并重复进行。

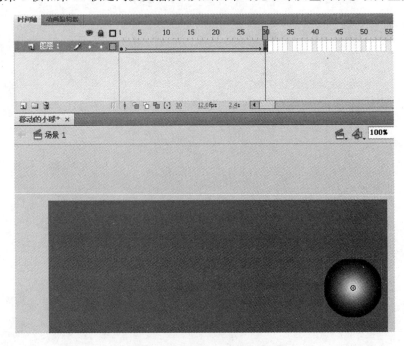

图 7.1.1　小球从左向右移动

　　若动画有多个场景,则播放的顺序是依据"场景编辑器"中场景的排序按从上至下的顺序,从最上方的第一个场景时间轴第 1 帧开始,播放完该场景的最后一帧后,播放头自动跳到下一个场景的时间轴第 1 帧开始播放,播放完该场景的最后一帧后,又自动跳到再下一个场景继续播放。如此一直播放完最后一个场景的最后一帧后,播放头又自动回到第一个场景的第 1 帧开始重新播放。如图 7.1.2 所示的动画文件有 4 个场景,发布后的影片将按场景 3、场景 1、场景 2、场景 4 的顺序从上至下逐个场景进行播放,而且循环不断。

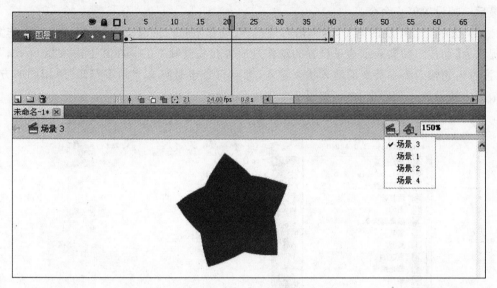

图 7.1.2　4 个场景的排列顺序

7.1.2　Flash 动画交互控制原理

　　从 Flash 动画的播放过程分析可见,要实现动画播放过程可控,首先是要让动画停止自动播放,否则一切都将无从谈起。要达到这个目的,Flash 提供了一个非常便捷的方法,就是在某些关键帧上设置停止播放的 ActionScript 动作脚本,待播放头移动到这些关键帧的时候,Flash 自动执行这些脚本命令,让播放头停止移动,动画播放也就相应停止。

　　要让动画具有交互性,仅仅使动画停止播放还不够,还必须具有可供操纵的按钮。为此,Flash 专门提供了"按钮"元件的制作功能,而且 Flash 系统按钮库里还有大量现成的按钮供用户选用。用户只要在按钮上设置一些控制动画播放的 ActionScript 动作脚本(如播放、暂停等),同时在按钮上设置一些鼠标事件(如按下鼠标等)来触发这些动作脚本的执行,就能通过鼠标控制动画的播放进程,实现动画的交互控制。

7.2　用按钮控制动画进程

　　本节介绍利用按钮控制动画播放进程的具体方法。

7.2.1　蜜蜂采蜜 2

　　下面以第 5 章制作的"蜜蜂采蜜"动画为例,介绍如何为该动画设置帧动作和按钮动作,

实现动画的播放控制。

1. 帧动作设置

（1）选择菜单栏的【文件】→【打开】命令，在【打开】对话框中选择素材文件夹中的"蜜蜂采蜜.fla"文件，将其打开。

（2）按 Ctrl＋Enter 组合键测试动画，可见蜜蜂飞到花上就自动重新播放。若要防止蜜蜂一开始就自动飞出，就必须在第 1 帧设置停止命令。若要防止动画自动从头播放，就必须在最后一帧设置停止命令。

（3）选中"蜜蜂"层的第 1 帧，单击右键选择【动作】命令打开【动作】面板，此时【动作】面板提示为【动作－帧】，表示这里设置的动作是放置在关键帧上的。在其中输入"stop();"语句（注意语句输入要在英文的输入状态输入，标点符号也是英文半角字符）。用相同的方法在最后一帧设置一个停止命令，如图 7.2.1 所示。

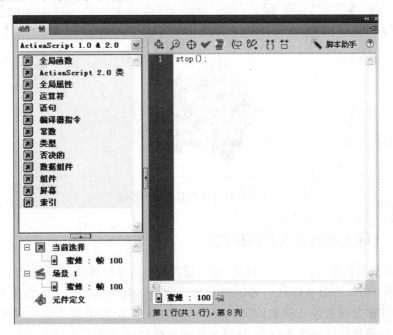

图 7.2.1　在【动作-帧】面板中输入动作脚本

（4）关闭动作面板，将 Flash 文件另存为"蜜蜂采蜜 2"。此时再按 Ctrl＋Enter 组合键测试动画，蜜蜂停止不飞行。

2. 按钮动作设置

（1）在"蜜蜂采蜜 2.fla"文件的"引导层"上面新建一个名为"按钮"的图层，然后选择菜单栏的【窗口】→【公用库】→【按钮】命令，打开 Flash 自带的按钮库，如图 7.2.2 所示。

（2）将 Flash 按钮库 Playback 文件夹中的 3 个按钮拖曳至"按钮"图层，然后用任意变形工具 ![tool] 进行适当缩放，并利用"对齐"面板进行水平方向对齐和等距离排列，如图 7.2.3 所示。

（3）选中第 1 个按钮（"播放"按钮），打开【动作】面板。此时【动作】面板上的提示变成了【动作－按钮】，表示这里设置的动作是放置在按钮上的。在【动作】面板中输入下列代码，

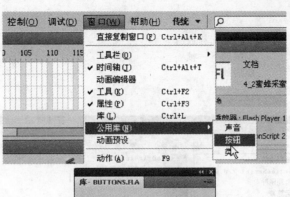

图 7.2.2　打开 Flash 自带的按钮库

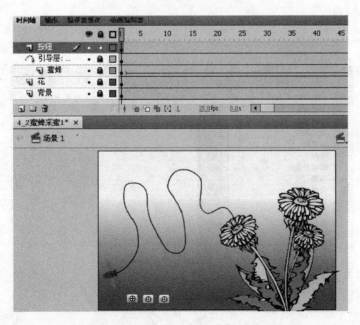

图 7.2.3　添加 3 个按钮到"按钮"图层

如图 7.2.4 所示。

```
on(release){          //当鼠标释放时
    nextFrame();      //跳到下一帧
    play();           //播放
}
```

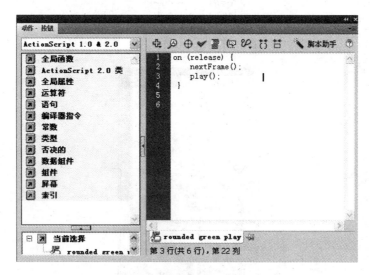

图 7.2.4　在"播放"按钮的【动作-按钮】面板输入语句

（4）用同样的方法，选中第 2 个按钮（"暂停"按钮），在【动作】面板中输入如下代码，如图 7.2.5 所示。

```
on(release){
    stop();        //停止播放
}
```

图 7.2.5　在"暂停"按钮的【动作-按钮】面板输入语句

(5) 再选中第 3 个按钮("停止"按钮),在"动作"面板中输入如下代码,如图 7.2.6 所示。

```
on(release){
    gotoAndstop(1);          //跳到第 1 帧并停止
}
```

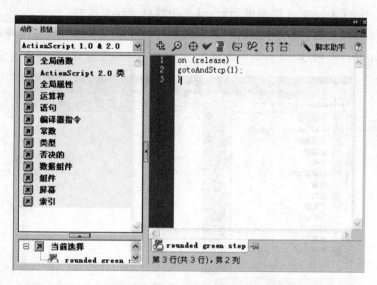

图 7.2.6 在"停止"按钮的【动作-按钮】面板输入语句

(6) 保存并测试动画,单击"播放"按钮,蜜蜂开始飞行,单击"暂停"按钮,蜜蜂暂停飞行,再单击"播放"按钮则继续飞行,如单击"停止"按钮,则蜜蜂又回到开始的状态并停止播放,如图 7.2.7 所示。

图 7.2.7 按钮控制蜜蜂飞行

7.2.2 马儿跑2

1. 帧动作设置

（1）选择菜单栏的【文件】→【打开】命令，在【打开】对话框中选择第4章制作的"马儿跑.fla"文件，将其打开。

（2）按 Ctrl＋Enter 组合键测试动画，可见动画自动反复播放。

（3）按 F9 功能键打开【动作】面板，分别选中"马"层的第1帧和最后1帧，在【动作】面板中输入"stop();"语句，如图7.2.8所示。

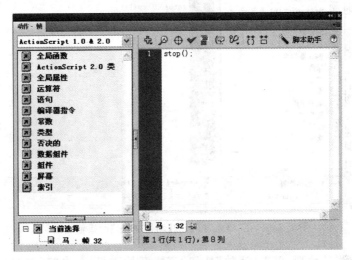

图 7.2.8 在【动作-帧】面板中输入语句

（4）关闭【动作】面板，将 Flash 文件另存为"马儿跑2"。

2. 按钮动作设置

（1）在"马儿跑2.fla"文件的"声音"层上新建一个名为"按钮"的图层，然后选择菜单栏的【窗口】→【公用库】→【按钮】命令，打开 Flash 自带的按钮库，如图7.2.9所示。

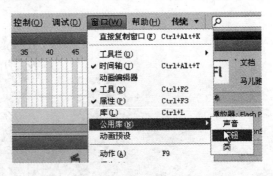

图 7.2.9 打开 Flash 自带的按钮库

（2）将 Flash 按钮库 Playback 文件夹中的3个按钮拖曳至"按钮"图层，然后用任意变形工具 进行适当缩放，并利用"对齐"面板进行水平方向对齐和等距离排列，如图7.2.10所示。

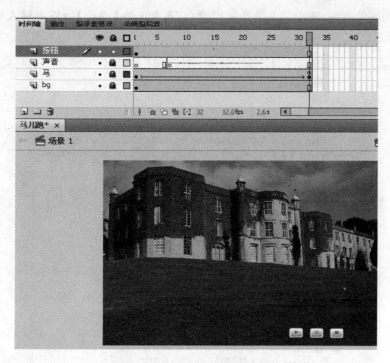

图 7.2.10　添加按钮到按钮图层

（3）选中第 1 个按钮（"播放"按钮），打开【动作】面板。在【动作】面板中输入下列代码，如图 7.2.11 所示。

```
on(release){            //当鼠标释放时
    nextFrame();        //跳到下一帧
    play();             //播放
}
```

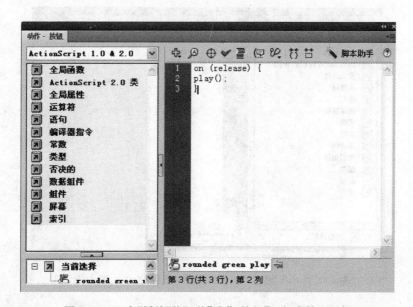

图 7.2.11　在"播放"按钮的【动作-按钮】面板中输入语句

（4）用同样的方法，选中第 2 个按钮（"暂停"按钮），在【动作】面板中输入如下代码，如图 7.2.12 所示。

```
on(release){
    stop();        //暂停播放
}
```

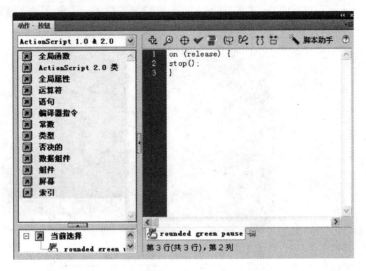

图 7.2.12　在"暂停"按钮的【动作-按钮】面板中输入语句

（5）选中第 3 个按钮（"停止"按钮），在【动作】面板中输入如下代码，如图 7.2.13 所示。

```
on(release){
    gotoAndStop(1);        //跳到第 1 帧并停止
}
```

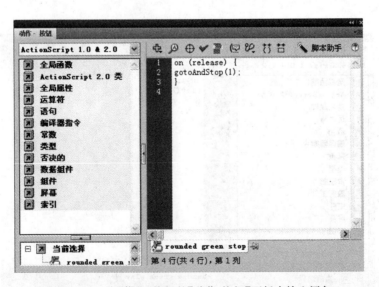

图 7.2.13　在"停止"按钮的【动作-按钮】面板中输入语句

（6）保存并测试动画，单击"播放"按钮，马开始跑到草地上，单击"暂停"按钮，马就在原地踏步，再单击"播放"按钮马则会继续奔跑，如单击"停止"按钮，动画又回到开始的状态并停止播放。

7.2.3 小狗漫步2

1. 帧动作设置

（1）选择菜单栏的【文件】→【打开】命令，在打开的【打开】对话框中选择第4章制作的"小狗漫步.fla"文件，将其打开。

（2）按 Ctrl+Enter 组合键测试动画，可见到动画自动重复播放。要让动画具有交互控制功能就必须在关键帧上添加动作脚本，让动画不能自动播放。

（3）按 F9 功能键打开【动作】面板，分别选中"小狗"层的第1帧和最后1帧，在【动作】面板中输入"stop();"语句。

（4）关闭动作面板，将文件另存为"小狗漫步2"。

2. 按钮动作设置

（1）在"小狗"图层上方新建一个名为"按钮"的图层，然后在菜单栏上选择【窗口】→【公用库】→【按钮】命令，打开 Flash 自带的按钮库，如图 7.2.9 所示。

（2）将 Flash 按钮库 Playback 文件夹中的3个按钮拖曳至"按钮"图层，然后用任意变形工具 进行适当缩放，并利用"对齐"面板进行水平方向对齐和等距离排列，如图 7.2.14 所示。

图 7.2.14 添加按钮到按钮图层

（3）选中第1个按钮（"播放"按钮），打开【动作】面板，在其中输入下列代码：

```
on(release){          //当鼠标释放时
```

```
    nextFrame();          //跳到下一帧
    play();               //播放
}
```

（4）选中第 2 个按钮（"暂停"按钮），在【动作】面板中输入如下代码：

```
on(release){
    stop();               //暂停播放
}
```

（5）选中第 3 个按钮（"停止"按钮），在【动作】面板中输入如下代码：

```
on(release){
    gotoAndStop(1);       //跳到第 1 帧并停止
}
```

（6）保存并测试动画，单击"播放"按钮，小狗开始跑到草地上，单击"暂停"按钮，小狗就在原地踏步，再单击"播放"按钮小狗则会继续奔跑，如单击"停止"按钮，动画又回到开始的状态并停止播放。

7.3 用按钮控制场景转换

正如一场舞台剧可以分为几幕进行表演一样，Flash 的动画也可以分为多个场景进行制作。Flash 中的场景可以新建、删除、重命名、改变播放次序等。在默认情况下，一个新建的 Flash 动画文档中只有一个场景，其默认名称为"场景 1"。

7.3.1 新建场景与场景设置

1. 新建场景

（1）新建 Flash 文档，单击"编辑场景"按钮 ，可见只有场景 1 可供选择，如图 7.3.1 所示。

（2）选择【插入】→【场景】命令，新建一个场景 2，如图 7.3.2 所示。

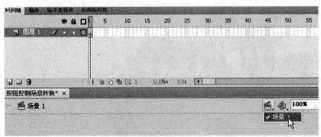
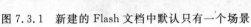
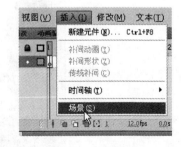

图 7.3.1　新建的 Flash 文档中默认只有一个场景　　　　图 7.3.2　新建场景 2

（3）单击"编辑场景"按钮 ，单击选中"场景 2"作为当前场景，即可进入"场景 2"的编辑窗口，如图 7.3.3 所示。

2. 场景设置

在"场景编辑面板"中可对场景进行重命名、播放顺序调整等设置。

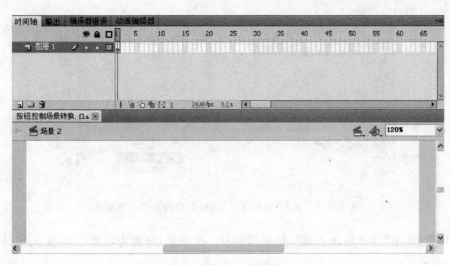

图 7.3.3 选择编辑"场景 2"

(1) 选择【窗口】→【其他面板】→【场景】调出"场景编辑面板",如图 7.3.4 所示。

(2) 修改场景的名称。将鼠标移到场景 1 的名称上双击,场景 1 的名称变成可编辑状态,将场景 1 的名称改为"动物的类群",如图 7.3.5 所示。

(3) 在默认情况下,Flash 依据"场景编辑面板"中场景的排列顺序从上至下逐个播放。要改变场景的播放顺序,只要在"场景编辑面板"中调整各个场景的上下排列顺序即可。例如按住"场景 2"向上移动到"动物的类群"场景的上方,如图 7.3.6 所示。这样动画在默认情况下自动播放的顺序就从"场景 2"开始,再到"动物的类群"场景。

图 7.3.4 场景编辑面板

图 7.3.5 将"场景 1"重命名为 "动物的类群"

图 7.3.6 调整场景的上下 排列顺序

(4) 关闭"场景编辑面板",单击"编辑场景"按钮 ,可见场景由上至下的排列顺序变为"场景 2"、"动物的类群",如图 7.3.7 所示。

7.3.2 场景转换与控制

本小节通过一个"动物表演"的例子来介绍场景的转换与控制。

1. 建立框架

(1) 新建 Flash 文档,文档的大小和帧频保持默认值(大小为 550×400 像素,帧频为 25fps)。保存 Flash 文档,命名为"动物表演"。

(2) 在"动物表演"文档中,选择【插入】→【场景】新建 3 个场景,选择【窗口】→【其他面

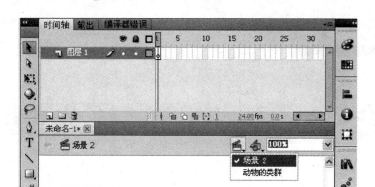

图 7.3.7　单击"编辑场景"按钮查看场景的排列顺序

板】→【场景】调出"场景编辑面板",可见其中有 4 个场景,分别为场景 1、场景 2、场景 3 和场景 4。

(3) 回到"场景 1",选择图层 1 的第 1 帧,选择【文件】→【导入】→【导入到舞台】将准备好的背景图片导入到舞台上,设置图片的大小为"550×400"像素,X 和 Y 值均为 0,锁定"图层 1"。

(4) 新建图层 2,重命名为"文字",用文本工具 **T** 在舞台中输入"动物表演"4 个文字作为标题,文字属性如图 7.3.8 所示。

(5) 再用文本工具 **T** 在舞台中输入"蜜蜂"、"马"、"小狗"3 个文本,如图 7.3.9 所示。

图 7.3.8　标题文字属性

图 7.3.9　输入文本

2．动画制作

为节省时间,这里直接引用 7.2 节制作好的"蜜蜂采蜜 2"、"马儿跑 2"和"小狗漫步 2"3 个文件进行制作。

(1)用 Flash 打开 7.2 节制作好的"蜜蜂采蜜 2"、"马儿跑 2"和"小狗漫步 2"3 个文件。此时 Flash 中一共打开了 4 个 Flash 文件,如图 7.3.10 所示。

图 7.3.10　同时打开了 4 个 Flash 文件

(2)由于 3 个文件可能存在名称相同的元件和补间,如果将几个文件的图层复制到一个文件的不同场景中会产生冲突。所以在复制各个文件到"动物表演"中之前,必须对 3 个文件中的元件和补间重命名。例如在"蜜蜂采蜜 2"中,对所有元件和补间的名字后面加 1,在"马儿跑 2"中,对所有元件和补间的名字后面加 2,在"小狗漫步 2"中,对所有元件和补间的名字后面加 3。

(3)在标题栏中单击"蜜蜂采蜜 2"图标,打开"蜜蜂采蜜 2"文件。按住 Ctrl 键同时用鼠标选中全部图层,将鼠标的光标移到时间轴的任一帧上,单击鼠标右键选择"复制帧"命令,如图 7.3.11 所示。

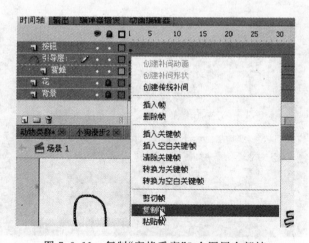

图 7.3.11　复制"蜜蜂采蜜"5 个图层全部帧

(4)在标题栏中单击"动物表演"图标,打开"动物表演"文件。单击"编辑场景"按钮 选中"场景 2",进入"场景 2"的编辑窗口。右键单击场景 2 中图层 1 的第 1 帧,选择【粘贴帧】命令,将"蜜蜂采蜜 2"的全部帧粘贴到"场景 2"中,如图 7.3.12 所示。按住"场景 2"中"蜜蜂"层拖拽回到引导层内(值得注意的是,复制后的引导层会发生位置变化,以致失去引导作用,必须将"被引导层"重新置于"引导层"的"管辖"范围之内)。

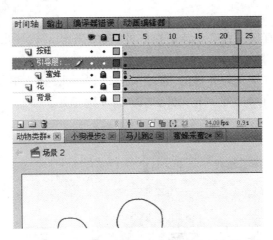

图 7.3.12　将"蜜蜂采蜜"全部帧粘贴到场景 2 中

（5）用同样的方法，将"马儿跑 2"、"小狗漫步 2"文件内的全部图层分别复制到"场景 3"、"场景 4"，如图 7.3.13 所示。关闭"蜜蜂采蜜 2"、"马儿跑 2"和"小狗漫步 2"3 个文档。

图 7.3.13　粘贴"马儿跑 2"所有帧到场景 3 中

3. 帧动作设置

（1）回到场景 1，单击图层 1 的第 1 帧，选择【窗口】→【动作】命令打开"动作面板"，在"动作面板"中输入以下代码，如图 7.3.14 所示。保存文件。

```
stop();
```

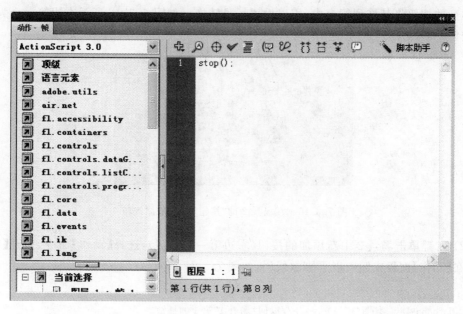

图 7.3.14 输入代码

（2）回到"场景 2"，单击选中"蜜蜂"图层的最后一个关键帧，按 F9 功能键打开"动作面板"，将脚本窗口中的原有代码删除（原有代码为：stop();），重新输入如下代码：

```
gotoAndStop(1);
```

（3）用步骤（2）同样的操作方法，为"场景 3"的"马"图层的最后一个关键帧和"场景 4"的"小狗"图层的最后一个关键帧设置同样的动作代码，如图 7.3.15 所示。

图 7.3.15　场景 2"蜜蜂"图层的最后一个关键帧的动作设置

4．按钮动作设置

（1）回到场景 2，选择"按钮"层，选择【窗口】→【公共库】→【按钮】命令，选择一个与场景中同类型的按钮将其拖到舞台中,用以设置场景转换。如图 7.3.16 所示右边第一个为新添加的按钮。

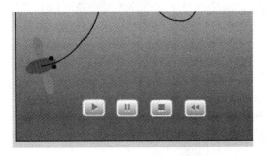

图 7.3.16　在场景 2 的"按钮"层中添加按钮

（2）右键单击场景 2 中新添加的按钮（右边第一个按钮）,选择【动作】命令,打开【动作】面板,在【动作】面板中输入以下脚本代码,如图 7.3.17 所示。

```
on(release){
    gotoAndPlay("场景 1",1);        //返回"场景 1"第 1 帧播放
}
```

值得注意的是,脚本代码中的"场景 1"的书写方法,其中"场景"与"1"之间有一个半角的空位,若不留此空位则无法执行相应的动作。

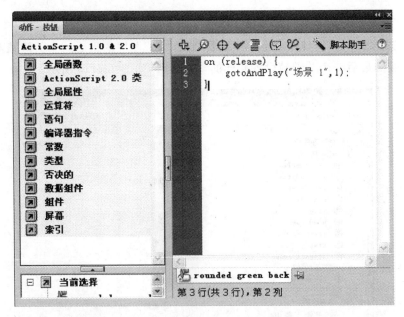

图 7.3.17　给场景 2 中的"返回"按钮设置动作

（3）关闭"动作面板",复制新添加的"返回"按钮,单击"编辑场景"按钮 ，分别选中场景 3 和场景 4,再选中"按钮"图层的第 1 帧,将"返回按钮"粘贴到"按钮"图层上,调整位置如图 7.3.18 所示。

（4）单击"编辑场景"按钮 选择场景1,锁定"文字"图层。新建一个图层重命名为

图 7.3.18 将"返回按钮"粘贴到场景 3、场景 4 的"按钮"图层上

"按钮",选择【窗口】→【公共库】→【按钮】命令调出"按钮库"。选择合适的按钮分别拖到"蜜蜂"、"马"和"小狗"3 个文本的前面,再添加一个退出的按钮,如图 7.3.19 所示。

图 7.3.19 在 3 个文本前面添加按钮

(5)单击选中"蜜蜂"文本前面的按钮,单击右键选择【动作】命令,在打开的"动作面板"中输入下列代码,如图 7.3.20 所示。

```
on(release){
    gotoAndPlay("场景 2",1);     // 转到"场景 2"第帧 1(蜜蜂场景)
}
```

这样在动画播放时单击该"按钮"就会跳到"蜜蜂"场景。值得注意的是,脚本代码中的"场景 2"的书写方法,其中"场景"与"2"之间有一个半角的空位,若不留此空位则无法执行相应的动作(以下同)。

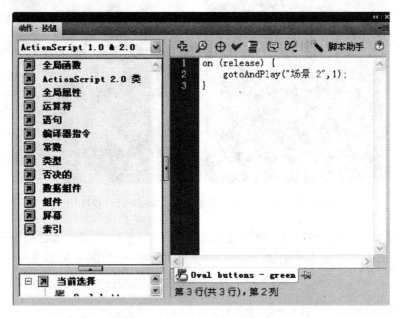

图 7.3.20 "蜜蜂"按钮动作设置

(6)用同样的方法,选中"马"按钮,在【动作】面板中输入如下代码,如图 7.3.21 所示。

```
on(release){
    gotoAndPlay("场景 3",1);    //跳到"场景 3"第 1 帧("马"场景)
}
```

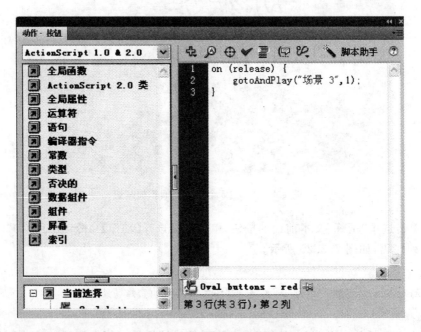

图 7.3.21 "马"按钮动作设置

（7）选中"小狗"按钮，在【动作】面板中输入如下代码，如图7.3.22所示。

```
on(release){
    gotoAndPlay("场景 4",1);     //跳到"场景 4"第 1 帧（"小狗"场景）
}
```

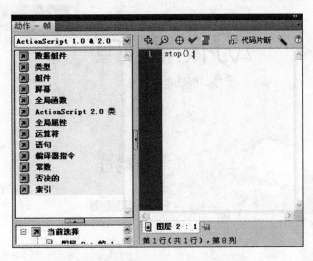

图 7.3.22 "小狗"按钮动作设置

（8）选中"退出"按钮，在【动作】面板中输入如下代码，如图7.3.23所示。

```
on(release)
    fscommand("quit");
}
```

图 7.3.23 "退出"按钮动作设置

（9）保存文件和发布，运行"动物表演.swf"文件，单击其中的按钮即可实现各场景的转换和退出动画播放，效果如图7.3.24所示。

图7.3.24　场景转换与控制

习题

1. Flash动画中的交互功能是如何实现的？

2. 要实现Flash动画的交互控制，必须在关键帧和按钮上分别设置哪些动作脚本？在设置这两类动作脚本时应注意哪些问题？

3. 请运用所学的知识，制作一个具有交互控制功能的Flash动画。

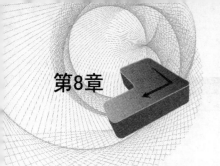

第8章

ActionScript应用

8.1 ActionScript 概述

8.1.1 ActionScript 简介

ActionScript 是 Flash 的脚本语言,是一种面向对象的编程语言。使用 ActionScript 可以控制 Flash 动画中的对象,创建导航元素和交互元素,扩展 Flash 创作交互动画和网络应用的能力。

Flash CS5 中的动作脚本语言分别是 ActionScript 2.0 和 ActionScript 3.0,其中 ActionScript 2.0 代码可以放在关键帧、按钮、影片剪辑和 as 文件等位置,而 ActionScript 3.0 代码的位置,只能放在关键帧或 as 文件中。

动作之所以具有交互性,是通过按钮、关键帧和影片剪辑设置一定的"动作"来实现的。所谓"动作",指的是一套命令语句,当某事件发生或某条件成立时,就会发出命令来执行之前设置的动作。

8.1.2 动作面板和脚本窗口

"动作"面板由三个部分组成。第一部分是脚本窗口,它位于"动作"面板的右侧,是写入脚本代码的地方。第二部分是动作工具箱,它位于"动作"面板的左侧,内有各种备用代码。第三部分是导航区,它位于动作工具箱的下方,用于显示动作脚本的位置。ActionScript 的动作面板如图 8.1.1 所示。

(1) 标题栏:位于"动作"面板的左上角,用于显示动作脚本所属的对象。它会根据动作脚本设置对象的不同,而出现"动作-帧"、"动作-按钮"和"动作-影片剪辑"等。

* 动作-帧:表示动作脚本设置在关键帧上。
* 动作-按钮:表示动作脚本设置在按钮上。
* 动作-影片剪辑:表示动作脚本设置在影片剪辑上。

(2) 动作工具箱:其中包含全局函数、ActionScript 2.0 类、全局属性、运算符、语句、编译器指令、常数、类型、否决的、数据组件、组件、屏幕和索引等,用鼠标双击就可以直接添加到脚本窗口中。

(3) 脚本窗口:用来输入动作语句,除了可以在动作工具箱中双击来添加外,也可以直接在脚本窗口中输入程序,如图 8.1.2 所示。

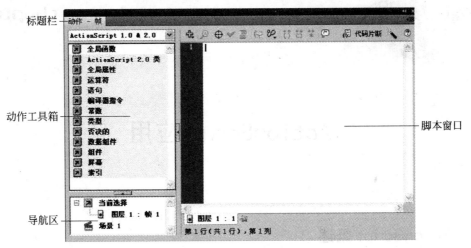

图 8.1.1　ActionScript 动作面板

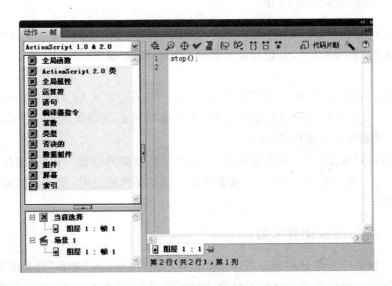

图 8.1.2　在脚本窗口中输入程序

脚本窗口上有多个功能按钮,只要把鼠标移动到这些按钮上,就会出现描述按钮功能的文本。接下来对这些功能进行简单介绍,如图 8.1.3 所示。

图 8.1.3　功能按钮介绍

A:将新项目添加到脚本中;

B:查找;

C:插入目标路径;

D:语法检查;

E:自动套用格式;

F：显示代码提示；

G：调试选项；

H：折叠成对大括号；

I：折叠所选；

J：展开全部；

K：应用块注释；

L：应用行注释；

M：删除注释；

N：显示或隐藏工具箱；

O：代码片段；

P：脚本助手。

选择"代码片段"后弹出的窗口如图 8.1.4 所示。

（4）导航区：它位于动作工具箱的下方，用于显示动画文件中全部动作脚本的位置，以及显示当前选中的对象名称或所处的位置。导航区如图 8.1.5 所示。

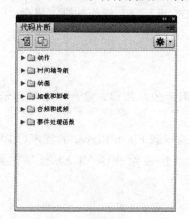

图 8.1.4　代码片段

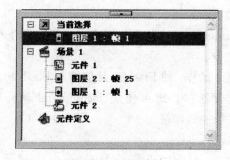

图 8.1.5　导航区

8.2　常用动作脚本代码

8.2.1　时间轴控制脚本代码

（1）play

语法：play()

描述：动作；在时间轴中向前移动播放头。

（2）stop

语法：stop()

描述：动作；停止当前正在播放的影片。此动作最通常的用法是用按钮控制动画播放或影片剪辑。

（3）gotoAndPlay

语法：gotoAndPlay(scene,frame)

参数：scene,播放头将转到场景的名称；frame,播放头将转到帧的编号。

描述：动作；将播放头转到场景中指定的帧并从该帧开始播放。如果未指定场景,则播放头将转到当前场景中的指定帧。

（4）gotoAndStop

语法：gotoAndStop(scene,frame)

参数：scene,播放头将转到场景的名称；frame,播放头将转到帧的编号。

描述：动作；将播放头转到场景中指定的帧并停止播放。如果未指定场景,则播放头将转到当前场景中的指定帧。

（5）stopAllSounds

语法：stopAllSounds()

描述：动作；在不停止播放头的情况下,停止影片中当前正在播放的所有声音。设置到流的声音在播放头移过它们所在的帧时将恢复播放。

8.2.2　浏览器/网络脚本代码

该部分的脚本代码是 Flash 用来与动画或外部文件进行交互操作的脚本集合。

（1）fscommand

语法：fscommand("command","parameters")

参数：command 动作命令。

parameters 一个传递给宿主应用程序用于任何用途的字符串；或者一个传递给 Flash Player 的值。

描述：动作；使 Flash 影片能够与 Flash Player 或承载 Flash Player 的程序（如 Web 浏览器）进行通信。还可使用 fscommand 动作将消息传递给 VB、VC++ 和其他可承载 ActiveX 控件的程序。

（2）getURL

语法：getURL(url[window["variables"]])

参数：url,可从该处获取文档的 URL。

window,一个可选参数,指定文档应加载到其中的窗口或 HTML 框架。可输入特定窗口的名称,或从下面的保留目标名称中选择：_self 指定当前窗口中的当前框架；_blank 指定一个新窗口；_parent 指定当前框架的父级；_top 指定当前窗口中的顶级框架；variables 用于发送变量的 GET 和 POST 方法。如果没有变量,则默认此参数。GET 方法将变量追加到 URL 的末尾,该方法用于发送少量变量。POST 方法在独立的 HTTP 标头中发送变量,该方法用于发送长的变量字符串。

描述：动作；从特定 URL 的文档加载到窗口中,或将变量传递到位于所定义 URL 的另一个应用程序中。若要测试此动作,请确保要加载的文件位于指定的位置。若要使用绝对 URL,则需要网络连接。

（3）loadMovie

语法：loadMovie("url",level/target[variables])

参数：url,要加载的 SWF 文件或 JPEG 文件的绝对或相对 URL。

target,指向目标影片剪辑的路径。目标影片剪辑将替换为加载的影片或图像。只能

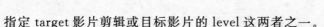

指定 target 影片剪辑或目标影片的 level 这两者之一。

level,一个整数,指定 Flash Player 中影片将被加载到的级别。在将影片或图像加载到级别时,标准模式下"动作"面板中的 loadMovie 动作将切换为 loadMovieNum;在专家模式下,必须指定 loadMovieNum 或从"动作"工具箱中选择它。

variables,为一个可选参数,指定发送变量所使用的 HTTP 方法。该参数必须是字符串 GET 或 POST。

描述:动作;在播放原始影片的同时将 SWF 或 JPEG 文件加载到 Flash Player 中。loadMovie 动作可以同时显示几个影片,并且无须加载另一个 HTML 文档就可在影片之间切换。

使用 unloadMovie 动作可删除使用 unloadMovie 动作加载的影片。

(4) loadVariables

语法:loadVariables("url",level/"target"[variables])

参数:url,变量所处位置的绝对或相对 URL。

level,指定 Flash Player 中接收这些变量级别的整数,具体用法同 loadMovie。

target,指向接收所加载变量的影片剪辑的目标路径。

Variables,为一个可选参数,指定发送变量所使用的 HTTP 方法。

描述:动作;从外部文件(例如,文本文件,或由 CGI 脚本、ASP、PHP 脚本生成的文本)读取数据,并设置 Flash Player 级别或目标影片剪辑中变量的值。此动作还可用于使用新值更新活动影片中的变量。

(5) unloadMovie

语法:unloadMovie[Num](level/"target")

参数:level,加载影片的级别(_levelN)。从一个级别卸载影片时,在标准模式下,"动作"面板中的 unloadMovie 动作切换为 unloadMovieNum;在专家模式下,必须指定 unloadMovieNum,或者从"动作"面板中选择它。

Target,影片剪辑的目标路径。

描述:动作;从 Flash Player 中删除一个已加载的影片或影片剪辑。

8.2.3 影片剪辑控制脚本代码

(1) duplicateMovieclip

语法:duplicateMovieClip(target,newname,depth)

参数:target,要复制的影片剪辑的目标路径。

newname,复制的影片剪辑的唯一标识符。

depth,复制的影片剪辑的唯一深度级别。深度级别是复制的影片剪辑的堆叠顺序。这种堆叠顺序很像时间轴中图层的堆叠顺序:较低深度级别的影片剪辑隐藏在较高堆叠顺序的影片剪辑之下。必须为每个复制的影片剪辑分配一个唯一的深度级别,以防止它替换现有深度上的影片剪辑。

描述:动作;当影片正在播放时,创建一个影片剪辑的实例。无论播放头在原始影片剪辑(或"父级")中处于什么位置,复制的影片剪辑的播放头始终从第1帧开始。如果删除父级影片剪辑,则复制的影片剪辑也被删除。

（2）setProperty

语法：setProperty("target",property,value/expression)

参数：target,到要设置其属性的影片剪辑实例名称的路径。

property,要设置的属性。

value,属性的新文本值。

expression,计算结果为属性新值的公式。

描述：动作；当影片播放时,更改影片剪辑的属性值。

（3）on

语法：on(mouseEvent){statement(s);}

参数：statement(s)是指发生 mouseEvent 时要执行的指令。

mouseEvent 是"事件"触发器。当发生此事件时,执行事件后面花括号中的语句。可为 mouseEvent 参数指定下面的任何值：

- press：当鼠标指针经过按钮时按下鼠标左键。
- release：在鼠标左键已经按住按钮的情况下,释放鼠标左键。
- releaseOutside：在鼠标左键已经按住按钮的情况下,将鼠标指针移到按钮之外并释放鼠标左键。
- rollOut：鼠标指针移出按钮区域。
- rollOver：鼠标指针移进按钮区域。
- dragOut：在鼠标指针移进按钮时按下鼠标左键并拖出此按钮区域。
- dragOver：在按钮区域外按下鼠标左键并拖进此按钮区域。
- keyPress(key)：按下指定的 key。此参数的 key 部分可使用 Flash"键盘键和键控代码值"中所列的任何键控代码进行指定,或者使用 key 对象属性摘要中列出的任何键常量进行指定。

描述：时间处理函数；指定触发动作的鼠标事件或按键事件。

（4）onClipEvent

语法：onClipEvent(movieEvent){

　　　　statement(s);

　　　　}

参数：movieEvent 是一个称为"事件"的触发器。当事件发生时,执行该事件后面花括号中的语句。可以为 movieEvent 参数指定下面的任何值：

- load：影片剪辑一旦被实例化并出现在时间轴中时,即启动此动作。
- unload：在从时间轴中删除影片剪辑之后,此动作在第 1 帧中启动。处理与 Unload 影片剪辑事件关联的动作之前,不向受影响的帧附加任何动作。
- enterFrame：以影片帧频不断地触发此动作。首先处理与 enterFrame 剪辑事件关联的动作,然后才处理附加到受影响帧的所有帧动作脚本。
- mouseMove：每次移动鼠标时启动此动作,_xmouse 和 _ymouse 属性用于确定当前鼠标位置。
- mouseDown：当按下鼠标左键时,启动此动作。
- mouseUp：当释放鼠标左键时,启动此动作。

- keyDown：当按下某个键时启动此动作，使用 Key-getCode 方法获取最近按下的键的相关信息。

- data：当在 loadVariables 或 loadMovie 动作中接收数据时启动此动作。当与 loadVariables 动作一起指定时，data 事件只发生一次，即加载最后一个变量时。当与 loadMovie 动作一起指定时，获取数据的每一部分时，data 事件都重复发生。

statement(s)为发生 mouseEvent 时要执行的指令。

描述：事件处理函数；触发为特定影片剪辑实例定义的动作。

（5）removeMovieClip

语法：removeMovieClip(target)

参数：target，用 duplicateMovieClip 创建的影片剪辑实例的目标路径，或者用 MovieClip 对象的 attachMovie 或 duplicateMovieClip 方法创建的影片剪辑的实例名。

描述：动作；删除用 MovieClip 对象的 attachMovie 或 duplicateMovieClip 方法创建的实例，或者用 duplicateMovieClip 动作创建的影片剪辑实例。

（6）startDrag

语法：startDrag(target,[lock,left,top,right,bottom])

参数：target，要拖动的影片剪辑的目标路径。

lock，一个布尔值，指定可拖动影片剪辑是锁定到鼠标位置中央（true），还是锁定到用户首次单击该影片剪辑的位置上（false）。此参数是可选的。

left、top、right、bottom，相对于影片剪辑父级坐标的值，这些坐标指定该影片剪辑的约束矩形。这些参数是可选的。

描述：动作；使 target 影片剪辑在影片播放过程中可拖动。一次只能拖动一个影片剪辑。执行 startDrag 动作后，影片剪辑将保持可拖动状态，直到被 stopDrag 动作明确停止为止，或者到为其他影片剪辑调用了 startDrag 动作为止。

（7）stopDrag

语法：stopDrag()

描述：动作；停止当前的拖动操作。

（8）updateAfterEvent

语法：updateAfterEvent()

描述：动作；当在 onClipEvent 处理函数中调用它时，或作为传递给 setInterval 的函数或方法的一部分进行调用时，该动作更新显示（与影片的帧频无关）。如果对 updateAfterEvent 的调用不在 onClipEvent 处理函数中，也不是传递给 setInterval 的函数或方法的一部分，则 Flash 忽略该调用。

8.2.4 变量

程序的基本功能是处理数据，组成程序的数据就像生活中的东西一样，都是放在一定的容器中的，这个容器在编程中称为变量，容器的名字称为变量名，容器中保存的数据称为变量值。

（1）var

语法：var variableName1[=value1][…,variableNameN[=valueN]]

参数：variableName，标识符；value 分配给变量的值。

描述：动作；用于声明局部变量。如果在函数内声明局部变量，那么变量就是为该函数定义的，且在该函数调用结束时到期。如果变量不是在块（｛｝）内声明的，但使用 call 动作执行该动作列表，则该变量为局部变量，且在当前列表结束时到期。如果变量不是在块中声明的，且不使用 call 动作执行当前动作列表，则这些变量不是局部变量。

（2）set variable

语法：set（variable，expression）

参数：variable，保存 expression 参数值的标识符；expression，分配给变量的值。

描述：动作；为变量赋值。Variable 是保存数据的容器。变量可以保存任何类型的数据，例如，数字、字符串、布尔值、对象或影片剪辑。每个影片和影片剪辑的时间轴都有自己的变量集，每个变量又都有其独立于其他时间轴上的变量的值。

（3）delete

语法：delete reference

参数：reference，要消除的变量或对象的名称。

描述：运算符；销毁由 reference 参数指定的对象或变量，如果该对象被成功删除，则返回 true；否则返回 false。

（4）with

语法：with（object）｛

statement（s）；

　　　　｝

参数：object，动作脚本对象或影片剪辑的实例；statement（s）为花括号中包含的动作或一组动作。

描述：动作；允许使用 object 参数指定一个对象（如影片剪辑），并使用 statement（s）参数计算对象中的表达式和动作。这可以使用户不必重复书写对象的名称或路径。

8.2.5　常量

（1）true

语法：true

描述：表示与 false 相反的唯一布尔值。

（2）false

语法：false

描述：表示与 true 相反的唯一布尔值。

（3）newline

语法：newline

描述：常量；插入一个回车符，该回车符在动作脚本代码中插入一个空行。Newline 可用来为代码中的函数或动作所获取的信息留出空间。

（4）null

语法：null

描述：关键字；一个可以赋予变量或者可以在函数未提供数据时由函数返回的特殊

值。可以使用 null 表示缺少的或者未定义数据类型的值。

（5）undefined

语法：undefined

描述：一个特殊值，通常用于指示变量尚未赋值。对未定义值的引用返回特殊值 undefined。动作脚本代码 typeof(undefined)返回字符串"undefined"。undefined 类型的唯一值是 undefined。

当将 undefined 转换为字符串时，它转换为空字符串。Undefined 值与特殊值 null 相似。事实上，当使用相等运算符对 null 和 undefined 进行比较时，它们的比较结果为相等。

8.2.6 函数

函数是 Flash 中至关重要的部分，是完成复杂的程序操作的必要组合。

1. 常用函数

该部分的内容是介绍 Flash 中常用逻辑函数脚本集合。

（1）escape

语法：escape(expression)

参数：expression，要转换为字符串并以 URL 编码格式进行编码的表达式。

描述：函数；将参数转换为字符串，并以 URL 编码格式进行编码，在这种格式中，将所有非字母数字的字符都转义为十六进制数序列。

（2）unescape

语法：unescape(x)

参数：x 为转义的十六进制数序列字符串。

描述：顶级函数；将参数 x 作为字符串计算，将该字符串从 URL 编码格式（这种格式将所有十六进制数序列转换为 ASCII 字符）进行解码，并返回该字符串。

（3）eval

语法：eval(expression)

参数：expression 包含要获取的变量、属性、对象或影片剪辑名称的字符串。

描述：函数；按照名称访问变量、属性、对象或影片剪辑。如果 expression 是一个变量或属性，则返回该变量或属性的值。如果 expression 是一个对象或影片剪辑，则返回指向该对象或影片剪辑的引用。如果无法找到 expression 中指定的元素，则返回 undefined。

（4）getProperty

语法：getProperty(instancename,property)

参数：instancename，要获取其属性的影片剪辑的实例名称。property 为影片剪辑的属性。

描述：函数；返回影片剪辑 instancename 的指定 property 的值。

（5）getTimer

语法：getTimer0

描述：函数；返回自影片开始播放后已经过的毫秒数。

（6）targetPath

语法：targetpath(movieClipObject)

参数：movieClipObject，对要获取其目标路径的影片剪辑的引用（例如，_root 或_parent）。

描述：函数；返回包含 movieClipObject 的目标路径的字符串。此目标路径以点记号表示形式返回。若要获取以斜杠记号表示的目标路径，请使用 target 属性。

2．数学函数

该部分的 Action 帮助开发人员完成程序中的数学运算。

（1）isFinite

语法：isFinite(expression)

参数：expression，要计算的布尔表达式、变量表达式或其他表达式。

描述：顶级函数；对 expression 进行计算，如果其为有效数，则返回 true，如果为无穷大或负无穷大，则返回 false。无穷大或负无穷大的出现指示有错误的数学条件，例如，被 0 除。

（2）isNaN

语法：isNaN(expression)

参数：expression，要计算的布尔表达式、变量表达式或其他表达式。

描述：顶级函数；对参数进行计算，如果值不是数字(NaN)，则返回 true，指示存在数学错误。

（3）parseFloat

语法：parseFloat(string)

参数：string，要读取并转换为浮点数的字串符。

描述：函数；将字串符转换为浮点数。此函数读取（或"分析"）并返回字符串中的数字，直到它到达不是数字（其初始含义为数字）部分的字符。如果字符串不是以一个可以分析的数字开始的，则 parseFloat 返回 NaN。有效整数前面的空白将被忽略，有效整数后面的非数值字符也将被忽略。

（4）parseInt

语法：parseInt(expression,[radix])

参数：expression，转换为整数的字串符。

Radix 表示要分析数字的基数（基）的整数。合法值为 2～36。此参数是可选的。

描述：函数；将字符转换为整数。如果参数中指定的字符串不能转换为数字，则此函数返回 NaN。以 0 开头的整数或指定基数为 8 的整数被解释为八进制数。以 0x 开头的字符串被解释为十六进制数。有效整数前面的空白将被忽略，有效整数后面的非数值字符也将被忽略。

3．转换函数

该部分的 Action 是 Flash 用来处理内容格式转换的脚本集合。

（1）Boolean（函数）

语法：Boolean(expression)

参数：expression 为一个可转换为布尔值的表达式。

描述：函数；将参数 expression 转换为布尔值，并以如下形式返回值：

如果 expression 是布尔值，则返回值为 expression；如果 expression 是数字，则在该数字不为零时返回值为 true，否则为 false；如果 expression 是字符串，则调用 toNumber 方法,并且在该数字不为 0 时返回值为 true,否则为 false;如果 expression 未定义,则返回值为 false;如果 expression 是影片剪辑或对象,则返回值为 true。

（2）Number（函数）

语法：Number(expression)

参数：expression,要转换为数字的表达式。

描述：函数；将参数 expression 转换为数字并按如下规则返回一个值：

如果 expression 为数字,则返回值为 expression；如果 expression 是布尔值,当 expression 为 true 时,返回值为 1,当 expression 为 false 时,返回值为 0；如果 expression 为字符串,则该函数尝试将 expression 解析为一个带有可选尾随指数的十进制数；如果 expression 为 undefined,则返回值为 0。

（3）string（函数）

语法：string(expression)

参数：expression 要转换为字符串的表达式。

描述：函数；返回指定参数的字符串表示形式,规则如下所示：

如果 expression 是布尔值,则返回字符串为 true 或 false；如果 expression 是数字,则返回的字符串为此数字的文本表示形式；如果 expression 为字符串,则返回的字符串是 expression；如果 expression 是一个对象,则返回值为该对象的字符串表示形式,它是通过调用该对象的字符串属性而生成的,如果不存在此类属性,则通过调用 Object. toString 而生成；如果 expression 是一个影片剪辑,则返回值是以斜杠(/)记号表示的此影片剪辑的目标路径；如果 expression 为 undefined,则返回值为空字符串()。

4. 用户定义的函数

该部分的 Action 可以通过用户自己组合开发更具灵活的程序脚本。

（1）return

语法：return[expression]

参数：expression 要作为函数值计算并返回的字符串、数字、数组或对象。此参数是可选的。

描述：动作；指定由函数返回的值。return 动作计算 expression 并将结果作为它在其中执行函数的值返回。return 动作导致函数停止运行,并用返回值代替函数。如果单独使用 return 语句,它返回 null。

（2）call

语法：call(frame)

参数：frame 为时间轴中帧的标签或编号。

描述：动作；执行被调用帧中的脚本,而不将播放头移动到该帧。一旦执行完该脚本,局部变量将不存在。

（3）function

语法：function functionname([parameter0, parameter1, …parameterN]){
　　　　statement(s);
　　　　}
　　　function ([parameter0, parameter1, …parameterN]){

```
        statement(s);
    }
```

参数：functionname,新函数的名称。

parameter,一个标识符,表示要传递给函数的参数。这些参数是可选的。

statement(s)为 function 的函数体定义的任何动作脚本指令。

描述：定义用于执行特定任务的一组语句。可以在影片的一个地方"声明"或定义函数,然后从影片的其他脚本调用它。定义函数时,还可以为其指定参数。参数是函数要对其进行操作的值的占位符。每次调用函数时,可以向其传递不同的参数。这使用户可以在不同场合重复使用一个函数。

（4）method

语法：object. method＝function([parameters]){

        …body of function…

    }

参数：object,对象的标识符。

method,方法的标识符。

parameters,要传递给函数的参数。可选参数。

描述：动作(仅限标准模式);用于在标准模式下使用"动作"面板来定义对象的方法。

8.2.7 属性

用 Flash 制作或开发动画,其中必不可少的就是使用脚本定义所有 movie 的属性。

（1）MovieClip. _height

语法：myMovieClip. _height

描述：属性;以像素为单位设置和获取影片剪辑的高度。

（2）MovieClip. _name

语法：myMovieClip. _name

描述：属性;返回由 MovieClip 指定影片剪辑的实例名称。

（3）_quality

语法：_quality

描述：属性(全局);设置或获取用于影片的呈现品质。设备字体始终是带有锯齿的,因此不受_quality 属性的影响。

（4）MovieClip. _rotation

语法：myMovieClip. _rotation

描述：属性;以度为单位指定影片剪辑旋转。

（5）MovieClip. _alpha

语法：myMovieClip. _alpha

描述：属性;设置或获取由 MovieClip 指定的影片剪辑的 Alpha 不透明度(value)。有效值为 0(完全透明)～100(完全不透明)。如果影片剪辑的_alpha 设置为 0,虽然其中的对象不可见,但也是活动的。

（6）MovieClip. _currentframe

语法：myMovieClip. _currentframe

描述：属性（只读）；返回 MovieClip 指定的时间轴中播放头所处的帧的编号。

（7）MovieClip. _framesloaded

语法：myMovieClip. _framesloaded

描述：属性（只读）；从影片中已经加载的帧数。该属性可确定特定帧及其前面所有帧的内容是否已经加载，并且是否可在本地浏览器使用。该属性对于监视大影片的下载过程很有用。

（8）_soundbuftime

语法：_soundbuftime＝integer

参数：integer 在影片开始进入流之前缓冲的秒数。

描述：属性（全局）；规定声音流缓冲的秒数。默认值为 5 秒。

（9）MovieClip. _target

语法：myMovieClip. _target

描述：属性（只读）；返回 MovieClip 参数中指定的影片剪辑实例的目标路径。

（10）MovieClip. _totalframes

语法：myMovieClip. _totalframes

描述：属性（只读）；返回 MovieClip 参数中指定的影片剪辑实例中的总帧数。

（11）MovieClip. _url

语法：myMovieClip. _url

描述：属性（只读）；获取从中下载影片剪辑的 SWF 文件的 URL。

（12）MovieClip. _visible

语法：myMovieClip. _visible

描述：属性；一个布尔值，指示由 MovieClip 参数指定的影片是否可见。不可见的影片剪辑（_visible 属性设置为 false）处于禁用状态。例如，不能单击_visible 属性设置为 false 的影片剪辑中的按钮。

（13）MovieClip. _width

语法：MovieClip. _width

描述：属性；以像素为单位设置和获取影片剪辑的宽度。

（14）MovieClip. _x

语法：MovieClip. _x

描述：属性；设置影片剪辑的 x 轴坐标，该坐标相对于父级影片剪辑的本地坐标。如果影片剪辑在主时间轴中，则其坐标系统将舞台的左上角作为（0，0）。如果影片剪辑位于另一个具有变形的影片剪辑中，则该影片剪辑位于包含它的影片剪辑的本地坐标系统中。因此，对于逆时针旋转 90°的影片剪辑，该影片剪辑的子级将继承逆时针旋转 90°的坐标系统。影片剪辑的坐标指的是注册点的位置。

（15）MovieClip. _xmouse

语法：MovieClip. _xmouse

描述：属性（只读）；返回鼠标位置的坐标。

(16) MovieClip._xscale

语法：MovieClip._xscale

描述：属性；确定从影片剪辑的注册点开始应用的影片剪辑水平缩放比例(Percentag)。默认为(0,0)。

(17) MovieClip._y

语法：MovieClip._y

描述：属性；设置影片的 y 轴坐标，该坐标相对于父级影片剪辑的本地坐标。同 MovieClip._x。

(18) MovieClip._ymouse

语法：MovieClip._ymouse

描述：属性(只读)；指示鼠标位置的坐标。

(19) MovieClip._yscale

语法：MovieClip._yscale

描述：设置从影片剪辑注册点开始应用的该影片剪辑的垂直缩放比例(Percentag)。默认为(0,0)。

(20) MovieClip._droptarget

语法：myMovieClip._droptarget

描述：属性(只读)；以斜杠语法记号表示法返回 MovieClip 放置到的影片剪辑实例的绝对路径。_droptarget 属性始终返回以斜杠(/)开始的路径。若要将实例的_droptarget 属性与引用进行比较，请使用 eval 函数将返回值从斜杠语法转换为点语法表示的引用。

(21) MovieClip._focusrect

语法：myMovieClip._focusrect

描述：属性；一个布尔值，指定当影片剪辑具有键盘焦点时其周围是否有黄色矩形。该属性可以覆盖全局_focusrect 属性。

8.2.8 对象

ActionScript 3.0 是一种面向对象的编程语言，所以对象的脚本集合也是开发者经常使用的。

1. 核心对象

(1) Arguments

语法：arguments.callee

描述：属性；指当前被调用的函数。

(2) Arguments.caller

语法：arguments.caller

描述：属性；指进行调用的函数的 arguments 对象。

(3) Arguments.length

语法：arguments.length

描述：属性；实际传递给函数的参数数量。

(4) Math

语法：Math.abs(x)

参数：x 为一个数字。

返回值：一个数字。

描述：方法；计算并返回由参数 x 指定的数字的绝对值。

（5）Math. acos

语法：Math. acos(x)

参数：x 为一个介于−1.0～1.0 之间的数字。

描述：方法；以弧度为单位计算并返回参数 x 中指定的数字反余弦值。

（6）Math. asin

语法：Math. asin(x)

参数：x 为一个介于−1.0～1.0 之间的数字。

描述：方法；以弧度为单位计算并返回参数 x 中指定的数字反正弦值。

（7）Math. atan

语法：Math. atan(x)

参数：x 为一个数字。

描述：方法；计算并返回参数 x 中指定数字的反正切值。返回值介于−π/2～+π/2 之间。

（8）Math. sqrt

语法：Math. sqrt(x)

参数：x 为一个大于等于 0 的数字或表达式。

描述：方法；计算并返回指定数字的平方根。

（9）Array

语法：new Array()

new Array(length)

new Array(element1，element2，…，elementN)

参数：length，一个指定数组中元素数量的整数。在元素不连续的情况下，length 参数指定的是数组中最后一个元素的索引号加 1。

element0，…，elementN，一个包含两个或多个任意值的列表。这些值可以是数字、字符串、对象或其他数组。数组中第一个元素的索引或位置始终为 0。

描述：Array 对象的构造函数；可以使用构造函数来创建不同类型的数组：空数组、具有特定长度，但其中元素没有值的数组或其中元素具有特定值的数组。

（10）Boolean

语法：new Boolean([x])

参数：x 为任何表达式。此参数是可选的。

描述：Boolean 为对象的构造函数；创建 Boolean 对象的实例。如果省略 x 参数，则将 Boolean 对象初始化为 false。如果为 x 参数指定值，则该方法会计算它，并根据 Boolean(函数)函数中的规则以布尔值返回结果。

（11）Date

语法：new Date()

new Date(year，month[，date[，hour[，minute[，second[，millisecond]]]]])

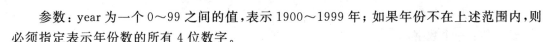

参数：year 为一个 0～99 之间的值，表示 1900～1999 年；如果年份不在上述范围内，则必须指定表示年份数的所有 4 位数字。

返回：整数

描述：Date 为对象的构造函数；构造一个新的 Date 对象，该对象保存当前日期和时间或指定的日期。

(12) global

语法：global. identifier

返回值：对包含核心动作脚本类的全局对象（例如，String、Object、Math 和 Array）的引用。

描述：标识符；创建全局变量、对象或类。

(13) Number

语法：myNumber＝new Number(value)

参数：value 为要创建的 Number 对象的数值，或者要转换为数字的值。

描述：构造函数；新建一个 Number 对象。

(14) Object

语法：new Object([value])

参数：value，要转换为对象的数字、布尔值或字符串。此参数是可选的。如果未指定 value，则该构造函数创建一个未定义属性的新对象。

描述：Object 为对象的构造函数；新建一个 Object 对象。

(15) Sup

语法：super. method([arg1,…,argN])
　　　　super([arg1,…,argN])

参数：method，要在超类中调用的方法。arg1 为可选参数，这些参数或者传递给方法的超类版本，或者传递给超类的构造函数。

返回值：两种格式都调用一个函数，该函数可以返回任何值。

描述：运算符；第一种语法格式可以用于对象的方法体内，用以调用方法的超类版本，而且可以选择向超类方法传递参数（arg1,…,argN）。这对于创建某些子类方法很有用，这些子类方法在向超类方法添加附加行为的同时，又调用这些超类方法执行其原始行为。

第二种语法格式可以用于构造函数体内，用以调用此构造函数的超类版本，而且可以选择向它传递参数。这对于创建子类很有用，该子类在执行附加的初始化的同时，又调用超类构造函数执行超类初始化。

(16) String

语法：new String(value)

参数：value 为新 String 对象的初始值。

描述：String 为对象的构造函数；创建一个新的 String 对象。

2. 影片对象

(1) Button. getDepth

语法：myButton. getDepth()

描述：方法；返回按钮实例的深度。

（2）Accessibility. isActive

语法：Accessibility. isActive()

返回值：布尔值

描述：方法；指示屏幕阅读器程序当前是否处于活动状态。当希望影片在有屏幕阅读器的情况下，行为方式不同时，可使用此方法。

（3）Button. enabled

语法：myButton. enabled

描述：属性；指定按钮是否处于启用状态的布尔值，默认值为 true。

（4）Button. tabIndex

语法：myButton. tabIndex

描述：属性；使用户可以自定义影片中对象的"tab"键排序。可以对按钮、影片剪辑或文本字段实例设置 tabIndex 属性，默认情况下为 underfined。

（5）Button. tabEnabled

语法：myButton. tabEnabled

描述：属性；可以对 MovieClip、Button 或 TextField 对象的实例设置该属性。默认情况下它是未定义的。

（6）Button. trackAsMenu

语法：myButton. trackAsMenu

描述：属性；指示其他按钮或影片剪辑是否可接收鼠标按钮释放事件的布尔值属性。这将允许用户创建菜单。可以设置任何按钮或影片剪辑对象的 trackAsMenu 属性。如果 trackAsMenu 属性不存在，则默认行为为 false。可以在任何时候更改 myButton. trackAsMenu 属性；修改后的按钮会立即采用新的行为。

（7）myButton. useHandCursor

语法：myButton. useHandCursor

描述：属性；一个布尔值，当设置为 true 时，指示在用户用鼠标指针滑过按钮时是否显示手形光标。useHandCursor 的默认值为 true。如果 useHandCursor 属性设置为 false，则将改用箭头光标。可以在任何时间更改 useHandCursor 属性；修改后的按钮会立即采用新的光标行为。可以从原对象中读出 useHandCursor 属性。

（8）System. capabilities. hasAudioEncoder

语法：System. capabilities. hasAudioEncoder

描述：属性；音频解码器的数组。其服务器字符串为 AE。

（9）System. capabilities. hasAudio

语法：System. capabilities. hasAudio

描述：属性；指示播放器是否具有音频功能的布尔值，默认值为 true。其服务器字符串为 A。

（10）_parent

语法：_parent. property

　　　　_parent. parent. Property

描述：属性；指定或返回一个引用，该引用指向包含当前影片剪辑或对象的影片剪辑或对象。当前对象是包含引用_parent 的动作脚本代码的对象。使用_parent 来指定一个相对路径,该路径指向当前影片剪辑或对象上级的影片剪辑或对象。

(11) _root

语法：_root. movieClip

　　　　_root. action

　　　　_root. Property

描述：属性；指定或返回指向根影片时间轴的引用。如果影片有多个级别,则根影片时间轴位于包含当前正在执行脚本的脚本上。指定_root 与在当前级别内用斜杠记号(/)指定绝对路径的效果相同。

(12) System. capabilities. screenColor

语法：System. capabilities. screenColor

描述：属性；指示屏幕的颜色是彩色(color)、灰度(gray)还是黑白(bw)的。默认值为color。其服务器字符串为 SC。

(13) Color

语法：new Color(target)

参数：target,影片剪辑的实例名称。

描述：构造函数；为由 target 参数指定的影片剪辑创建 Color 对象的实例。然后可使用该 Color 对象的方法来更改整个目标影片剪辑的颜色。

(14) _level

语法：_levelN

描述：属性；对_levelN 的根影片时间轴的引用。用户必须使用 loadMovieNum 动作将影片加载到 Flash Player 中以后,才可使用_level 属性来定位这些影片。还可使用_levelN 来定位由 N 所指定级别处的已加载影片。

加载到 Flash Player 实例中的初始影片会自动加载到_level0。_level0 中的影片为所有随后加载的影片设置帧频、背景色和帧大小。然后影片堆叠在处于_level0 的影片之上的更高编号级别中。

用户必须为每个使用 loadMovieNum 动作加载到 Flash Player 中的影片分配一个级别。可按任意顺序分配级别。如果分配的级别(包括_level0)中已经包含 SWF 文件,则处于该级别的影片将被卸载并替换为新影片。

3. 客户端/服务器对象

(1) XML

语法：new XML([source])

参数：source 为创建新的 XML 对象而进行分析的 XML 文本。

描述：构造函数；创建一个新的 XML 对象。必须使用构造函数方法创建一个 XML 对象的实例之后,才能调用任何一个 XML 对象的方法。

createElement 与 createTextNode 方法是用于在 XML 文档树中创建元素和文本节点的"构造函数"方法。

(2) XMLSocket

语法：new XMLSocket()

描述：构造函数；创建一个新的 XMLSocket 对象。XMLSocket 对象开始时未与任何服务器连接。必须调用 XMLSocket.connect 方法将该对象连接到服务器。

（3）LoadVars

语法：new LoadVars()

描述：构造函数；创建 LoadVars 对象的实例，然后可以使用该 LoadVars 对象的方法来发送和加载数据。

8.2.9　条件循环语句

（1）if

语法：if(condition){

　　　　statement(s);

　　　}

参数：condition，计算结果为 true 或 false 时的表达式。

statement(s)为当条件的计算结果为 true 时要执行的指令。

描述：动作；对条件进行计算以确定影片中的下一步动作。如果条件为 true，则 Flash 将运行条件后面花括号（{}）内的语句。如果条件为 false，则 Flash 跳过花括号内的语句，运行花括号后面的语句。使用 if 动作可在脚本中创建分支逻辑。

（2）while

语法：while(condition){

　　　　statement(s);

　　　}

参数：condition，每次执行 while 动作时都要重新计算的表达式。如果该语句的计算结果为 true，则运行 statement(s)。

statement(s)，条件的计算结果为 true 时要执行的代码。

描述：动作；测试表达式，只要该表达式为 true，就重复运行循环中的语句或语句序列。

（3）case

语法：case expression：statements

参数：expression，任何表达式；statements，任何语句。

描述：关键字；定义用于 switch 动作的条件。如果 case 关键字后的 expression 参数在使用全等（==）的情况下等于 switch 动作的 expression 参数，则执行 statements 参数中的语句。如果在 switch 语句外部使用 case 动作，则将产生错误，脚本不能编译。

（4）continue

语法：continue

描述：动作；出现在几种类型的循环语句中；它在每种类型的循环中的行为方式各不相同。

在 while 循环中，continue 可使 Flash 解释程序跳过循环体的其余部分，并转到循环的顶端（在该处进行条件测试）。在 do…while 循环中，continue 可使 Flash 解释程序跳过循环体的其余部分，并转到循环的底端（在该处进行条件测试）。在 for 循环中，continue 可使 Flash 解释程序跳过循环体的其余部分，并转而计算 for 循环的后表达式（post-expression）。

在 for…in 循环中,continue 可使 Flash 解释程序跳过循环体的其余部分,并跳回循环的顶端(在此处处理下一个枚举值)。

(5) break

语法:break

描述:动作;出现在一个循环(for、for…in、do while 或 while 循环)中,或者出现在与 switch 动作内特定 case 语句相关联的语句块中。break 动作可命令 Flash 跳过循环体的其余部分,停止循环动作,并执行循环语句之后的语句。当使用 break 动作时,Flash 解释程序会跳过该 case 块中的其余语句,转到包含它的 switch 动作后的第一个语句。使用 break 动作可跳出一系列嵌套的循环。

(6) Default

语法:default: statements

参数:statements,任何语句。

描述:关键字;定义 switch 动作的默认情况。对于一个给定的 switch 动作,如果该 switch 动作的 expression 参数与 case 关键字后面的任何一个 expression 参数都不相等(使用全等),则执行这些语句。

(7) do…while

语法:do{

    statement(s)

    }while(condition)

参数:condition,要计算的条件。

statement(s),只要 condition 参数计算结果为 true 就会执行的语句。

描述:动作;执行语句,只要条件为 true,就计算循环中的条件。

(8) else

语法:else statements

    else{statement(s)…}

参数:ondition,计算结果为 true 或 false 时的表达式。

statement(s),如果 if 语句中指定的条件为 false,则运行的替代语句系列。

描述:动作;指定当 if 语句中的条件返回 false 时要运行的语句。

(9) else…if

语法:if(condition){

    statement(s);

    }else if(condition){

    statement(s);

    }

参数:condition,计算结果为 true 或 false 时的表达式。

statement(s),如果 if 语句中指定的条件为 false,则运行的替代语句系列。

描述:动作;计算条件,并指定当初始 if 语句中的条件返回 false 时要运行的语句,如果 else…if 条件返回 true,则 Flash 解释程序运行条件后面花括号({})中的语句。如果 else…if 条件为 false,则 Flash 跳过花括号中的语句,运行花括号之后的语句。在脚本中可以使用 else…if 动作创建分支逻辑。

(10) for

语法：for(init；condition；next){

    statement(s)；

    }

参数：init 为一个在开始循环序列前要计算的表达式，通常为赋值表达式。此参数允许使用 Var 语句。

condition，计算结果为 true 或 false 的条件表达式。在每次循环迭代前计算该条件；当条件的计算结果为 false 时退出循环。

next 为一个在每次循环迭代后要计算的表达式；通常为使用递增或递减运算符的赋值表达式。

statement(s)，在循环体内要执行的指令。

描述：动作；一种循环结构，首先计算 init(初始化)表达式一次，只要 condition 的计算结果为 true，则按照以下顺序开始循环序列，执行 statement，然后计算 next 表达式。

(11) for…in

语法：for(variableIterant in object){

    statement(s)；

    }

参数：variableIterant 作为迭代变量的变量名，引用数组中对象或元素的每个属性。

object，要重复的对象的名称。

statement(s)，要为每次迭代执行的指令。

描述：动作；循环通过数组中对象或元素的属性，并为对象的每个属性执行 statement。

(12) switch

语法：switch(expression){

    caseClause：

    [defaultClause：]

    }

参数：expression，任意表达式。

caseClause 为一个 case 关键字，其后跟表达式、冒号和一组语句，在使用全等的情况下，此处的表达式与 switch expression 参数相匹配，则执行这组语句。

dfaultClause 为一个 default 关键字，其后跟着 case 表达式都不与 switch expression 参数全等匹配时要执行的语句。

描述：动作；创建动作脚本语句的分支结构。与 if 动作一样，switch 动作测试一个条件，并在条件返回 true 值时执行语句。

8.3 ActionScript 应用

8.3.1 拖动的探照灯

本例主要介绍 StartDrag 语句的基本概念和的使用方法，完成后能实现探照灯跟随鼠标的拖曳在舞台上移动的效果,如图 8.3.1 所示。

(1) 打开 Flash 软件,在常规项中选择第二项 ActionScript 2.0,如图 8.3.2 所示,新建一个 Flash 动画文档。

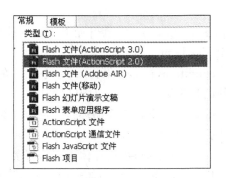

图 8.3.1　完成后的探照灯效果　　　　　图 8.3.2　新建 Flash 文档

(2) 在图层 1 上新建 3 个图层,从上而下分别命名为"探照灯"、"舞台"、"暗舞台"和"背景"。

(3) 选择图层"背景"的第 1 帧,再选择矩形工具,填充颜色为黑色,画一个比舞台略大的矩形。

(4) 选择【文件】→【导入】→【导入到库】,把 gif 图片"鸟"、"魔术师"和"舞台"导入到库中。

(5) 选择【插入】→【新建元件】,类型选择"影片剪辑",名称为"魔术表演"。将图层 1 重命名为"舞台",把名为"舞台"的 gif 图片从库中拖曳到舞台中,选择第 35 帧,按 F5 键插入帧。把图片"魔术师"拖曳到舞台中,用任意变形工具 调整图片的位置和大小,如图 8.3.3 所示。

(6) 在"舞台"图层上新建一个图层,命名为"鸟 1",选择第 7 帧,按 F6 键插入关键帧,从库中把影片剪辑"鸟"拖曳到魔术师的帽子中,并用 调整为适当大小,再选择第 7 帧,右键选择【创建传统补间】,选择第 35 帧,单击选择工具 选中小鸟,把鸟拖曳到舞台外的范围,如图 8.3.4 所示。

图 8.3.3　"魔术师"的大小和位置示意　　　　图 8.3.4　鸟的大小和位置示意

(7) 在图层"鸟 1"上新建两个图层"鸟 2"和"鸟 3",用同样的方法把"鸟"的影片剪辑拖到舞台并做相关设置,时间轴的效果如图 8.3.5 所示,第 35 帧三只鸟的位置如图 8.3.6 所示。

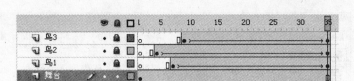

图 8.3.5 时间轴效果

(8) 单击 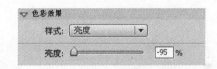 回到场景 1,选择图层"暗舞台"的第 1 帧,打开库 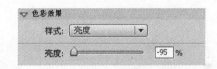,从库中把"魔术表演"影片剪辑拖曳到舞台中,并用 ⬚ 调整大小,使其比舞台略小,再用选择工具 ⬚,选择该影片剪辑,按快捷键 Ctrl+C 复制一次。

(9) 选择图层"舞台"的第 1 帧,按快捷键 Shift+Ctrl+V 在原位粘贴一次"魔术表演"的影片剪辑,完成后将该图层设置为不可见,并锁定。

(10) 选择图层"暗舞台"的第 1 帧,用选择工具 ⬚ 选中舞台上的对象,在属性面板的"色彩效果"一栏选择"亮度",并把亮度设置为"-95%",如图 8.3.7 所示,完成后可见该图层的对象亮度变暗,再解除图层"舞台"的不可见设置。

图 8.3.6　三只鸟的位置示意

图 8.3.7　色彩效果的亮度设置

(11) 选择【插入】→【新建元件】,类型选择"按钮",名称为"探照灯按钮",选择椭圆工具 ⬚,填充颜色任意选择一种,按住 Shift 键画一个圆,按 F6 键插入关键帧,画一个比第一个圆稍大的圆,用选择工具 ⬚ 调整第二个圆的位置使其与第一个圆成为同心圆,完成后再按 F6 键插入关键帧,在舞台中画第三个比第二个大一些的圆,也移动其位置,使三个圆同为心圆。

(12) 选择【插入】→【新建元件】,类型选择"影片剪辑",名称为"探照灯效果",打开库 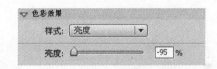,从库中把"探照灯按钮"的按钮元件拖曳到舞台中,再用选择工具 ⬚ 选中舞台中的对象,接着右键选择【动作】,在"动作-按钮"的面板中输入如下代码,效果如图 8.3.8 所示。

```
on(press){
    startDrag("_root.mu_mc",true);
}
on(release, releaseOutside){
    _root.mu_mc.stopDrag();
}
```

(13) 单击 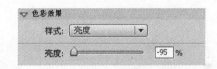 回到场景 1,选择图层"探照灯"的第 1 帧,打开库 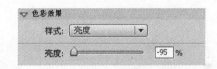,从库中把"探照灯效

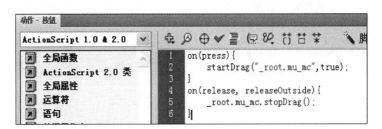

图 8.3.8　动作面板

果"的影片剪辑拖曳到舞台中,用选择工具  选中该影片剪辑,打开属性面板,在"实例名称"中输入名称"mu_mc",如图 8.3.9 所示。

（14）选择图层"探照灯",右键选择"遮罩层"。

（15）保存文件并测试动画,可以看到舞台中有一个光亮的圆,鼠标移动到圆的范围内,圆会变大,再单击,圆会再次变大,用鼠标拖曳圆,圆会随着鼠标移动,透过圆可以看到魔术师的表演和小鸟在飞翔,效果如图 8.3.10 所示。

图 8.3.9　为影片剪辑重命名　　　　图 8.3.10　拖动的探照灯效果

8.3.2　下雨

本例介绍"if"与"Math. random"语句的基本用法,作品完成后能制作出雨滴往下落并溅出水圈的效果,如图 8.3.11 所示。

（1）打开 Flash 软件,在常规选项中选择 ActionScript 2.0,如图 8.3.12 所示,再按确定,新建一个 Flash 动画文档。

（2）打开【修改】→【文档】,尺寸设置为 550×300 像素,背景颜色为黑色,帧频为 40fps,设置完成后按确定。

（3）选择【插入】→【新建元件】,类型选择"影片剪辑",名称为"雨",选择线条工具 ，在属性栏的设置样式一栏选择极细线,如图 8.3.13 所示,设置完成后,在舞台上画一条短竖线,在图层 1 的第 15 帧按 F6 键插入关键帧,用选择工具 把短竖线往下垂直拉一段距离。

图 8.3.11 完成后的效果

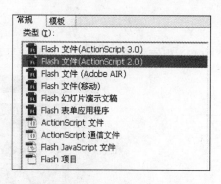

图 8.3.12 新建 Flash 文档

(4) 选择第 16 帧,按 F6 键插入关键帧,选择椭圆工具 ⬭,笔触颜色选择白色,填充颜色设置为无,再在竖线下方画一个椭圆,紧靠竖线末端,如图 8.3.14 所示,完成后把这一帧的短竖线删除。

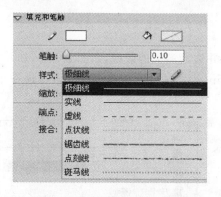

图 8.3.13 线条工具属性设置

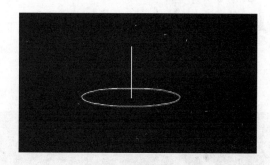

图 8.3.14 椭圆的大小及位置

(5) 选择第 25 帧,按 F6 键插入关键帧,用任意变形工具 ⬚ 把椭圆适量调大,并在填充颜色的颜色选框里把 Alpha 值设置为 0%。

(6) 选中第 1 帧,右键选择【创建补间形状】,选中第 16 帧,右键选择【创建补间形状】。

(7) 单击 ⬛ 回到场景1,打开库 📚,从库中把"雨"影片剪辑拖曳到舞台中,并在属性面板中把元件的实例名称改为"rain",再选择第 3 帧,按 F5 键插入帧。

(8) 在图层 1 上新建一个图层,选择第 3 帧,按 F6 键插入关键帧。

(9) 选择图层 2 的第 1 帧,右键选择"动作",打开动作面板,输入如下语句:

```
var i;
i = 1;
```

(10) 选择图层 2 的第 3 帧,右键选择"动作",打开动作面板,输入如下语句:

```
duplicateMovieClip("rain", "rain" + i, i);       //将"rain"实例复制出一个新的实例
_root["rain" + i]._x =  Math.random() * 600;     //设置新的实例的水平位置
_root["rain" + i]._y =  Math.random() * 200;     //设置新的实例的竖直位置
i = i + 1;
if (i == 100) {
  i = 1;                                          //当 i 等于 100 的时候,将其重置为 1
```

```
}
gotoAndPlay(2);
```

（11）保存并测试动画，下雨的效果如图 8.3.15 所示。

图 8.3.15　下雨的效果

8.3.3　下雪

本作品制作完成后，可以看到雪花从上往下飘落并逐渐消失的效果，如图 8.3.16 所示。

（1）打开 Flash 软件，在常规项选择"ActionScript 2.0"，如图 8.3.17 所示，新建一个 Flash 动画文档。

图 8.3.16　完成后的效果

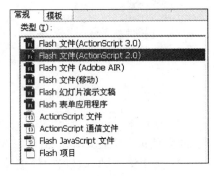

图 8.3.17　新建 Flash 文档

（2）打开【修改】→【文档】，尺寸设置为 500×300 像素，背景颜色为黑色，帧频为 10fps，设置完成后按确定。

（3）选择【插入】→【新建元件】，类型选择"影片剪辑"，名称为"雪"，选择椭圆工具，打开颜色面板，类型选择"放射状"，左边的取色点选择白色，右边的取色点同样选择白色，但 Alpha 值设置为 0%，如图 8.3.18 所示，设置完成后在舞台中按住 Shift 键画一个小圆。

（4）选中第 1 帧，右键选择【创建传统补间】，选择第 30 帧，按 F6 键插入关键帧。

（5）选择图层 1，右键选择【添加传统运动引导层】，用铅笔工具画一条波浪线，如图 8.3.19 所示。

（6）选择图层 1 的第 1 帧，用选择工具移动圆，使圆的中心与曲线的上端重合，再选择图层 1 的第 30 帧，用选择工具移动圆，使圆的中心与曲线的下端重合，并在属性栏修改第 30 帧的 Alpha 值，变为 0%。

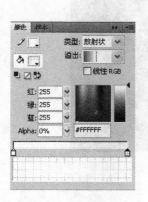
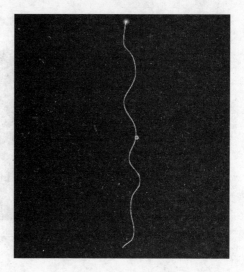

图 8.3.18　颜色面板的设置　　　　　　　图 8.3.19　波浪形

（7）单击 📄 回到场景 1，打开库 📚，从库中把"雪"影片剪辑拖曳到舞台上，并在属性面板中把元件的实例名称改为"xue"，再选择第 4 帧，按 F5 键插入帧。

（8）在图层 1 上新建一个图层，选择第 1 帧，按 F6 键插入关键帧，右键选择"动作"，打开动作面板，输入如下语句：

```
i = 1;
```

（9）按 F6 键插入关键帧，选择图层 2 的第 2 帧，右键选择"动作"，打开动作面板，输入如下语句：

```
if (i < = 25) {
        duplicateMovieClip("_root.xue", "xue" + i, i+1);      //复制影片剪辑"xue"
        setProperty("xue" + i, _x, random(900)); //设置复制的影片剪辑的 X 轴坐标为随机 500
        setProperty("xue" + i, _y, random(200)); //设置复制的影片剪辑的 y 轴坐标为随机 400
        i++;
} else {
        gotoAndPlay(4);
}
```

（10）按 F6 键插入关键帧，选择图层 2 的第 3 帧，右键选择"动作"，打开动作面板，输入如下语句：

```
gotoAndPlay(2);
```

（11）按 F6 键插入关键帧，选择图层 2 的第 4 帧，右键选择"动作"，打开动作面板，输入如下语句：

```
gotoAndPlay(1);
```

（12）保存并测试动画，效果如图 8.3.20 所示。

图 8.3.20　下雪的效果

习题

1. 练习 ActionScript 中的各种语法,体会各种脚本产生的不同效果。
2. 运用本章学习的时间轴控制脚本代码,制作一个具有交互控制功能的 Flash 动画。

Ⅱ 应用篇

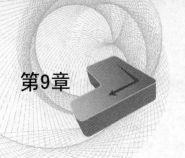

第9章

Flash MV制作

实例1　隐形的翅膀

"隐形的翅膀"是一首优美动听的歌曲,借助 Flash 可以制作成精彩的 MV 作品。本例以歌曲的 mp3 文件和图片为主要制作素材,通过图片的移动、缩放、淡入淡出等图片切换方法实现 MV 的动感效果;通过遮罩层制作歌词的动态字幕;通过 ActionScript 动作脚本实现气泡的动画特效;同时运用引导层、遮罩层、色彩效果等功能增强作品的艺术效果。下面重点介绍各种特效、各种遮罩效果和引导层效果的制作方法,较为容易的图片移动、缩放和淡入淡出等方法只作简单介绍。

1. 新建文档,导入声音文件

(1) 启动 Flash CS5,新建一个 Flash 文档,将尺寸设置为 550×400 像素,背景色为黑色,帧频为 6fps,如图 9.1.1 所示。

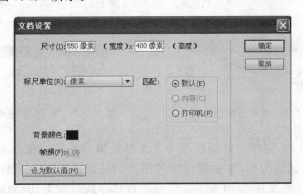

图 9.1.1　文档属性设置

(2) 在图层面板中将默认的"图层 1"更名为"音乐"。选择【文件】→【导入】→【导入到库】命令,导入声音文件"隐形的翅膀.mp3"。将声音文件添加到"音乐"图层的第 1 帧,插入普通帧直到声音文件的波形完全显示结束,如图 9.1.2 所示。设置声音的属性,同步设置为"数据流",其他默认,如图 9.1.3 所示。锁定"声音"图层。

2. 前奏效果制作

1) 制作图片 1 的缩放效果和遮罩效果

(1) 新建"背景框"图层,用来显示字幕("背景框"图层的位置要始终放在所有图片图层

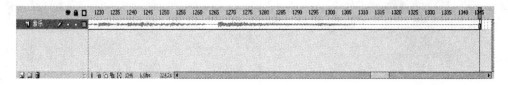

图 9.1.2　时间轴中的"声音"图层

的上方和字幕图层下方)。选择矩形工具画一个黑色矩形,矩形的大小、位置信息如图 9.1.4 所示,再复制一个矩形,把它拖动到如图 9.1.5 所示的位置。

图 9.1.3　声音属性设置

(2) 新建"片头"图层,将图片素材文件夹中所有图片导入到库,将库中的"图片 1"拖动到舞台,并调整图片的大小,使之稍微超出画面显示区域,如图 9.1.6 所示。

(3) 选择第 1 帧,创建传统补间,在第 70 帧插入关键帧,缩小图片,使之刚好在画面显示区域,图片信息如图 9.1.7 所示。在第 110 帧处插入关键帧,使图片 1 放大到与第一帧图片的大小相同。具体大小读者可以自己调整,只要效果好就行。

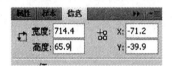

图 9.1.4　第一个黑色矩形的信息

图 9.1.5　第二个黑色矩形的信息

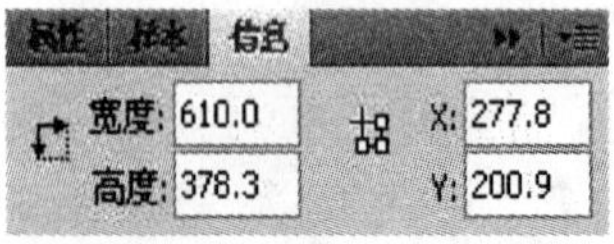

图 9.1.6　图片 1 的信息

图 9.1.7　第 70 帧图片 1 的信息

(4) 选择第 166 帧,制作图片缓慢变小并逐渐淡出的效果。在 166 帧处右键插入关键帧,缩小图片到显示区域大小,单击舞台中的图片,在【属性】面板中更改"色彩效果"的"样式"为 Alpha,调整数值为 0,如图 9.1.8 所示。将后面的帧删去,时间轴的效果如图 9.1.9 所示。

(5) 新建"遮罩 1"图层,利用矩形工具 ▢ 和任意变形工具 ▨ 绘制一个任意图形,左上角是一个弧形即可,大小要稍大于舞台,效果如图 9.1.10 和 9.1.11 所示。

(6) 新建"黑幕"图层,将其拉到"遮罩 1"图层下方。利用矩形工具绘制一个稍大于舞台的黑色矩形将舞台遮住,并在 31 帧插入空白关键帧。

(7) 选择"遮罩 1"图层的第 1 帧,右键创建传统补间,在第 30 帧处插入关键帧,将遮罩 1 向右下方拖动,拖到舞台外,如图 9.1.12 所示。选择"遮罩 1"图层,单击右键选择遮罩层。最终产生揭开黑幕、慢慢显示图片的效果,如图 9.1.13 所示。

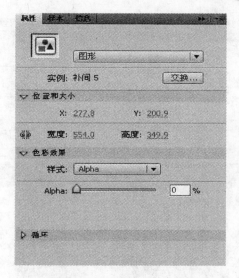

图 9.1.8 第 166 帧图片 1 的属性

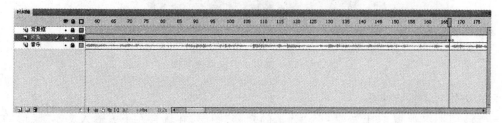

图 9.1.9 时间轴效果图

图 9.1.10 遮罩 1 效果图

图 9.1.11 遮罩 1 的轮廓效果图

图 9.1.12 遮罩 1 效果图

图 9.1.13　遮罩 1 的遮罩效果图

2）制作片头特效字幕

（1）在图层"遮罩 1"上新建一个"隐形的翅膀"图层，在舞台左上方输入文本"隐形的翅膀"。本实例选用了"华康少女文字简体"字体，调整字号大小和位置。在第 58 帧处插入关键帧。选择第 1 帧，单击舞台中的文字，更改文字属性的 Alpha 值为 0，制作文字淡入效果。具体参考步骤 2.1).（4）。

（2）在第 71 帧处插入关键帧，单击舞台中的文本，单击右键，选择"分离"，再单击右键，选择"分离"，将文本分离两次。在第 96 帧处插入关键帧，将文本的内容"张韶涵"，同样分离两次。选择第 71 帧，单击右键，选择"创建补间形状"，制作变形动画。

（3）制作文本的淡出效果。在第 97 帧和第 126 帧插入关键帧，选择第 126 帧，将文本"张韶涵"的透明度 Alpha 值改为 14。将后面的帧删除，时间轴效果如图 9.1.14 所示。第 73、126 帧的效果如图 9.1.15 所示。

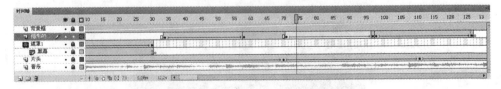

图 9.1.14　图层"隐形的翅膀"的时间轴效果

（4）制作"幻夜精灵"特效字幕。四个字先后从左侧旋转落下后，再先后向上跳跃一次，实现强调效果。在"隐形的翅膀"图层的上方新建一个图层，命名为"幻"，在第 18 帧插入帧，用"华文行楷"在舞台左外侧输入一个"幻"字，颜色为"＃009999"（字体颜色可用吸管选择图

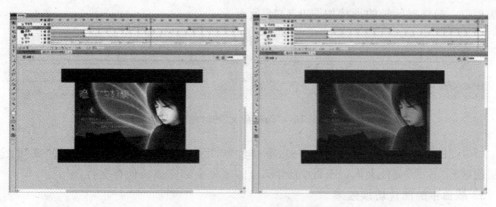

图 9.1.15 第 73、26 帧的效果

片 1 中的背景色）。选择文本"幻"，单击右键，选择【转换为元件】，元件名称为"幻"，类型为
"图形"，效果如图 9.1.16 所示。

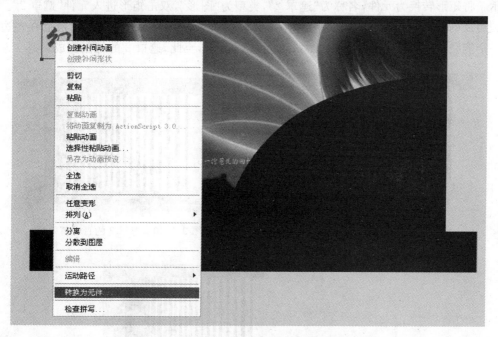

图 9.1.16 转换为元件

（5）在第 25 帧插入关键帧，将文本"幻"移动到左下角。选择第 18 帧，创建传统补
间，在属性面板中更改旋转为"顺时针"转 3 圈，如图 9.1.17 所示。实现文本的旋转落下
效果。

（6）分别在第 44 帧、47 帧插入关键帧，将 47 帧的文
本位置稍稍变高，创建传统补间，在第 50 帧插入关键帧，
文本位置变回 44 帧的位置，创建传统补间。这样就完成
了文本"幻"的跳跃效果。在第 70 帧到 90 帧更改透明
度，制作淡出效果。另外三个字"夜"、"精"、"灵"的制作

图 9.1.17 "幻"的旋转属性

方法相似。最终时间轴的形状如图 9.1.18 所示。

图 9.1.18 "幻夜精灵"的时间轴形状

(7) 在图层面板中新建一个文件夹,重命名为"片头",将图层"片头"至图层"灵"的全部图层拖放到"片头"文件夹内。至此,前奏部分的效果全部完成。保存文件。

3. 歌曲中的图片切换效果

1) 制作垂直百叶窗遮罩效果

(1) 锁定其他图层。新建图层"遮罩 2",选择矩形工具 , 笔触颜色为无,填充颜色为白色(以示区分,不是黑色即可),在舞台绘制一个长度稍大于显示区域的矩形,如图 9.1.19 所示。将矩形转换为元件,名称为"遮罩 2",类型为"图形",双击矩形进入元件"遮罩 2"。然后利用复制粘贴多个宽度不同的矩形,形成百叶窗效果,如图 9.1.20 所示。最后在左边绘制一个能完全覆盖显示区域的矩形,如图 9.1.21 所示,至此,遮罩 2 的绘制完成。

图 9.1.19 遮罩 2 的矩形　　　　　图 9.1.20 遮罩 2 的百叶窗效果

图 9.1.21 遮罩 2 的最终效果

(2) 遮罩 2 绘制完后,返回场景 1,制作遮罩 2 的移动,如图 9.1.22 所示。

2) 制作波纹遮罩效果

(1) 制作步骤与百叶窗遮罩效果的制作相似,区别只在于遮罩的绘制。新建一个元件,名称为"遮罩 3",类型为"图形",选择矩形工具组中的椭圆工具 , 笔触颜色和填充颜色选择黑色以外的不同的颜色以示区分,按住 Shift 键的同时在舞台中央画一个圆再复制一个圆,将其缩小,如图 9.1.23 所示,单击空白区域,重新选择小圆,按 Delete 键将其删去,形成

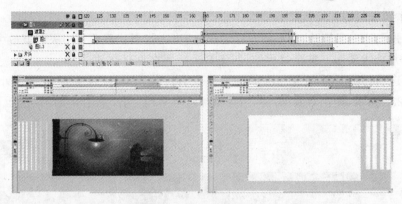

图 9.1.22 遮罩 2 的移动效果

一个圆环,如图 9.1.24 所示。

(2) 以复制、缩小的方法另外制作 3 个圆环,形成波纹效果,如图 9.1.25 所示。

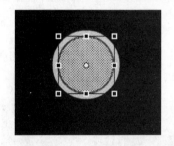  

图 9.1.23 将圆缩小　　　　图 9.1.24 删除小圆　　　　图 9.1.25 波纹遮罩

(3) 在场景中运用遮罩就可以制作将遮罩放大的补间动画,如图 9.1.26 所示。

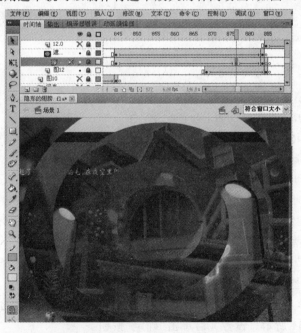

图 9.1.26 波纹遮罩缩放补间动画效果

3）制作间奏的幻灯片效果

（1）四张图片一字排开，从左到右移动淡入，当一张图片移动到中央时就放大、淡出，轮到下一张图片放大展示。整个过程中，四张图片一直在循环移动。

（2）新建"间奏"图层，在第 679 帧添加四张图片，拖动到舞台左侧，调整大小，宽度 272 像素，高度 230 像素，使用对齐 ▣，将四张图片水平平均对齐，如图 9.1.27 所示。

图 9.1.27　四张图片的排列

（3）选中全部四张图片，转换为一个元件，命名为"幻灯片"，在"幻灯片"元件中，将四张图片复制一次，按相同顺序放在最左边，制作循环效果，如图 9.1.28 所示。

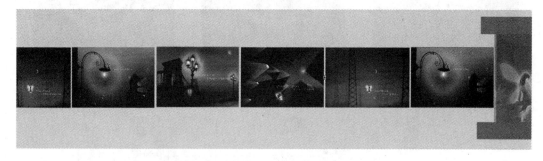

图 9.1.28　幻灯片的循环效果制作

（4）返回场景 1，选择"间奏"图层，制作淡入、移动、淡出效果，在第 679 至 710 帧淡入，第 679 帧"幻灯片"元件的透明度为 20。

（5）在第 710 帧处，使第一张图片移动到中央，如图 9.1.29 所示。第 794 帧，第二轮的第一张图片移动到舞台右边，如图 9.1.30 所示。

（6）新建"间图 1"图层，制作第一张图片的放大显示效果。在"间图 1"的第 710 帧处，添加第一张图片，大小和位置与"间奏"图层的第一张图片完全一致。在第 710 至 720 帧放大，720 至 726 帧淡出，其他三张图片的制作方法一致。最终效果如图 9.1.31 所示。

4）制作气泡降落效果

（1）新建"气泡"元件，类型为"图形"。将舞台放大至 400 倍。选择椭圆工具在舞台中央绘制一个正圆，属性与颜色设置如图 9.1.32 和图 9.1.33 所示。

（2）新建一个影片剪辑，名称为"气泡影片剪辑"，单击"高级"按钮进入高级对话选项。具体设置如图 9.1.34 所示。设置完后单击"确定"按钮。

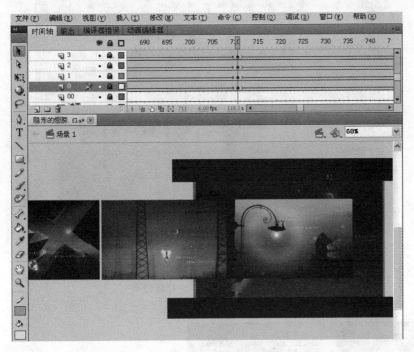

图 9.1.29 第 710 帧第一张图片移动到中央

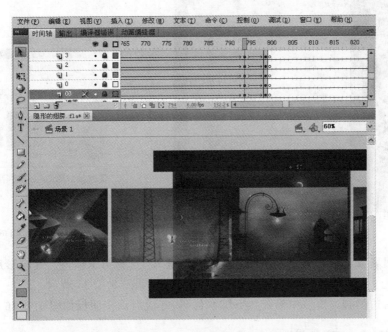

图 9.1.30 第 794 帧第二轮的第一张图片移动到舞台右边

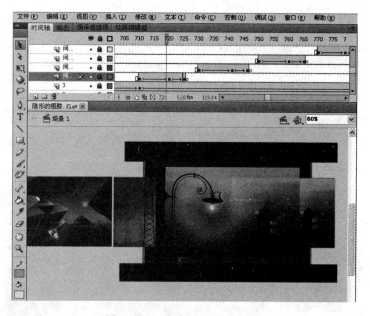

图 9.1.31　幻灯片的最终效果

图 9.1.32　气泡的属性设置

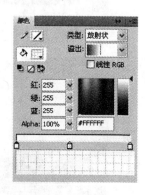

图 9.1.33　气泡的颜色设置

（3）返回场景 1，在图层的最顶层新建"气泡"图层，选择第 1 帧，将"气泡影片剪辑"从库中拖到舞台上方。右键单击第 1 帧，选择"动作"选项，如图 9.1.35 所示。

（4）在右边的脚本窗口中输入如下脚本代码，完成后动作面板如图 9.1.36 所示。

```
this.onLoad = function (){
n = 20;
var i = 1;
while (n > = i){
```

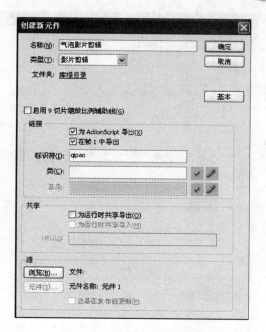

图 9.1.34　创建气泡影片剪辑

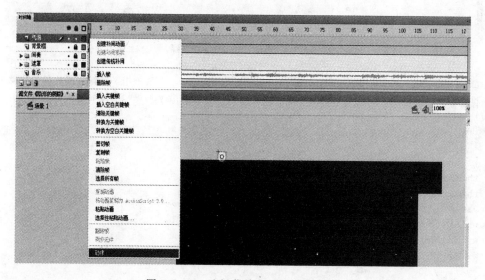

图 9.1.35　选择菜单中的"动作"选项

```
this.attachMovie("snow", "snow" + i, i);
var a = Math.round(60 * Math.random() + 41);
var b = Math.round(50 * Math.random() + 51);
with (this["snow" + i]){
_x = 550 * Math.random();
_y = 400 * Math.random();
_xscale = a;
_yscale = a;
_alpha = b;
_rotation = a;
```

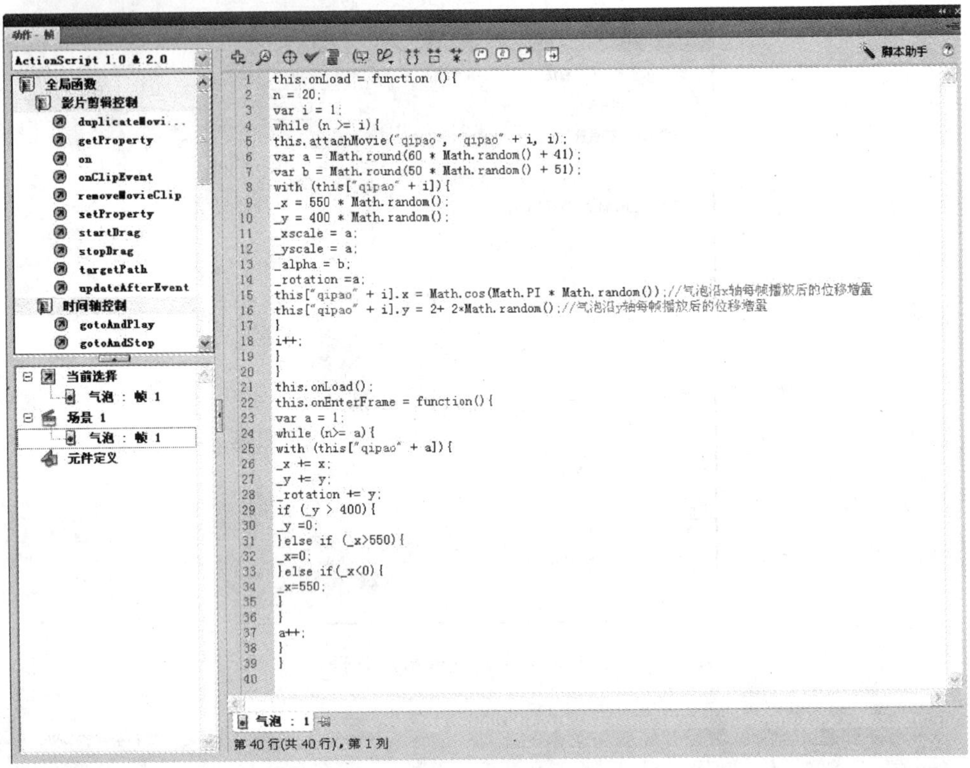

```
1  this.onLoad = function (){
2  n = 20;
3  var i = 1;
4  while (n >= i){
5  this.attachMovie("qipao", "qipao" + i, i);
6  var a = Math.round(60 * Math.random() + 41);
7  var b = Math.round(50 * Math.random() + 51);
8  with (this["qipao" + i]){
9  _x = 550 * Math.random();
10 _y = 400 * Math.random();
11 _xscale = a;
12 _yscale = a;
13 _alpha = b;
14 _rotation =a;
15 this["qipao" + i].x = Math.cos(Math.PI * Math.random());//气泡沿x轴每帧播放后的位移增量
16 this["qipao" + i].y = 2+ 2*Math.random();//气泡沿y轴每帧播放后的位移增量
17 }
18 i++;
19 }
20 }
21 this.onLoad();
22 this.onEnterFrame = function(){
23 var a = 1;
24 while (n>= a){
25 with (this["qipao" + a]){
26 _x += x;
27 _y += y;
28 _rotation += y;
29 if (_y > 400){
30 _y =0;
31 }else if (_x>550){
32 _x=0;
33 }else if(_x<0){
34 _x=550;
35 }
36 }
37 a++;
38 }
39 }
40
```

图 9.1.36 气泡的脚本内容

```
this["snow" + i].x = Math.cos(Math.PI * Math.random());   //气泡沿 x 轴每帧播放后的位移增量
this["snow" + i].y = 2 + 2 * Math.random();       //气泡沿 y 轴每帧播放后的位移增量
}
i++;
}
}
this.onLoad();
this.onEnterFrame = function(){
var a = 1;
while (n> = a){
with (this["snow" + a]){
_x += x;
_y += y;
_rotation += y;
if (_y > 400){
_y = 0;
}else if (_x> 550){
_x = 0;
}else if(_x< 0){
_x = 550;
}
}
a++;
}
}
```

(5) 除了使用脚本外,还可以利用引导层来制作气泡的移动轨迹。新建一个"气泡影片剪辑2",利用之前已经绘制好的气泡元件来制作引导层运动(可参考第5章关于引导层的制作),效果如图9.1.37和图9.1.38所示。

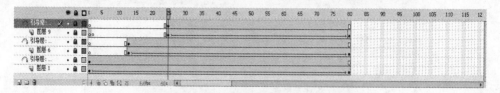

图9.1.37 "气泡影片剪辑2"的时间轴

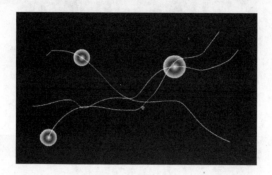

图9.1.38 "气泡影片剪辑2"中的气泡移动路径

4. 双色歌词的制作

(1) 双色歌词的制作其实就是遮罩的运用(与第5章的卡拉OK字幕制作相同)。在"背景框"图层上方新建"歌词1"图层和"歌词2"图层,用"文本工具"输入歌词,设置"歌词1"的文本属性、颜色如图9.1.39和图9.1.40所示。"歌词2"的字体颜色为白色,位置与"歌词1"一致。

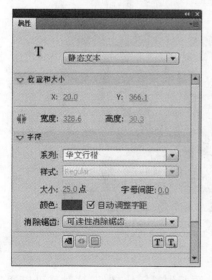

图9.1.39 "歌词1"的文本属性

图9.1.40 "歌词1"的颜色设置

（2）在"歌词2"图层上新建"歌词遮罩"图层，用矩形工具绘制一个能完全覆盖歌词的矩形，颜色不限。制作矩形的移动，效果如图9.1.41和图9.1.42所示。

图 9.1.41　"歌词遮罩"的移动

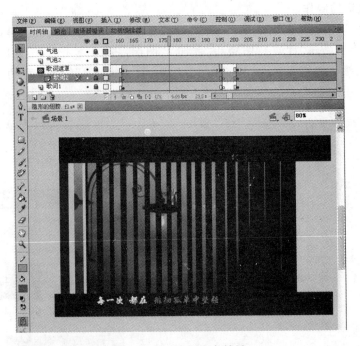

图 9.1.42　歌词变色效果

（3）其他歌词的制作与此相似，有时某些歌词所占时间比较长，这时就可以通过增加歌词的间隔长度，以延长遮罩移动的路程，如图9.1.42的歌词就是用这个方法制作的。另一种方法就是利用插入关键帧,调节遮罩移动的速度,如图 9.1.43 所示。总的来说,应该根据歌曲的情况来选择最适合的方法。

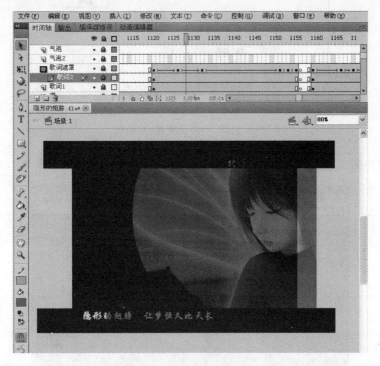

图 9.1.43　调节歌词遮罩的移动速度

5. MV 的发布设置

(1) Flash MV 作品制作完成后需要进行发布设置,提高导出后影片的音乐质量。声音的比特率越大,音质越好,但所需的文件存储容量也随之变大。选择【文件】→【发布设置】,选择"Flash"选项卡,此时"发布设置"对话框如图 9.1.44 所示。单击"音频流"右边的"设置"按钮,在弹出的"声音设置"对话框中将"音频流"的比特率设置为 64kbps 或以上,如图 9.1.45 所示。其他选项保持为默认值即可。单击"确定"按钮,完成发布设置。

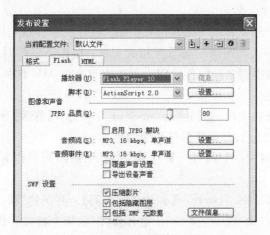

图 9.1.44　"发布设置"对话框的 Flash 选项卡

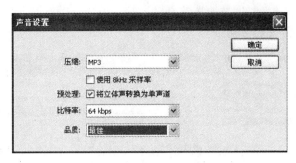

图 9.1.45 "声音设置"对话框

（2）保存并测试文件，导出 SWF 影片。作品完成后的播放效果如图 9.1.46 所示。

图 9.1.46 Flash MV 作品"隐形的翅膀"的播放效果

实例 2 巧合

"巧合"是一个纯手绘制作的 Flash MV 作品。在作品制作前，首先要根据剧情的需要，利用 Photoshop 绘制好人物图像和场景等相关素材；在作品制作时，将提前绘制好的素材全部导入到 Flash 文档中供动画制作使用。下面重点介绍 MV 作品的制作过程，人物图像等素材的制作不再赘述。

（1）启动 Flash，新建文件，选择 ActionScript 2.0，打开【修改】→【文档】命令，尺寸设置为 500×400 像素，帧频为 12fps，背景颜色为白色。

（2）单击菜单栏的【文件】→【导入】→【导入到库】命令，把制作 MV 所用的图片、音频素材全部导入到库。

（3）选择图层 1 第 1 帧，右键选择【创建传统补间】。将图片"雨滴副本 2"从库中拖到舞台中间，单击任意变形工具 ，按住 Shift 键，同时用鼠标左键按住图片任意一个角上的控制点拖动，调整图片大小为比舞台略大。

(4) 在第 20 帧按快捷键 F6 或右键选择插入关键帧,即将第 1 帧至第 20 帧创建为一个补间动画。

(5) 分别选择第 2 帧和第 7 帧,右键选择【转换为关键帧】。选择第 2 帧关键帧,然后用选择工具 ![箭头] 单击舞台上的背景图片,在"属性"面板的"色彩效果"栏的"样式"选择 Alpha,将 Alpha 值设置为 0%,背景图片即变全透明。

(6) 选择第 1 帧,右键选择【创建传统补间】,再打开【窗口】→【动作】面板,在其中输入如下脚本代码:

```
fscommand("fullscreen",true);
```

(7) 添加一个图层,在第 12 帧单击鼠标右键,选择【插入关键帧】,从库中将图片"雨滴副本"拖动到舞台中间,调整大小与舞台相同。在第 42 帧插入一帧关键帧,右键单击第 12 帧,选择【创建传统补间】。将第 20 帧转换为关键帧,并将第 12 帧的图片 Alpha 值设置为 0%,操作方法与步骤(5)相同。完成后的时间轴如图 9.2.1 所示。

(8) 添加一个图层,选择第 24 帧,右键插入关键帧,用矩形工具 ![矩形] 画出一个比舞台略大的矩形,填充颜色为浅蓝色,如图 9.2.2 所示。将第 140 帧转换为关键帧,将第 24 帧到 140 帧以外的帧删除。

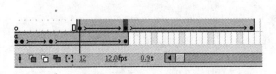

图 9.2.1 制作完成后的时间轴

图 9.2.2 浅蓝色矩形

(9) 单击菜单栏的【插入】→【新建元件】命令,创建一个图形元件,其设置如图 9.2.3 所示。

(10) 在舞台中用钢笔工具 ![钢笔] 画出一个雨点状的闭合图形,随意填充一种颜色,并将该图形复制在周围,范围不超过舞台,然后调整每颗雨滴的大小,如图 9.2.4 所示。

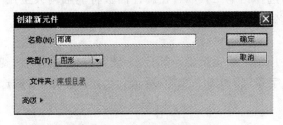

图 9.2.3 设置图形元件

图 9.2.4 雨滴图形的绘制

(11) 单击 ![图标] 回到场景 1,新建图层,命名为"雨滴遮罩",选择第 24 帧转换为关键帧,从库中把元件"雨滴"拖入舞台中,并把该图层的第 24 帧至第 42 帧创建为传统补间动画,将第 35 帧转换为关键帧。

(12) 选择第 24 帧,将元件"雨滴"移动到如图 9.2.5 的位置,第 35 帧元件"雨滴"的位置如图 9.2.6 所示,第 42 帧将元件"雨滴"变形放大,直至中间面积最大的雨点图形把舞台的蓝色矩形盖住,过程如图9.2.7所示。

图9.2.5 第24帧"雨滴"元件所在位置

图9.2.6 第35帧"雨滴"元件所在位置

(13)选择图层"雨滴遮罩",右键选择【遮罩层】,即可完成遮罩效果。

(14)新建图层,选择文本工具 **T**,在舞台中间用黑体字输入"巧合"二字,大小及位置如图9.2.8所示。

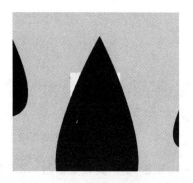

图9.2.7 第42帧"雨滴"元件所在位置

图9.2.8 文字效果

(15)新建图层,命名为"歌名遮罩",选择铅笔工具 ，在属性面板将笔触调大至比"巧合"字体的笔画稍微粗一些。在第44帧添加关键帧,用铅笔工具画出一小点遮住"巧"字第一画的小部分,如图9.2.9所示。

(16)在第45帧同样添加关键帧,并用铅笔涂盖第二小部分,如此类推,从第44帧到第113帧,顺着"巧合"二字的笔画逐渐把二字盖满,如图9.2.10所示。选择该图层,右键选择遮罩层。

图9.2.9 涂盖效果

图9.2.10 涂盖完成效果

（17）创建一个新的图形元件，命名为"圆"。用椭圆工具 ，按住 Shift 键画一个圆，颜色填充如图 9.2.11 所示。

（18）回到场景 1，新建图层，命名为"字"，在上个图层把"巧"字的第一横填满的帧数范围内，建立一个传统补间动画。把元件"圆"从库里拖到舞台，调整大小为比笔画略粗。

图 9.2.11　椭圆填充颜色设置

（19）对着图层"字"，右键选择【添加传统运动引导层】，在对着"字"图层的补间动画的首尾帧各添加一个关键帧，用铅笔对着"巧"字的第一横画一条横线，在首帧将图层"字"上的元件"圆"拖到横线的始端，"圆"的中心对准横线开头。在尾帧将元件"圆"拖到横线末端，对准横线结尾处。之后，对"巧合"二字的每一画笔画都作相同处理，图层如图 9.2.12 所示，引导动画效果如图 9.2.13 所示。最后将运动引导层隐藏起来。

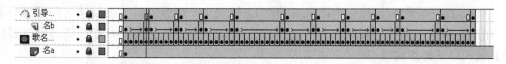

图 9.2.12　引导图层及补间动画在时间轴的对应位置

（20）新建一个图形元件，命名为"rain"，用钢笔工具画出如图 9.2.14 所示的雨滴状图形，面积尽可能小。

图 9.2.13　引导线的效果　　　　　　　图 9.2.14　雨滴状图形效果

（21）新建一个影片剪辑元件，设置如图 9.2.15 所示。

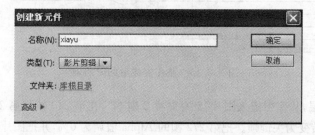

图 9.2.15　影片剪辑的设置

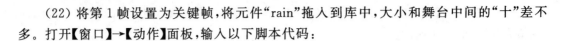

（22）将第 1 帧设置为关键帧，将元件"rain"拖入到库中，大小和舞台中间的"十"差不多。打开【窗口】→【动作】面板，输入以下脚本代码：

```
step = 1;
while(step <= 100){
    duplicateMovieClip("rain","rain" + step,step);
    setProperty("rain" + step,_x,random(500));
    setProperty("rain" + step,_y,random(400));
    setProperty("rain" + step,_xscale,Math.random() * 60 + 40);
    setProperty("rain" + step,_yscale,eval("rain" + rain)._xscale);
    setProperty("rain" + step,_alpha,eval("rain" + rain)._xscale + random(30));
    step++;
}
```

（23）回到场景 1，从库中将影片剪辑"xiayu"拖到舞台中，将第 43 帧到第 140 帧创建为传统补间动画。选择第 140 帧，右键选择【动作】，输入以下脚本代码：

```
stop();
```

（24）回到场景 1，新建一个图层，在第 114 帧到 139 帧分别添加关键帧，打开【窗口】→【公用库】→【按钮】命令，选择其中一种按钮拖到"巧合"二字上面。对着按钮右键选择【动作】，输入以下脚本代码：

```
on (press){gotoAndPlay(141);}
```

（25）新建一个图层，在第 126 帧到 136 帧分别建立关键帧，接着在舞台中间用矩形工具画一个矩形，大小为刚好盖住按钮。把第 126 帧到 136 帧创建为传统补间动画，并把第 126 帧的 Alpha 值调为 0%。

（26）新建一个名为"雨滴 2a"的图层，在第 140 帧插入关键帧，从库中将图片"雨滴 2 副本 2"拖入舞台中，调整图片大小比舞台略大。同法第新建一个图层拖入一张图片，从库中将图片"雨滴 2 副本"、"雨滴 2 副本 2"、"雨滴 2 副本"、"1 画画 1 副本"、"1 画画 2 副本"、"3 叹气副本"依次拖到"雨滴 2b"、"雨 2a"、"雨 2b"、"画画 a"、"画画 b"、"叹气"等图层中，并利用传统补间动画将每张图片制作成淡入和淡出的动画效果（每个图层首尾两个关键帧上的图片 Alpha 值都设计为 0%）。制作完成后的时间轴如图 9.2.16 所示。

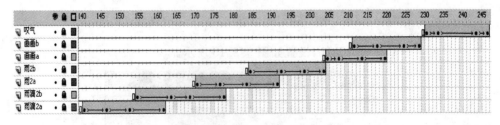

图 9.2.16 制作完成后的时间轴

（27）新增图层，从库中拖入图片"5 抬头看 2 副本"，在第 249 帧到第 272 帧创建传统补间动画，将第 258 帧转变为关键帧。把第 272 帧的 Alpha 值调为 0%，并把图片拉大为舞台的 4 倍。

（28）依次从库中拖入图片"4 抬头看副本"、"雨滴副本 2"、"雨滴副 2"、"雨滴副本 2"、"雨

滴副 2"、"6 男生望天副本"、"7 男生望天副本 2",处理步骤同(26),效果如图 9.2.17 所示。

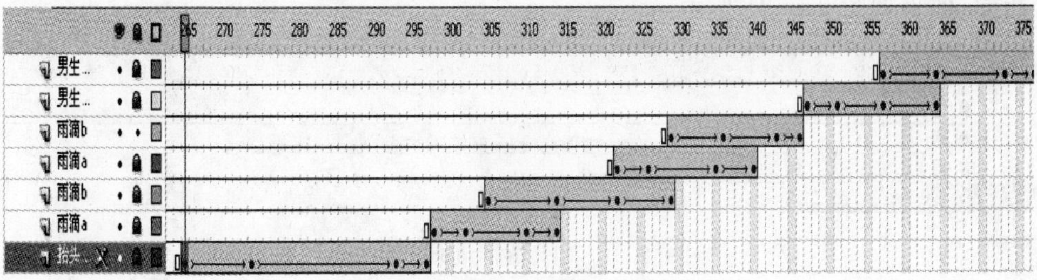

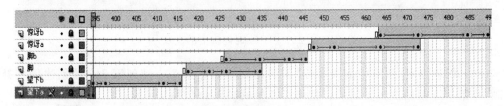

图 9.2.17 图片在时间轴上的设置

(29)新增图层,从库中拖入图片"8 望下副本",在第 379 帧到第 395 帧创建传统补间动画,将第 391 帧转变为关键帧。把第 395 帧的 Alpha 值调为 0%。

(30)依次从库中拖入图片"9 望下 2 副本"、"脚副本"、"脚副本 2"、"10 惊讶副本"、"11 惊讶副本 2",处理同步骤(26),效果如图 9.2.18 所示。

图 9.2.18 图片在时间轴上的设置

(31)新增图层,在第 492 帧到第 515 帧添加关键帧,从库中拖入图片"12 男生副本",图片在舞台偏上方,位置如图 9.2.19 所示。

(32)把第 492 帧到第 515 帧创建为传统补间动画,在第 497 帧加入关键帧,把第 492 帧的 Alpha 值调为 0%。在第 515 帧将图片的位置移到舞台偏下方,位置如图 9.2.20 所示。在第 524 帧添加关键帧,并把 Alpha 值调为 0%。

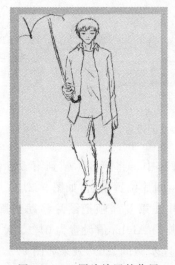

图 9.2.19 图片放置的位置

图 9.2.20 图片放置的位置

（33）依次从库中拖入图片"12男生副本"、"字1副本"、"字2副本"，处理方法与步骤（26）相同，效果如图9.2.21所示。

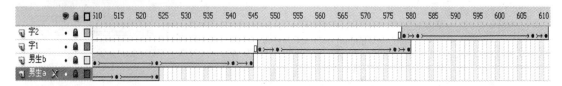

图9.2.21 图片在时间轴上的设置

（34）依次从库中拖入图片"12男生副本"、"男半脸副本"、"男半脸副本z"、"女半脸副本"、"女半脸副本z"、"13伞下副本"，处理同步骤（26），效果如图9.2.22所示。

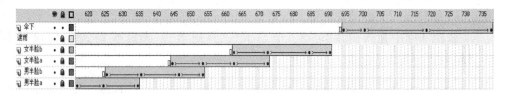

图9.2.22 图片在时间轴上的设置

（35）新增图层，从库中拖入图片"图书馆副本"，在第719帧到第749帧创建传统补间动画，将第745帧转变为关键帧。把第749帧的Alpha值调为0%。

（36）新建一个图形元件，命名为"伞"，画出如图9.2.23所示的图形。

（37）回到场景1，新建图层，从库中拖入元件"伞"，在第719帧到第741帧创建传统补间动画。在第719帧将元件缩至最小，在第741帧将元件拉大至遮住舞台。接着将该图层设置为"遮罩层"。

图9.2.23 图形的效果

（38）依次从库中拖入图片"垫脚副本"、"取书副本"、"取书2副本"、"取书3副本"、"取书4副本"，处理同步骤（26），效果如图9.2.24所示。

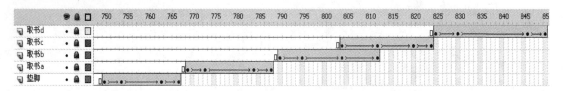

图9.2.24 图片在时间轴上的设置

（39）新建图层，并把图片"给书副本z"拖入到舞台中。将第851帧到第855帧创建为传统补间动画，并把第851帧的Alpha值设置为0%，图片位置偏右，如图9.2.25所示。

（40）在第860帧、第873帧分别添加关键帧，并在第873帧把图片移动到舞台中间。在第883帧、第887帧分别添加关键帧，并把第887帧的Alpha值设置为0%。

（41）新建图层，从库中拖入图片"字3副本"，处理步骤同（26），效果如图9.2.26所示。

（42）新建图层，并把图片"接书副本"拖入到舞台中。将第914帧到第917帧创建为传

图 9.2.25　图片放置的位置

图 9.2.26　图片在时间轴上的设置

统补间动画,并把第 914 帧的 Alpha 值设置为 0%,图片大小设置为比舞台略大。在第 929 帧添加关键帧,并把图片拉大为舞台的 1.5 倍。在第 967 帧添加关键帧。

　　(43) 新建图层,把图片"楼梯 1 副本"拖入舞台中,大小设置为比舞台略大。将第 946 帧到第 974 帧创建为传统补间动画。在第 983 帧添加关键帧,并把第 983 帧的 Alpha 值设置为 0%。

　　(44) 新建一个图形元件,命名为"雨伞遮罩",画出如图 9.2.27 所示的图形。

　　(45) 回到场景 1,新建图层,从库中拖入元件"雨伞遮罩",在第 946 帧到第 967 帧创建传统补间动画。在第 946 帧将元件放置在舞台右边,在第 967 帧将元件放置在中间,且右边的矩形要遮住舞台。接着将该图层设置为"遮罩层"。

图 9.2.27　图形的效果

　　(46) 依次从库中拖入图片"楼梯 2 副本"、"摔副本"、"摔副本 2",处理同步骤(26),效果如图 9.2.28 所示。

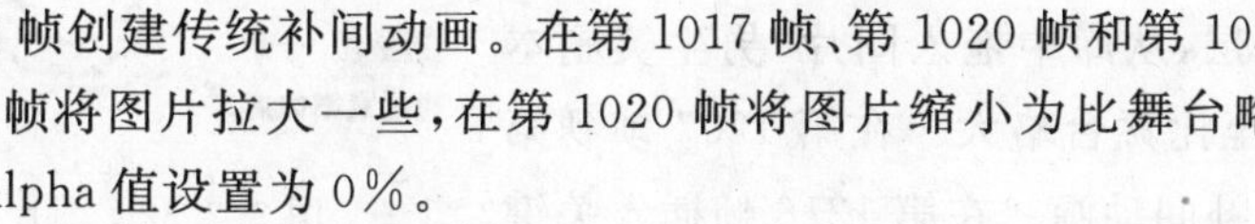

图 9.2.28　图片在时间轴上的设置

　　(47) 新建图层,从库中拖入图片"下坠副本",将图片高度缩小为比舞台略高。在第 1015 帧到第 1026 帧创建传统补间动画。在第 1017 帧、第 1020 帧和第 1022 帧分别添加关键帧。在第 1017 帧将图片拉大一些,在第 1020 帧将图片缩小为比舞台略小且位置偏右。将第 1026 帧的 Alpha 值设置为 0%。

（48）新建图层，从库中拖入图片"下坠副本2"，图片大小及位置同上一图片。在第1022帧到第1033帧创建传统补间动画。在第1026、第1029帧分别添加关键帧。在第1029帧将图片位置往下移，在第1033帧将图片拉大。在第1035帧添加关键帧，将第1022帧、第1035帧的Alpha值设置为0％。

（49）新建图层，第1036帧插入关键帧，从库中拖入图片"书副本1"，图片位置如图9.2.29所示。

（50）在第1036帧到第1038帧创建传统补间动画，在第1038帧将图片移动到如图9.2.30所示的位置。在第1039帧和第1045帧分别插入关键帧。将第1036帧的Alpha值设置为32％，将第1045帧的Alpha值设置为0％。

图9.2.29　图片设置的位置

图9.2.30　图片设置的位置

（51）依次从库中拖入图片"书副本2"、"字4副本"，处理同步骤（26），效果如图9.2.31所示。

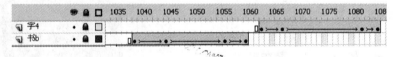

图9.2.31　图片在时间轴上的设置

（52）新建图层，从库中拖入图片"扶住副本"，将图片拉大，舞台中出现的图片部分如图9.2.32所示。在第1086帧到第1105帧创建传统补间动画。在第1105帧将图片位置往右稍微移动一些。在第1108帧插入关键帧，将图片位置往上移动到图9.2.32画面离开舞台范围。在第1118帧插入关键帧，把图片高度缩小为比舞台略高。在第1138及1141帧分别插入关键帧，并把1141帧的Alpha值设置为0％。

（53）依次从库中拖入图片"字5副本"、"扶住2副本"、"男生笑副本z"，处理同步骤（26），效果如图9.2.33所示。

（54）新建图层，从库中拖入图片"男生笑副本2z"，将图片拉大至比舞台略大。在第1207帧到第1248帧创建传统补间动画。在第1216帧插入关键

图9.2.32　图片设置的位置

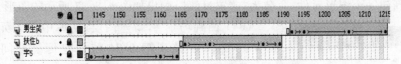

图 9.2.33　图片在时间轴上的设置

帧。把 1207 帧的 Alpha 值设置为 0%。

（55）新建图层,把图片"寻物副本"拖入舞台中,大小设置为比舞台略大。将第 1225 帧到第 1269 帧创建为传统补间动画。在第 1259 帧添加关键帧,并把第 1269 帧的 Alpha 值设置为 0%。

（56）新建一个图形元件,命名为"遮罩雨滴",画出如图 9.2.34 所示的图形。

（57）回到场景 1,新建图层,从库中拖入元件"遮罩雨滴",在第 1225 帧到第 1247 帧创建传统补间动画。在第 1225 帧将元件放置在舞台上方,在第 1247 帧将元件放置在中间,且图形的矩形要遮住舞台。接着将该图层设置为"遮罩层"。

（58）依次从库中拖入图片"寻物副本 2"、"寻物副本 3",处理同步骤（26）,时间轴效果如图 9.2.35 所示。

图 9.2.34　图形的效果

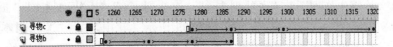

图 9.2.35　图片在时间轴上的设置

（59）新建图层,从库中拖入图片"看书副本",对该图片的处理同步骤（55）,对该图片设置遮罩效果,步骤同（57）。时间轴效果如图 9.2.36 所示。

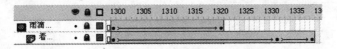

图 9.2.36　图片在时间轴上的设置

（60）新建图层,从库中拖入图片"看书副本 2",将图片调整为比舞台略大。在第 1332 帧到第 1357 帧创建传统补间动画。在第 1339 帧、第 1348 帧插入关键帧。将第 1222 帧、第 1257 帧的 Alpha 值设置为 0%。

（61）新建图层,把图片"看书副本 3"拖入舞台中,大小设置为比舞台略大。将第 1349 帧到第 1405 帧创建为传统补间动画。在第 1356 帧添加关键帧,并把第 1349 帧的 Alpha 值设置为 0%。

（62）新建图层,把图片"男等副本"拖入舞台中,大小设置为比舞台略大。将第 1369 帧到第 1428 帧创建为传统补间动画。在第 1421 帧添加关键帧,并把第 1428 帧的 Alpha 值设置为 0%。

（63）新建一个图形元件，命名为"遮罩过渡"，画出如图9.2.37所示的图形。

图9.2.37 图形的效果

（64）回到场景1，新建图层，从库中拖入元件"遮罩过渡"，在第1369帧到第1384帧创建传统补间动画，在第1369帧把元件拖到舞台左边，在第1384帧把元件拖到舞台中间。在第1385帧按F6键插入关键帧，在第1406帧按F6键插入关键帧，用选择工具点选舞台上的元件，按Delete键删除，再用矩形工具画一个将舞台完全覆盖的矩形，接着选择第1385帧，右键选择【创建补间形状】，并将该图层设置为"遮罩层"。

（65）依次从库中拖入图片"男等副本2"、"男等副本3"、"女望副本"、"女望副本2"、"送礼副本z"、"送礼副本2"，处理同步骤（26），效果如图9.2.38所示。其中，图片"送礼副本z""送礼副本2"的位置以右上角对准舞台为准，并适量缩小。在"送礼副本2"所在图层的最后一帧，将图片往右上角移动。

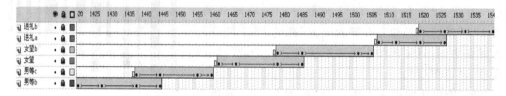

图9.2.38 图片在时间轴上的设置

（66）依次从库中拖入图片"送礼副本2"、"送礼副本3"、"拆礼物副本"、"拆礼副本2"、"字6副本"，处理同步骤（26），效果如图9.2.39所示。其中，图片"送礼副本2""送礼副本3"的位置以左下角对准舞台为准，并适量缩小。在"送礼副本2"所在图层的第一帧，将图片往左下角移动。

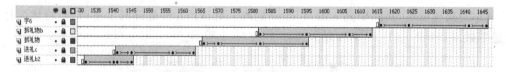

图9.2.39 图片在时间轴上的设置

（67）依次从库中拖入图片"拒礼1副本"、"拒礼1副本z"、"怒副本"、"喊副本"、"喊副本2"、"喊副本3"，处理同步骤（26），效果如图9.2.40所示。

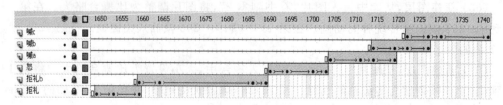

图9.2.40 图片在时间轴上的设置

（68）新建图层，在第1745帧插入关键帧，将图片"字7副本"拖入舞台中，调整大小为比舞台略大，放置在舞台左边。选中该帧，在动画预设面板的"默认设置"文件夹中选中"飞入后停顿再飞出",单击"在当前位置应用",即可为该图片添加动画效果。将图层中的蓝色时间轴拉长,使其长度达到第1803帧。

(69)新建图层,在第1807帧及第1862帧各插入关键帧。从库中拖入图片"望副本",调整大小为比舞台略大。新建图层,在第1807帧及第1862帧各插入关键帧,然后在舞台中用矩形工具画出一个不带边框的白色矩形,大小为刚好遮盖住图片左边的人物。在第1833帧、第1846帧各插入关键帧,并将第1846帧的Alpha值设置为0%。新建图层,在第1807帧及第1863帧各插入关键帧,然后在舞台中用矩形工具画出一个不带边框的白色矩形,大小为刚好遮盖住图片右边的人物。在第1821帧、第1833帧各插入关键帧,并将第1821帧的Alpha值设置为0%。时间轴的效果如图9.2.41所示。

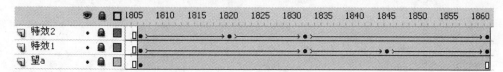

图9.2.41 图片在时间轴上的设置

(70)图片"望副本3"和"望副本4"的处理同步骤(69),时间轴的效果分别如图9.2.42和图9.2.43所示。

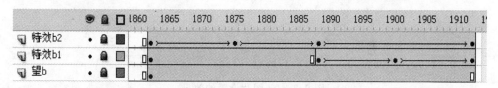

图9.2.42 图片"望副本3"在时间轴上的设置

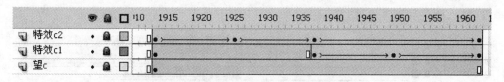

图9.2.43 图片"望副本4"在时间轴上的设置

(71)新建图层,从库中把图片"拆礼物副本2"拖入舞台中,大小设置为比舞台略大。将第1968帧到第2099帧创建为传统补间动画。在第1977帧、第1988帧和第2094帧分别插入关键帧,并把第1968帧、第2099帧的Alpha值设置为0%,第1988帧、第2094帧的Alpha值设置为50%。其中,在第1968帧把图片拉大为舞台的1.5倍。

(72)新建图层,从库中把图片"13伞下副本"拖入舞台,大小设置为比舞台略大。将第1988帧到第2020帧创建为传统补间动画,且Alpha值设置为50%。在第1988帧将图片移到舞台上方,在第2020帧将图片移到舞台下方。

(73)新建图层,从库中把图片"接书副本"拖入舞台,处理同步骤(72),需改动的是首位帧各为第2002帧及第2041帧。在第2002帧将图片移到舞台右边,在第2041帧将图片移到舞台左边。

（74）新建图层，从库中把图片"扶住副本"拖入舞台，处理同步骤（72），需改动的是首位帧各为第 2015 帧及第 2060 帧。

（75）新建图层，从库中把图片"看书副本 3"拖入舞台，处理同步骤（72），需改动的是首位帧各为第 2031 帧及第 2074 帧。在第 2031 帧将图片移到舞台左边，在第 2074 帧将图片移到舞台右边。

（76）新建图层，从库中把图片"望副本 5"拖入舞台中，图片在舞台的大小位置如图 9.2.44 所示。将第 2050 帧到第 2099 帧创建为传统补间动画。在第 2083 帧、第 2094 帧分别插入关键帧，并把第 2099 帧的 Alpha 值设置为 0％，第 2050 帧、第 2083 帧和第 2094 帧的 Alpha 值设置为 50％。其中，在第 2050 帧把图片拉大至图片人物不出现在舞台范围内。

图 9.2.44　图片设置的效果

（77）依次从库中拖入图片"下雨副本"、"下雨副本 2"、"送伞副本"、"送伞副本 z"，处理同步骤（21），效果如图 9.2.45 所示。

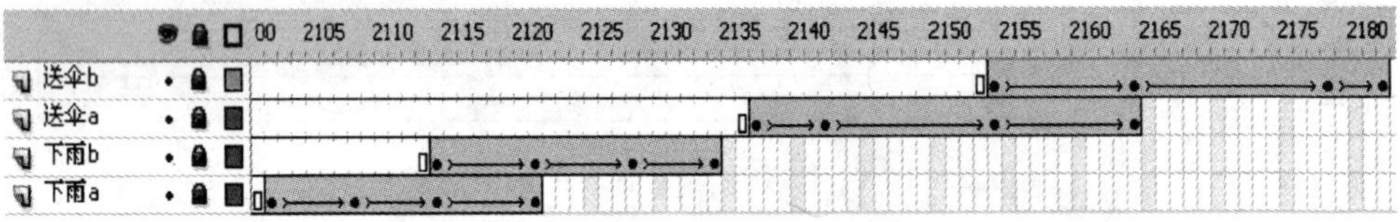

图 9.2.45　图片在时间轴上的设置

（78）依次从库中拖入图片"笑答副本 z"、"笑答副本 2z"，处理同步骤（26），效果如图 9.2.46 所示。

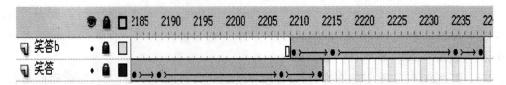

图 9.2.46　图片在时间轴上的设置

（79）新建图层，从库中拖入图片"撑伞副本"，将图片拉大至高度比舞台略高，放置在舞台中间。在第 2242 帧到第 2300 帧创建传统补间动画。在第 2255 帧、第 2271 帧和第 2291帧插入关键帧。在第 2242 帧把图片拉大为舞台的 2 倍，在第 2271 帧把图片缩小一些把图片往左边移动。将第 2242 帧及第 2300 帧的 Alpha 值设置为 0%。

（80）依次从库中拖入图片"手副本"、"手副本 2"、"手副本 3"和"惊副本 z"，处理同步骤(26)，效果如图 9.2.47 所示。

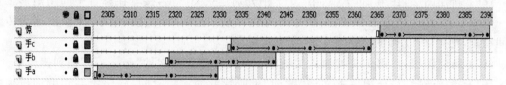

图 9.2.47　图片在时间轴上的设置

（81）依次从库中拖入图片"微笑副本"、"微笑副本 z"、"男笑副本"、"男笑副本 2"，处理同步骤(26)，效果如图 9.2.48 所示。

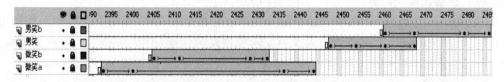

图 9.2.48　图片在时间轴上的设置

（82）新建图层，在第 2489 帧及第 2528 帧各插入关键帧，用矩形工具画出一个白色的矩形，大小为比舞台略大。

（83）新建图层，在第 2491 帧添加关键帧，从库中把图片"end 副本"拖到舞台中，调整大小为比舞台略大，在第 2528 帧插入关键帧。

（84）新建图层，从库中拖入元件"雨滴"，在第 2491 帧到第 2501 帧创建传统补间动画，在第 2419 帧把元件拖到舞台上方，在第 2501 帧把元件拖到舞台中间。在第 2502 帧按 F6键插入关键帧，在第 2528 帧按 F6 键插入关键帧，用选择工具点选舞台上的元件，按 Delete键删除，再用矩形工具画一个将舞台完全覆盖的矩形，接着选择第 2502 帧，右键选择【创建补间形状】，并将该图层设置为"遮罩层"。

（85）新建图层，在第 2523 帧及第 2531 帧各插入关键帧，创建传统补间动画，从库中把图片"end 副本"拖到舞台中，调整大小为比舞台略大，将第 2523 帧的 Alpha 值调整为 0%，在第 2563 帧插入关键帧，将图片拉大为舞台的 1.5 倍，在第 2606 帧插入关键帧。

（86）新建图层，在第 2576 帧添加关键帧，用矩形工具画出一个蓝色的矩形，大小为比舞台略大，在第 2620 帧插入帧，在第 2621 帧插入关键帧，选择第 2621 帧，右键选择【动作】，输入以下脚本代码：

```
stop();
```

（87）新建图层，从库中拖入元件"雨滴"，在第 2576 帧到第 2590 帧创建传统补间动画。在第 2570 帧将元件放置在舞台上方，在第 2590 帧将元件移到舞台中间。在第 2606 帧插入关键帧,拉大元件使元件的其中一颗雨滴遮盖住舞台。接着将该图层设置为"遮罩层"。

(88)新建一个图层,在第 2607 帧、第 2621 帧分别添加关键帧,打开【窗口】→【公用库】→【按钮】命令,选择其中一种按钮拖到舞台中间作为重播按钮。对着按钮右键选择【动作】,输入以下脚本代码:

```
on (release) {  gotoAndPlay(1);  }
```

(89)新建图层,在第 2607 帧、第 2611 帧分别建立关键帧,接着在舞台中间用矩形工具画一个矩形,大小为刚好盖住按钮,颜色同蓝色背景。把第 2607 帧、第 2611 帧创建为传统补间动画,把第 2611 帧的 Alpha 值调为 0%。

(90)新建图层,在第 141 帧插入关键帧。从库中把音频文件"eyes say"拖到舞台中。

(91)播放音频,结合记事本文档"歌词"里所示歌词演唱时间,确定第一句歌词出现时是第 491 帧,第一句歌词结束时是第 526 帧。新建图层,在第 491 帧和第 526 帧分别插入关键帧。用文字工具输入第一句歌词,调整大小,放置在舞台的适合位置,并复制该歌词。

(92)新建一个图层,在第 491 帧和第 526 帧分别插入关键帧,粘贴该歌词,并修改字体颜色,然后移动该图层的歌词,使其与上一个图层的字体重合。

(93)新建一个图层,在第 491 帧和第 526 帧分别插入关键帧,用矩形工具画一个矩形,为刚好遮住歌词的长度。将第 491 帧及第 526 帧创建为传统动画,在第 491 帧把矩形移动到歌词左边,在第 526 帧把矩形移动到歌词右边。接着把该图层设置为"遮罩层"。

(94)余下的每一句歌词的处理方法同步骤(91)、步骤(92)和步骤(93)。

(95)保存并测试文件。效果如图 9.2.49 所示。

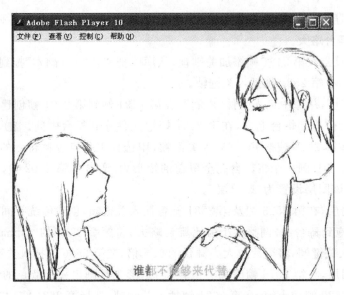

图 9.2.49　Flash MV 作品"巧合"的播放效果

习题

请自选一首旋律优美的歌曲制作一个 Flash MV 作品。

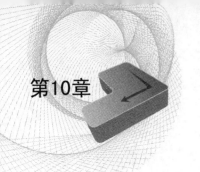

广 告 制 作

随着经济和信息技术的迅速发展,Flash 广告的制作和应用越来越普遍,无论是网络还是电视,经常看到 Flash 广告的身影,Flash 广告的制作技术和艺术水平也不断提高,越来越受到广告客户和消费者的欢迎。本章分别介绍几个 Flash 的网络广告、电视广告和 LED 广告的制作实例。

实例 1   稻花香

"稻花香"是一个网络广告,其尺寸较小,适合在网上播放。稻花香广告的播放效果如图 10.1.1 所示。

图 10.1.1   稻花香广告效果

(1)新建 Flash 文档,修改文档属性大小为 400×150 像素,帧频为 15fps。

(2)一次性将全部素材图片导入到库。将图层命名为"麦田",选中"麦田"图层的第 1 帧,将图库中"麦田"图片拖到舞台上,设置其大小和位置与舞台相同,作为舞台背景图片。然后右击第 170 帧,选择【插入帧】,效果如图 10.1.2 所示。

图 10.1.2   背景图片的大小和在舞台上的位置

（3）单击时间轴面板上的"新建图层"按钮 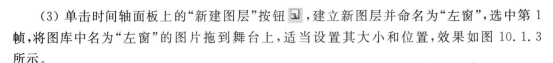，建立新图层并命名为"左窗"，选中第 1 帧，将图库中名为"左窗"的图片拖到舞台上，适当设置其大小和位置，效果如图 10.1.3 所示。

图 10.1.3　"左窗"图片在舞台上的位置和大小

（4）然后右击"左窗"图层中的第 1 帧，单击【创建补间动画】。右击第 12 帧，选择【插入关键帧】，单击下拉菜单中的【位置】，然后单击名为"左窗"的图片，将其拖至舞台左侧，大小不变，效果如图 10.1.4 所示。

图 10.1.4　将图片"左窗"拖至舞台左侧

（5）新建一个图层并命名为"右窗"，同样，插入和设置名为"右窗"图片的大小和位置，效果分别如图 10.1.5 和图 10.1.6 所示。

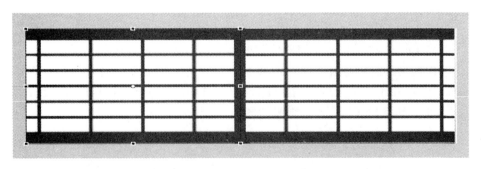

图 10.1.5　"右窗"图片在舞台上的位置和大小

（6）新建一个图层并命名为"酒瓶"，右击"酒瓶"图层的第 13 帧，选择【插入关键帧】，将图库中名为"酒瓶"的图片拖到舞台上，适当设置其位置和大小，效果如图 10.1.7 所示。

（7）右击酒瓶图层的第 13 帧，单击【创建补间动画】。右击第 26 帧，选择【插入关键

图 10.1.6　将图片"右窗"拖至舞台右侧

图 10.1.7　"酒瓶"图片在舞台上的位置和大小

帧】，单击下拉框中的【位置】，然后单击"酒瓶"，将其拖到原来位置的正上方，大小不变，效果如图 10.1.8 所示，接着把第 25 帧的关键帧移动到第 68 帧。

图 10.1.8　将图片"酒瓶"拖至其正上方

（8）新建一个图层并命名为"遮罩"，在第 13 帧和 26 帧分别插入关键帧，单击第 13 帧，用矩形工具 画出一个矩形，位于"酒瓶"的正上方，其位置和大小如图 10.1.9 所示。右击"遮罩图层"，选择【遮罩】，设置酒瓶的遮罩效果。

图 10.1.9　矩形的位置和大小

　　(9) 选择菜单栏的【插入】，单击【新建元件】命令，在打开的"创建元件"对话框中选择"影片剪辑"单选项，取名为"蝴蝶"。在影片剪辑"蝴蝶"的编辑状态下，在图层 1 的第 1 帧插入图片"蝴蝶 1"，右击第 3 帧，单击【插入空白关键帧】，插入图片"蝴蝶 2"图片。然后在第 4 帧插入帧，从而制作出一个蝴蝶飞舞的影片剪辑。

　　(10) 新建一个图层并命名为"蝴蝶 1"，在第 25 帧和第 160 帧分别插入空白关键帧，选中第 25 帧，把图库中的"蝴蝶"影片剪辑元件拖到舞台，调整其大小，放置在左下角，效果如图 10.1.10 所示。

图 10.1.10　将"蝴蝶 1"放置在左下角

　　(11) 在蝴蝶 1 图层中，右击第 65 帧，单击【插入关键帧】，将"蝴蝶"拖到舞台中央适当的位置。选中最后一帧，把"属性"中的色彩效果的"样式"选择为"Alpha"，并把它的值设为 0%，效果如图 10.1.11 所示。

　　(12) 新建一个图层并命名为"蝴蝶 2"，把"蝴蝶"影片剪辑元件拖到舞台上，选择【修

图 10.1.11 "蝴蝶 1"的位置

改】→【变形】→【水平翻转】命令,将实例"蝴蝶 2"调整为相反的方向并拖放在舞台的右下角。效果如图 10.1.12 所示。参照第(11)步骤的操作方法,设置"蝴蝶 2"的位置和 Alpha 值。

图 10.1.12 "蝴蝶 2"的初始位置

(13) 新建一个图层并命名为"左瓶",在第 68 帧插入关键帧,把图片"左瓶"拖到舞台,调整其大小,并与图片"酒瓶"的左半部分重合。同样,新建一个"右瓶"图层,并设置好图片"右瓶"的位置。运用设置关键帧和设置位置的方法,实现蝴蝶拖动左右瓶的动画效果,如图 10.1.13 所示。

图 10.1.13 蝴蝶拖动左右瓶的动画效果

（14）新建"内瓶"和"遮罩 2"两个图层，在第 77 帧放置"内瓶"图片，运用遮罩层将"内瓶"设置好遮罩效果，其效果与"酒瓶"一样，"内瓶"逐渐出现。然后通过设置色彩效果的 Alpha 值，让"内瓶"逐渐消失，效果如图 10.1.14 和图 10.1.15 所示。

图 10.1.14　"内瓶"逐渐出现的效果设置

图 10.1.15　"内瓶"逐渐消失的效果设置

（15）在"蝴蝶 1"图层和"蝴蝶 2"图层中，分别通过设置关键帧和改变关键帧的位置和缩放，实现蝴蝶的动态效果，效果如图 10.1.16 和图 10.1.17 所示。

图 10.1.16　蝴蝶变大的动态效果

（16）新建一个图层并命名为"1 蝴蝶"，把元件"蝴蝶"拖到舞台，适当调整其大小，并与"蝴蝶 1"图层的蝴蝶图片重叠，然后利用设置关键帧的位置，调整蝴蝶的路径。

图 10.1.17　蝴蝶变小的动态效果

重复上面的操作,制作出另外 5 只蝴蝶。6 只蝴蝶的位置和大小如图 10.1.18 所示。

图 10.1.18　6 只蝴蝶的动画效果

(17) 新建一个图层并命名为"背景 1",设置其 Alpha 值,使得图片由无到有呈现。选择菜单栏的【插入】→【新建元件】命令,在打开的"创建元件"对话框中选择"图形"单选项,取名为"叶子"。运用钢笔工具 ,画出一片叶子的形状,颜色设置为淡红色线性渐变,用"颜料桶工具"对图形进行颜色填充,效果如图 10.1.19 所示。

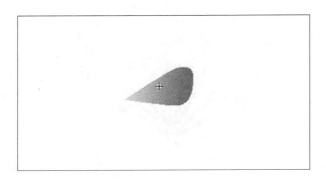

图 10.1.19　叶子的形状和颜色

(18) 新建一个名为"落叶"的影片剪辑元件,通过设置关键帧、创建补间动画、调整图形位置,实现落叶飘落的效果。新建 4 个图层,分别命名为"落叶 1","落叶 2","落叶 3"和"落叶 4",分别制作不同的落叶效果,如图 10.1.20 所示。

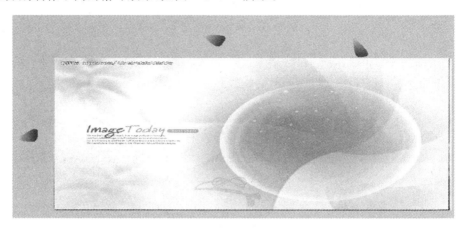

图 10.1.20　落叶效果

(19)新建一个名为"扇子"的影片剪辑元件。通过调整扇子 1 图片的位置和重置变形点,实现扇子展开的效果,效果如图 10.1.21 和图 10.1.22 所示。

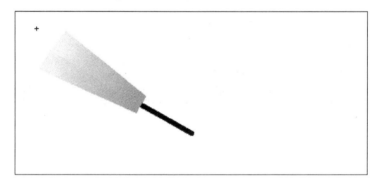

图 10.1.21　扇子未展开的效果

图 10.1.22　扇子完全展开的效果

(20)新建图层并命名为"扇子",把影片剪辑扇子拖到舞台上。

(21)新建图层并命名为"红绳",把图片"红绳"拖到舞台上,通过设置 Alpha 值,实现呈现效果。用同样的方法制作图层"小花"和图层"大花"，效果如图 10.1.23 所示。

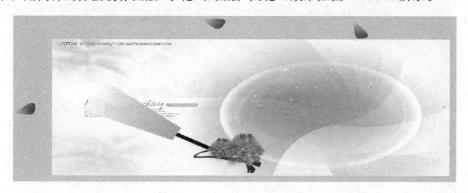

图 10.1.23　"扇子"、"红绳"、"小花"、"大花"的位置和效果

（22）新建图层并命名为"文本"，在 250 帧输入文本对象，文字内容为"稻花香，芳香满人间"，设置字体为"华文行楷"、大小为"20"、颜色为紫色。适当调整位置，使其位于扇子的内部中央，效果如图 10.1.24 所示。

图 10.1.24　文本的位置和大小

（23）新建图层并命名为"遮罩"，在 250 帧画出一个能覆盖文本的细长矩形，同时设置关键帧、创建补间动画和改变矩形位置。右击遮罩图层，选择【遮罩层】，实现遮罩效果，效果如图 10.1.25 和图 10.1.26 所示。

图 10.1.25　遮罩层补间动画的初始效果

图 10.1.26　遮罩层补间动画的最终效果

（24）新建图层并命名为"文本 1"，把文本图层复制到本图层，打开动画预设 ，选择"2D 放大"，单击"应用"，实现文本消失的效果，效果如图 10.1.27 和图 10.1.28 所示。

图 10.1.27　文本的初始效果

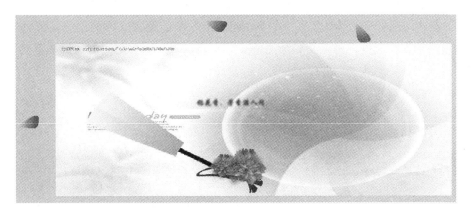

图 10.1.28　文本消失的效果

（25）通过设置 Alpha 值，使图片"扇子"、"大花"、"小花"和"红绳"逐渐消失，效果如图 10.1.29 所示。

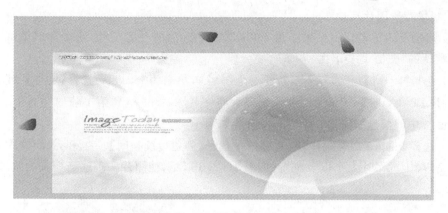

图 10.1.29 "扇子"、"红绳"、"小花"和"大花"逐渐消失的效果

（26）保存并发布文件。作品的播放效果如图 10.1.1 所示。

实例 2 远航乡纯

"远航乡纯"是一个网络广告，其尺寸较小，适合在网上播放。作品共有三个场景，第一个场景是"水是故乡甜"，第二个场景是"酒是故乡纯"，第三个场景是"远航乡纯米酒"。

1. 场景一制作

场景一效果：背景图片 image1 一边逐渐放大，一边向左移动。文字从左下角逐个有规律地呈现并逐渐淡出，如图 10.2.1 所示。

图 10.2.1 场景一的最终效果

1）制作背景图片运动

（1）启动 Flash，新建一个大小为 700×260 像素，背景色为黑色，帧频为 20fps 的空白文档。将默认的"图层 1"更名为"背景"。

（2）选择"新建图层"按钮 ，新建一个图层 2，更名为 image1。选择【文件】→【导入】→【导入到库】命令，将图片 image1 导入到库。将图片 image1 拖到第 1 帧的舞台上。单击右侧按钮面板中的信息按钮 ，调整图片信息如图 10.2.2 所示。

（3）选择 image1 图层第 1 帧，右键单击选择【创建传统补间】。在第 70 帧插入关键帧，调整第 70 帧上的图片大小以及位置，如图 10.2.3 所示，使图片实现逐渐变大的效果。

图 10.2.2　第 1 帧上图片 image1 的信息　　　　图 10.2.3　第 70 帧上图片 image1 的信息

（4）选择第 1 帧上的图片 image1，在属性面板中选择【色彩效果】→【样式】→【色调】，修改色调参数，如图 10.2.4 所示。

2）制作运动横线的图形元件

（1）单击【插入】→【新建元件】，在弹出的创建新元件对话框中，名称更改为"横线"，类型为"图形"。

选中图层 1，然后将工具箱中的笔触颜色 改为白色，选择线条工具 ，在舞台上绘制一条白色横线。选中横线，选择属性面板中的【填充和笔触】→【笔触】，更改笔触高度为2。横线最终参数如图 10.2.5 所示。

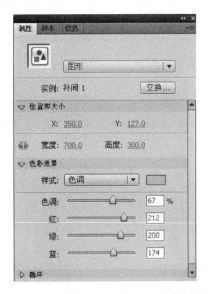

图 10.2.4　修改图片 image1 的色调参数　　　　图 10.2.5　横线属性

（2）在时间轴设置横线的运动变化为：左侧飞入→中心向两边延长→淡出。时间轴效果如图 10.2.6 所示。

（3）左侧飞入（第 1～6 帧）：选中图层 1，在第 6 帧单击右键插入关键帧，改变第 6 帧横

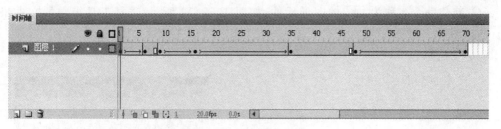

图 10.2.6 横线的时间轴设置

线的位置如图 10.2.7 所示,创建传统补间。

(4) 中心向两边延长(第 10～35 帧):在第 9、16 帧分别插入关键帧。选择第 16 帧,选中横线,选择工具面板中的任意变形工具 ,将横线拉长到宽度为 296.6(确定变形中心在横线的中点),横线参数如图 10.2.8 所示。在第 56 帧插入关键帧,再次延长横线,方法与第 16 帧相似,横线参数如图 10.2.8 所示。

图 10.2.7 横线第 6 帧参数　　　　　图 10.2.8 横线第 16 帧参数

(5) 淡出(第 18～70 帧):在第 48 帧、70 帧插入关键帧,选择第 71 帧,单击舞台中的横线,单击右侧的属性按钮 ,选择【色彩效果】→【样式】→Alpha 命令,将透明度 Alpha 的值改为 0%,效果如图 10.2.9 所示。

3) 制作字体的影片剪辑

(1) 单击【插入】→【新建元件】命令,在弹出的创建新元件的对话框中,名称更改为"字1",类型为"影片剪辑"。

(2) 新建一个图层,重命名为"横线 1",打开库,将图层元件"横线"拖到舞台适当的位置。横线 1 位置设置如图 10.2.10 所示。在"横线 1"图层的第 70 帧插入帧。

(3) 新建一个图层,重命名为"横线 2",步骤同上,只要将两条横线错开位置即可,横线2 的位置设置如图 10.2.11 所示。

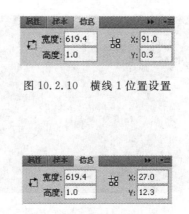

图 10.2.10 横线 1 位置设置

图 10.2.9 第 70 帧属性　　　　　图 10.2.11 横线 2 的位置设置

（4）新建一个名称为"水"的图形元件，如图 10.2.12 所示，选择工具箱中的文本工具
，选择图层 1 的第一帧，在舞台中输入一个"水"字，格式参数如图 10.2.13 所示，效果如
图 10.2.14 所示。

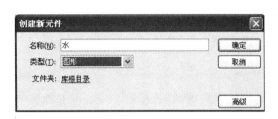

图 10.2.12 "水"的图形元件　　　　　　　图 10.2.13 "水"字的格式参数

（5）新建一个名称为"是"的图形元件，步骤与"水"字的制作一致，只是"是"字的文字格
式有所更改，其格式参数如图 10.2.15 所示，效果如图 10.2.16 所示。

图 10.2.14 "水"字的效果　　　　　　　图 10.2.15 "是"字的格式参数

（6）与步骤（14）相同，分别制作"故"、"乡"和"甜"三个字的图形元件。

（7）双击库中的"字1"影片剪辑，新建一个图层，重命名为"水"，制作水的运动。选择第10帧，单击右键选择"插入空白关键帧"，将"水"字从库里拖到舞台中，位置参考数据如图10.2.17所示，隔开5帧，即第15帧处插入关键帧，改变"水"字的纵向位置，参考数据如图10.2.18所示，达到水从横线1下方运动到横线2上方的效果。在第50帧插入关键帧，改变"水"字的颜色为黑色，颜色变化的方法参照步骤（4）。接着在第70帧插入关键帧，将第70帧的"水"字的透明度修改为0，透明度变化的方法参照步骤（9）。

图10.2.16 "是"字的效果

	宽度	41.1		X:	-360.1
	高度	41.1		Y:	52.5

图10.2.17 第10帧"水"字的位置参考数

	宽度	41.1		X:	-360.1
	高度	41.1		Y:	6.6

图10.2.18 第15帧"水"字的位置参考数

（8）用同样的方法分别制作"是"、"故"、"乡"和"甜"四个字的运动。新建图层，重命名为"遮罩"，在第10帧用矩形工具画一个可以完全遮盖"水是故乡甜"5个字的矩形。选择"遮罩"层，右键选择【遮罩】。将5个字都放在遮罩里。时间轴和舞台效果如图10.2.19所示，保存文件。

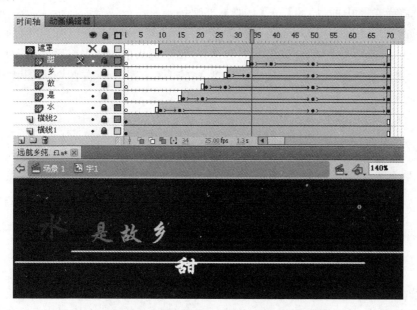

图10.2.19 "字1"影片剪辑的时间轴和舞台效果

2. 场景二制作

场景二效果：分为三个部分,第一部分是背景图片 image1 移走,同时背景图片 image2 进入;第二部分是图片"酒 2"的运动;第三部分是图片"酒 1"运动效果。场景二的最终效果如图 10.2.20 所示。

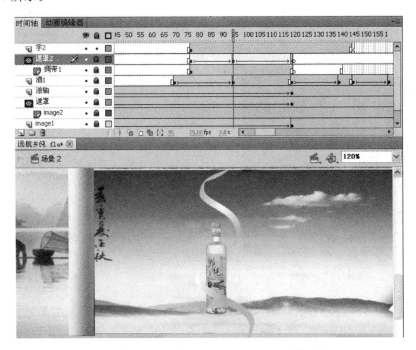

图 10.2.20　场景二的最终效果

(1) 选择菜单栏中的【插入】→【场景】,新建场景二。

(2) 更改图层 1 的名称为 image1,返回场景一,复制 image1 图层第 70 帧的 image1 图片,打开场景二,选择第 1 帧,在舞台中右键选择"粘贴到当前位置",粘贴两次图片。选择工具箱的任意变形工具 ,让表面的图片水平翻转,移动图片到右侧与原图相接,效果如图 10.2.21 所示。

图 10.2.21　图片效果

(3) 选择第一帧,右键创建传统补间,在第 120 帧插入关键帧。选中 120 帧,然后向左拖动舞台中的图片,使得图片缓慢向左移动。两张图片的交接处大约到舞台中央。

(4) 新建图层,重命名为 image2,导入图片 image2 到库,选择第 5 帧,将 image2 拖到舞台中,调整图片的大小与舞台相同。图片信息参数如图10.2.22所示。

(5)新建图层,重命名为"遮罩",选择矩形工具,选中第5帧,在舞台上画一个矩形,矩形的信息如图10.2.23所示,右键创建传统补间。

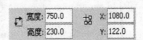

图 10.2.22　图片的信息参数　　　　　图 10.2.23　第5帧矩形的信息参数

(6)选择第120帧,插入关键帧,更改矩形的x轴位置,使得矩形遮盖住画卷的内容。矩形的信息如图10.2.24所示。

(7)选择"遮罩"层,右键选择弹出菜单中的"遮罩"。

(8)新建图层,重命名为"滚轴"。导入图片 image3.bmp 到库。选择第5帧,将 image3.bmp 拖到舞台中,更改图片信息,如图10.2.25所示。

(9)在第120帧改变滚轴的位置,如图10.2.26所示,并创建传统补间。使得滚轴始终与遮罩矩形相接。

图 10.2.24　第120帧矩形的　　　图 10.2.25　第5帧图片的　　　图 10.2.26　滚轴的位置
　　　　　　信息参数　　　　　　　　　　　　信息参数

(10)将"酒1.psd"和"酒2.psd"导入到库。新建图层,重命名为"酒1",选择第70帧,右键插入空白关键帧。将"酒2.psd"拖到舞台上。调整位置到舞台中央遮罩矩形的下方。

(11)第70帧至95帧为酒运动到舞台正中央的补间动画(创建补间动画的方法前面已多次介绍)。在第120帧插入关键帧。第120至140帧为图片"酒1"放大的补间动画。第140帧的效果如图10.2.27所示。

图 10.2.27　第140帧的效果

(12)分别在第145帧、160帧插入关键帧。选择第160帧,单击变形按钮 ▣,将其中的"旋转"值改回0,并将"酒1"缩小放在舞台左下角,效果如图10.2.28所示。

(13)新建图层,重命名为"丝带"。利用工具箱的刷子工具 ✐ 在第77帧画一条黄色的丝带,如图10.2.29所示,在第120帧插入帧。

(14)新建图层,重命名为"遮罩2"。在第77帧的丝带下方画一个矩形,第95帧矩形完

图 10.2.28　第 160 帧效果

图 10.2.29　黄色的丝带

全遮住丝带,第 120 帧矩形在舞台上方,如图 10.2.30 所示。分别选择第 77 帧、95 帧,右键选择【创建补间形状】。利用变形动画,使矩形的大小、位置不断变化,达到丝带围绕酒瓶运动的效果。最后将"遮罩 2"图层变为遮罩层。

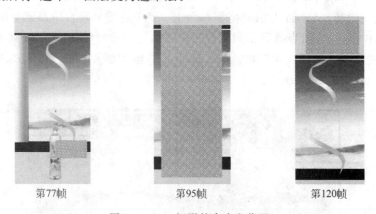

第77帧　　　　　　第95帧　　　　　　第120帧

图 10.2.30　矩形的大小和位置

　　(14) 参照步骤(10)至(13)的方法,制作运动字幕"酒是故乡纯"。放到画面的右上角,调整位置和时间长度。

　　(15) 分别在图层 image1、image2、"遮罩"、"滚轴"和"酒 1"的第 170 帧处插入帧,使其延长。保存文件。

　　3. 场景三制作

　　场景三效果:该场景主要是介绍产品画面的淡入效果。场景三的最终效果如图 10.2.31所示。

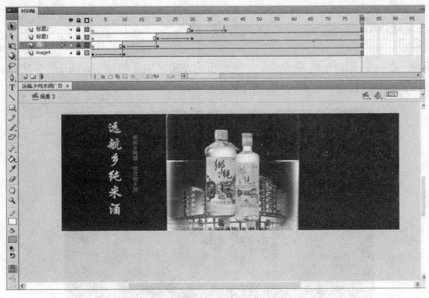

图 10.2.31 场景三的最终效果

(1) 图层 1 重命名为 image4，导入图片 image4 到舞台，调整大小位置到舞台中央。

(2) 新建图层，重命名为"酒 2"，在第 10 帧插入空白帧，将图片"酒 2.psd"的"图层 1"拖到舞台中央。调整大小。

(3) 新建图层，重命名为"标题 1"，在第 20 帧插入空白帧，用文字工具输入"远航乡纯米酒"。

(4) 新建图层，重命名为"标题 2"，在第 30 帧插入空白帧，用文字工具输入"杯杯乡纯酒，浓浓故乡情"。

(5) 选择图层 image4 的第 1 帧，右键创建传统补间，在第 10 帧插入关键帧，然后更改第 1 帧的透明度为 0，达到淡入的效果。在第 80 帧插入帧，使其延长至 80 帧。

(6) 其他图层以相同的方法制作淡入效果。

4. 测试发布

制作完成后，将文件保存，并进行测试和发布，广告的播放效果如图 10.2.32 所示。

图 10.2.32 广告作品的播放效果

实例 3　五粮液

"五粮液"是一个 Flash 电视广告,文档大小为 720×576 像素,帧频为 25 帧/秒,适用于电视播放。作品完成后播放的效果如图 10.3.1 所示。

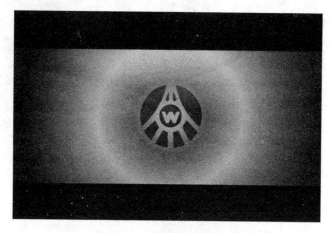

图 10.3.1　"五粮液"广告作品的播放效果

(1) 打开 Flash CS5,新建一个文件,进入 Flash CS5 的界面,单击菜单栏的【修改】,选择【文档】栏,在弹出的窗口中设置参数,如图 10.3.2 所示。

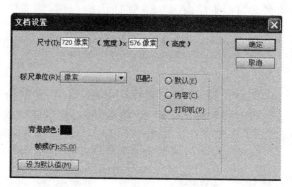

图 10.3.2　"文档设置"对话框

(2) 单击菜单栏的【文件】,选择【导入】栏,再选择其中的【导入到库】,找到背景音乐的所在文件夹,选择背景音乐,将背景音乐导入到 Flash 的库中。

(3) 在时间轴上将图层 1 重命名为"背景音乐",在时间轴第 25 帧添加一个空白关键帧。

(4) 打开库,将背景音乐拖到舞台中,背影音乐出现在图层"背景音乐"中,并在属性栏中将同步设置为"数据流"选项,然后单击时间轴的锁定图层按钮 🔒,将图层锁定(以下每个图层完成操作后都要锁定)。

(5) 将背景图片 1 导入到库中,单击时间轴的新增图层 🔲 添加新的图层,并命名为"背景图片 1"。将背影图片 1 拖入到舞台中间,单击工具箱中的任意变形工具 ▦,按住 Shift

键拖动四个角的其中一个角对图片进行大小调整,以左右两边超出舞台边缘一部分、上下居中的位置为佳,如图 10.3.3 所示。在第 10 帧插入空白关键帧,再选择第 1 帧到第 10 帧中的任意一帧,右键选择【创建传统补间】,即将第 1 帧至第 10 帧创建为一个补间动画。同理,将第 11 帧至第 20 帧创建补间动画,时间轴效果如图 10.3.4 所示。

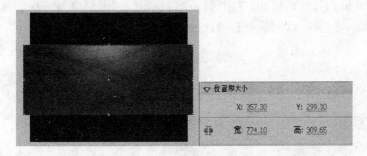

图 10.3.3　图层"背景图片 1"中图片的大小和位置

(6) 选择第 1 帧关键帧,然后用箭头工具单击舞台上的背景图片,在【属性】面板的【色彩效果】栏的【样式】选择【Alpha】,将 Alpha 值设置为 0%,背景图片即变为全透明。同理,对第 10 帧进行同样操作。

(7) 选择【新建】中的【新建元件】,在类型项选择【图形】,将图案元件命名为"同心圆",并用椭圆工具 画出五个同心圆圈,如图 10.3.5 所示。

图 10.3.4　背景图层的时间轴效果　　　　图 10.3.5　"同心圆"的五个圈

(8) 回到"场景 1",新建一个图层,命名为"背景图片 2",从库中把背景图片再次拖入舞台,并调整为比上一张图片稍大,如图 10.3.6 所示。

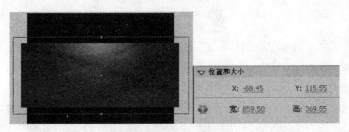

图 10.3.6　图层"背景图片 2"中图片的大小和位置

（9）新建一个图层，命名为"同心圆"，在第20帧及第70帧分别添加关键帧，并创建为传统补间动画。从库中将元件同心圆拖到舞台中心。在第20帧将同心圆缩到最小，如图10.3.7所示；在第70帧将同心圆拉大，使最里面的圆在背景图片外，如图10.3.8所示。再新建一个图层，选中"同心圆"及"背景"图层的所有帧，右键选择复制帧，然后选定新建图层的第42帧，右键选择粘贴帧，即可把"同心圆"及"背景"图层复制一次。最后分别选中两个"同心圆"图层，右键选择【遮罩层】，如此便可做出水纹效果。

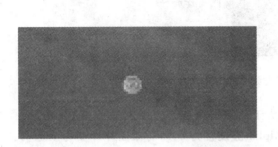 

图10.3.7　将同心圆缩至最小　　　　　图10.3.8　将同心圆放大的效果

（10）新建图层，命名为"白色条纹"，在第38帧到第74帧分别建立关键帧，然后在舞台中心用钢笔工具 ⬧.绘制如图10.3.9所示的白色条纹图案。

（11）新建一个名为"光辉"的图形元件。选择椭圆工具 ⬭ ，在属性栏将笔触颜色设置为无，如图10.3.10所示。单击属性的颜色栏，进行填充颜色设置，如图10.3.11所示，其中第一和最后一个取色点分别将 Alpha 值设置为 0%（取色点设置的数量和颜色，根据实际情况自行设定），最后在舞台中创建一个正圆，效果如图10.3.12所示。

图10.3.9　白色条纹图案　　　　　　图10.3.10　笔触颜色设置为无

（12）回到"场景1"中，在"白色条纹"图层的下面新建一个图层，命名为"光辉1"，在第38帧插入关键帧，将元件"光辉"从库中拖到舞台。在第74帧插入关键帧，将第38帧至第74帧创建为传统补间动画，再选择第73帧，右键选择【转换为关键帧】。

（13）在第38帧至第74帧间任意选择第6、7帧，右键单击【插入关键帧】，每一帧关键帧都将"光辉"元件移至"白色条纹"图案左边圆弧的不同位置，使"光辉"从弧的下端顺着弧形轨迹移动到上端，效果如图10.3.13～图10.3.17所示，最后选择"白色条纹"图层，右键选择选择【遮罩层】。

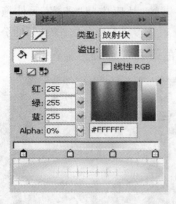

图 10.3.11　填充颜色设置

图 10.3.12　正圆的效果

图 10.3.13　"光辉"移动 1

图 10.3.14　"光辉"移动 2

图 10.3.15　"光辉"移动 3

　　(14) 新建两个图层,分别命名为"光辉 2"和"白色条纹 2",将图层"白色条纹"中的白色条纹图案复制到图层"白色条纹 2"的第 51 帧至 91 帧(白色条纹图案保持原来位置不变),然后对图层"光辉 2"和"白色条纹 2"的第 51 帧至 91 帧进行与图层"光辉 1"和"白色条纹"相同的设置,不同的是"光辉"从右边弧的上端划到下端,操作方法参照步骤(12)和步骤(13)。

　　(15) 新建两个图层,分别命名为"光辉 3"和"白色条纹 3",将"白色条纹"图层中的白色条纹图案的中心部分(如图 10.3.18 所示)复制,原位粘贴到"白色条纹 3"图层的第 64 帧,在第 91 帧插入帧。

图 10.3.16　"光辉"移动 4

图 10.3.17　"光辉"移动 5

图 10.3.18　白色条纹图案的
中心部分

(16) 将图层"光辉 3"的第 64 帧及第 91 帧设置关键帧,从库中将"光辉"元件拖入舞台中,把第 64 帧至 91 帧创建为传统补间动画,并把第 64 帧及第 91 帧的"光辉"元件分别放置在如图 10.3.19 及图 10.3.20 的位置,最后将图层"白色条纹 3"设置为遮罩层。

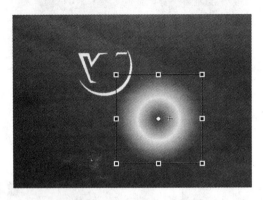 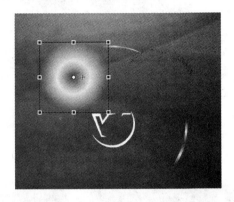

图 10.3.19　第 64 帧"光辉"的位置　　　　图 10.3.20　第 91 帧"光辉"的位置

(17) 将图片"五粮液"导入到库中,创建一个图形元件,命名为 logo,将图片"五粮液"拖到舞台中。新建一个图层,利用钢笔工具 及椭圆工具 在图片之上进行描摹,绘制出如图 10.3.21 所示的商标图案。完成后删除放置有"五粮液"图片的图层。回到场景中,新建图层并命名为"标志",在第 98 帧插入关键帧,将元件 logo 从库中拖到舞台中,并将大小及位置调整为和白色条纹图案相符的状态。在第 142 帧插入关键帧。

(18) 制作如图 10.3.22 的图形元件"发光",方法参照步骤(11)。其颜色的设置如图 10.3.23 所示,选择其中最右边的取色点,将 Alpha 值设置为 0%(取色点设置的数量和颜色,根据实际情况自行设定)。

图 10.3.21　绘制的商标图案效果　　　　图 10.3.22　图形元件"发光"

(19) 回到场景,在"标志"图层下方创建新图层,命名为"光芒",在第 98 帧及第 145 帧添加关键帧,从库中将元件"发光"拖入舞台中,并调整大小,如图 10.3.24 所示。将第 98 帧至第 145 帧创建传统补间动画,并在第 110 帧、第 118 帧分别添加关键帧,然后在第 98 帧、第 110 帧对元件"发光"分别进行如图 10.3.25 和图 10.3.26 所示的大小和位置调整,对第 145 帧调整 Alpha 值为 0%,最后将"标志"图层设置为遮罩层。

图 10.3.23　图形元件的颜色设置

图 10.3.24　第 98 帧"发光"元件的大小

图 10.3.25　调整后第 98 帧"发光"元件的大小

图 10.3.26　调整后第 110 帧"发光"元件的大小

（20）新建图层，命名为"光芒遮罩"，在第 118 帧及第 145 帧分别建立关键帧，再在舞台中用矩形工具 ▢ 及椭圆工具 ⬭ 绘制如图 10.3.27 所示的中心镂空的矩形，矩形上下与背景图片齐边。

图 10.3.27　中心镂空的矩形（灰色选中部分）

（21）在图层"光芒遮罩"下新建一个图层，命名为"光辉 4"，在第 118 帧及第 125 帧分别建立关键帧，把元件"光辉"拖入舞台中，放置在矩形中间镂空的位置，如图 10.3.28 所示。用箭头工具单击舞台上的"光辉"元件，在【属性】面板的【色彩效果】栏的【样式】选择

Alpha,将 Alpha 值设置为 80％,并将第 125 帧中的元件"光辉"拉大,如图 10.3.29 所示。从第 126 帧开始,按 F5 功能键,插入帧直至 145 帧,将第 145 帧转换为关键帧,这样就创建为补间动画,功能将第 145 帧的 Alpha 值设置为 0％,最后将图层"光芒遮罩"设置为遮罩层。

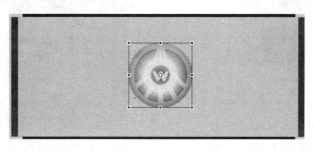

图 10.3.28　"光辉"在矩形中间镂空的位置

　　(22)新建图层,命名为"左边白条"。在第 130 帧插入关键帧,在背景图片左边用矩形工具画出一个无边的白色长条,如图 10.3.30 所示,在第 145 帧添加一帧关键帧,将白色长条拉长,如图 10.3.31 所示。将第 130 帧的 Alpha 值设置为 0％,第 145 帧及 165 帧的 Alpha 值设置为 60％。在第 130 帧至第 165 帧创建传统补间动画。

图 10.3.29　第 125 帧"光辉"的位置和大小

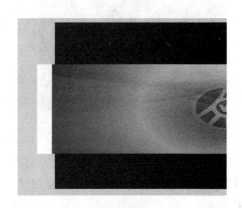

图 10.3.30　第 130 帧白色长条的位置和大小

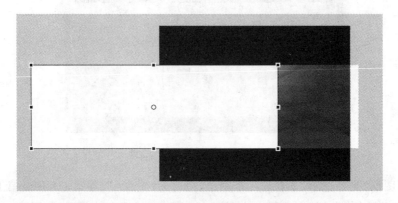

图 10.3.31　第 145 帧白色长条的位置和大小

（23）新建图层，命名为"右边白条"，对该图层的操作参照图层"左边白条"的操作，除方向由左边改为右边以外，其余的帧数及参数设置相同，最后形成左右两扇门关门后开门的效果。

（24）将图片"酒1"导入到库，并新建图层，命名为"酒1"，在第150帧插入关键帧，将图片"酒1"拖入到舞台中，如图10.3.32所示。在第190帧插入关键帧，将第150帧至第190帧创建为补间动画，在第158帧及181帧各插入一帧关键帧。在第150帧将图片"酒1"缩到最小，在第190帧将图片"酒1"的Alpha值设置为0%。

图10.3.32　第150帧图片"酒1"的位置和大小

（25）新建两个图层，分别命名为"上面白条"及"下面白条"，操作方法参照步骤（22）和步骤（23），三个关键帧分别在第180帧、第193帧及第202帧。在图层"上面白条"中第180帧和第202帧白条的位置如图10.3.33所示，第193帧白条的位置如图10.3.34所示，三个关键帧的Alpha值分别为0%、60%和60%。图层"下面白条"除白色长条位置在下面、方向相反外，其他操作一致。最后形成上下两扇门关门后开门的效果。

图10.3.33　第180帧和第202帧白色长条的位置和大小

（26）将图片"酒2"导入库中，新建图层"酒2"，参照步骤（24）进行相同的操作，四个关键帧分别是第198帧、第205帧、第229帧和第238帧，第205帧的图片"酒2"所在位置同图片"酒1"，如图10.3.35所示。

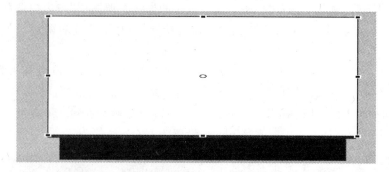

图 10.3.34　第 193 帧白色长条的位置和大小

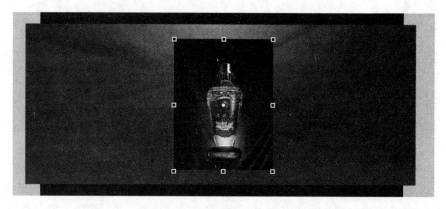

图 10.3.35　"酒 2"的位置和大小

（27）新建两个图层，分别命名为"左边白条 2"和"右边白条 2"，操作方法同步骤（22）和步骤（23），需要改动的是三个关键帧分别是第 229 帧、第 238 帧和第 252 帧。

（28）将图片"酒 3"导入库中，新建图层"酒 3"，参照步骤（26）进行相同的操作，四个关键帧分别是第 244 帧、第 252 帧、第 273 帧和第 283 帧。

（29）新建两个图层分别命名为"上面白条 2"和"下面白条 2"，操作方法同步骤（25），需要改动的是三个关键帧分别是第 273 帧、第 284 帧和第 298 帧。

（30）新建图形元件，命名为"字底色"。在属性的颜色栏进行如图 10.3.36 所示的数据设置（取色点设置的数值和颜色根据实际情况自行设定），最右边的取色点的 Alpha 值设置为 0%。选择矩形工具 □，画出一个矩形，如图 10.3.37 所示。

图 10.3.36　填充颜色设置

（31）回到场景，新建图层，命名为"字 1"。在第 301 帧和第 368 帧插入关键帧，在舞台中输入文字"香飘四海"，如图 10.3.38 所示，右键选择【转换为元件】，元件命名为"字 1"。在图层"字 1"下新建图层，命名为"字底色"，在第 301 帧和第 368 帧插入关键帧，从库中将元件"字底色"拖到舞台后，将第 301 帧至第 368 帧创建为传统补间动画，在第 301 帧将元件"字底色"放在如图 10.3.39 所示的位置，在第 368 帧放在如图 10.3.40 所示的位置，最后将图层"字 1"设置遮罩层。

图 10.3.37 元件"字底色"的效果

图 10.3.38 "香飘四海"的位置和大小

图 10.3.39 第 301 帧"字底色"的位置

图 10.3.40 第 368 帧"字底色"的位置

（32）新建两个图层，分别命名为"字底色 2"和"字 2"，将文字内容改为"誉满五洲"，位置如图 10.3.41 所示，两个关键帧改为第 310 帧及第 371 帧，其他操作同步骤（31）。

图 10.3.41 "誉满五洲"的位置和大小

（33）新建图层，命名为"背景图片2"，从库中拖出"背景图片"插入在第399帧至第451帧，对"背景图片"的大小调整同步骤（8）的操作。

（34）新建图层，命名为"同心圆2"，从库中拖出元件"同心圆"插入在第399帧至第451帧，并创建为传统补间动画。在第399帧将同心圆缩至最小，在第451帧同心圆拉大至最里面的圆在背景图片外，最后设置遮罩层，制作水纹效果。

（35）新建一个图层，选中"同心圆2"及"背景图片2"图层的所有帧，右键选择复制帧，然后选定新建图层的第431帧，单击鼠标右键选择粘贴帧，即可把"同心圆2"及"背景图片2"图层复制一次，将两个图层分别重命名为"同心圆3"及"背景图片3"。分别选中两个"同心圆"图层，右键选择【遮罩层】，再次做出水纹效果。最后将"同心圆3"及"背景图片3"两个图层的总帧数删减11帧。

（36）将图片"五粮液"导入到库中，新建图层，命名为"字3"，在第378帧及第428帧分别添加关键帧，从库中将图片"五粮液"拖到舞台中，大小位置如图10.3.42所示，再将第378帧至第428帧创建传统补间动画，在第392帧、第399帧分别添加关键帧。对第378帧的大小调整如图10.3.43所示，Alpha值设置为0%，对第399帧大小调整如图10.3.44所示，Alpha值设置为30%。

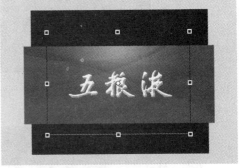

图10.3.42　文字"五粮液"的位置和大小

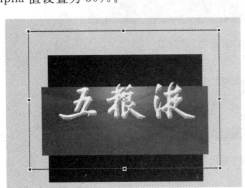

图10.3.43　第378帧"五粮液"的位置和大小

图10.3.44　第399帧"五粮液"的位置和大小

（37）复制图层"字3"的第428帧，粘贴在第429帧，并选中该帧，右键选择【删除补间】，再打开属性的动画预设栏，选择默认预设的"从底部飞出"，单击"应用"，时间轴上会自动新建一个图层，重命名为"特效"，并鼠标左键往上移动示意路径的线条下端，使动画路径在背景图片之内，如图10.3.45所示。

图10.3.45　动画路径

（38）在第462帧至第587帧分别插入关键帧，在舞台中用矩形工具画一个黑色矩形，把舞台范围内的背景图片遮住，如图10.3.46所示，并创建为传统补间动画。在第468帧、第475

帧分别插入关键帧,将第 462 帧的 Alpha 值设置为 0%,第 468 帧的 Alpha 值设置为 100%,第 468 帧、第 475 帧的 Alpha 值设置为 40%。

图 10.3.46 黑色矩形的位置和大小

(39)新建一个元件,类型栏为"影片剪辑",命名为"幕布"。把"背景图片"从库中拖入舞台,再新建一个图层,在第 1 帧及第 69 帧插入关键帧,用矩形工具在背景图片的左边画一个灰色矩形,然后将第 1 帧至第 69 帧创建为传统补间动画,并全选补间动画,将 Alpha 值设置为 40%。新增一个图层,以相同的方法在背景图片的右边画一个矩形,两个灰色矩形的位置和大小如图 10.3.47 所示。在两个图层的第 35 帧分别插入一个关键帧,调整 Alpha 值为 14%,两边的灰色矩形位置调整到中间且重合,如图 10.3.48 所示。选择两个图层的补间动画帧,右键选择复制帧,再新建图层,选中第 73 帧,右键选择粘贴帧。最后把"背景图片"所在的图层删除。

图 10.3.47 两个灰色矩形的位置和大小

图 10.3.48 两个灰色矩形移动至中间并重合

(40)回到场景,新建图层,命名为"幕布移动"。在第 473 帧插入关键帧,从库中将元件"幕布"拖入到舞台中,位置及大小如图 10.3.49 所示,在第 587 帧插入关键帧。

(41)新建一个元件,类型栏为"影片剪辑",命名为"滚动"。把"背景图片"从库中拖入舞台。新建一个图层,命名为"文字",输入文字"酒林奇葩五粮液",文字大小及位置如图 10.3.50 所示。

图 10.3.49 "幕布"的位置及大小

（42）新建一个图层，命名为"彩色"，在第 1 帧插入关键帧，打开属性的颜色栏，进行如图 10.3.51 所示的设置，再用矩形工具在图层画一个矩形，如图 10.3.52 所示，在第 33 帧插入关键帧，然后将第 1 帧至第 33 帧创建为补间动画，在第 1 帧将矩形的位置移至图 10.3.53 所示位置，在第 33 帧将矩形的位置移至图 10.3.54 所示位置，最后删除"背景图片"及文字所在图层。

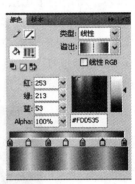

图 10.3.50 文字大小及位置 　　　　　　　　图 10.3.51 填充颜色设置

图 10.3.52 矩形效果

图 10.3.53 第 1 帧矩形的位置

图 10.3.54 第 33 帧矩形的位置

　　（43）回到场景，新建图层，命名为"字3"，在第473帧及第587帧插入关键帧，输入文字，内容、大小及位置同元件"滚动"中的字。

　　（44）在图层"字3"下面新建一个图层，命名为"滚动色彩"，在第473帧及第587帧插入关键帧，从库中将元件"滚动"拖入到舞台中，位置及大小如图10.3.55所示，最后对图层"字3"设置遮罩层，效果如图10.3.56所示。

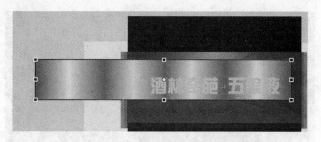

图10.3.55　"滚动"在舞台中的位置及大小

图10.3.56　运用遮罩的效果

　　（45）新建图层，命名为"黑屏2"，在第462帧及第587帧插入关键帧，用矩形工具在舞台中画一个黑色的矩形，把背景图片全遮住，再将第464帧至第587帧创建为传统补间动画。在第475帧、第486帧和第577帧分别插入关键帧，设置该图层五个关键帧的Alpha值分别为0％、60％、0％、0％和100％。

　　（46）新建图层，命名为"边框"，用矩形工具在舞台中画一个中间镂空的黑色矩形，镂空部分比舞台中的"背景图片"稍微小一些即可，如图10.3.57所示。

图10.3.57　中间镂空的黑色矩形

　　（47）保存文件并测试发布。作品完成后的播放效果如图10.3.1所示。

实例 4　轩尼诗 XO

"轩尼诗 XO"是一个 Flash 电视广告,文档大小为 720×576 像素,帧频为 25 帧/秒,适用于电视播放。作品完成后播放效果如图 10.4.1 所示。

图 10.4.1　轩尼诗 XO 广告效果

1. 导入音频

(1) 启动 Flash,新建 Flash 文档,选择菜单栏的"修改"→"文档"命令,将文档大小设置为 720×576 像素,帧频设置值为 25fps。背景颜色为黑色。

(2) 将素材包里音效文件夹中的"轩尼诗 XO 欣赏篇.mp3"导入到 flash 库中。在场景中新建一图层,命名为"背景音乐"。用鼠标单击第 1 帧,在舞台右侧的属性面板中单击声音"名称"右边的按钮 ▼,在下拉菜单中选择相应的声音即可。

2. 光点散开的制作

(1) 新建一个名为"光"的影片剪辑元件。

(2) 选择"光"图层,在舞台上画一个光粒子。在此图层的第 1 帧中,选中椭圆工具 ◎,再按 Shift+F9 组合键把颜色窗口调出来,类型选择为放射性,颜色调为黄色(参考值♯FFFF00),然后在舞台上画一个圆作为光粒子。

(3) 右键单击第 1 帧,在弹出的菜单中选择"创建补间动画"命令,在时间轴的第 20 帧处按 F6 功能键,制作光的运动动画。其中第 20 帧把光粒子的透明度设为 0%,从而让光粒子有逐渐消失的效果。

(4) 在"光"层的上方新建一个图层,在图层面板中单击右键选择"引导层"选项,将其设置为"光"层的引导层。在第 1 帧上用铅笔画上运动轨迹,在第 20 帧插入延长帧。

(5) 将"引导层"锁定,开启"光"层,用箭头工具分别移动第 1 帧和第 20 帧的光粒子,让其分别位于引导线的首尾。选中工具箱选项区域中的"紧贴至对象"按钮 ◎,移动时光粒子就会自动吸附在引导线上面,结果如图 10.4.2 所示。

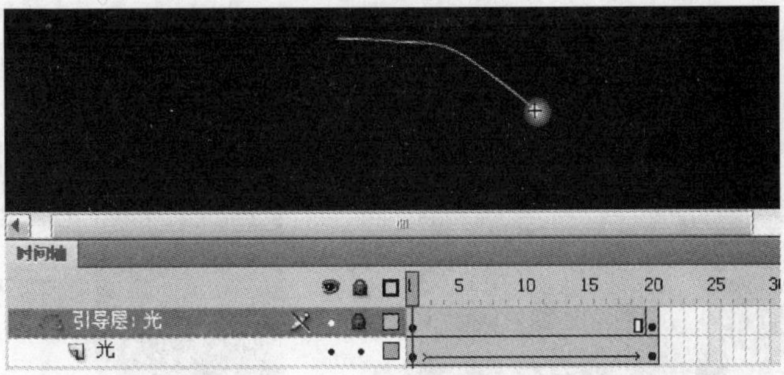

图 10.4.2　引导层制作

（6）新建一个"光群"影片剪辑，在其中选择图层 1，从库中拖曳"光"元件到图层 1 第 1 帧的舞台上，并进行光元件的复制与粘贴，效果如图 10.4.3 所示。

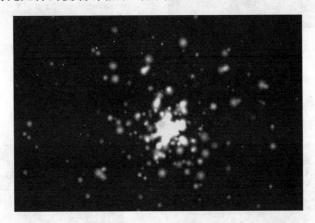

图 10.4.3　光群效果图

（7）在进行同一元件多个复制过程中，注意改变每个元件的运动方向，使总体的光粒子有向四周发散的效果。

（8）在第 20 帧添加"关键帧"，将第 20 帧舞台中整体光群全选并放大，右键单击第 1 帧选择"创建传统补间"命令，即可完成光群由小变大的动画制作。

（9）光群影片剪辑完成，保存文件，并命名为"轩尼诗 XO"。

3. 酒瓶的切入特效（巧用遮罩层）

（1）首先，在素材的图片文件夹中，把"正面酒瓶.png"素材导入到 Flash 图片库中，如图 10.4.4 所示。回到主场景，在时间轴上新建 4 个图层，将这 4 个图层从上至下分别命名为"酒瓶遮罩"、"酒瓶"、"倒影遮罩"和"倒影"。

（2）在"酒瓶"层第 45 帧，导入酒瓶.psd 格式图片到舞台下方，创建补间动画使酒瓶从画面下方移动到画面的中心区域，帧数为 25 帧。

（3）在"酒瓶遮罩"层第 45 帧，用矩形工具 ▨ 在酒瓶运动的路径上绘制一个矩形作酒瓶的遮罩。设置为遮罩层如图 10.4.5 所示。

（4）倒影的导入，将原来酒瓶的图片的透明度"Alpha"值设置为 30%，并垂直翻转 180°，上下比例进行适度压缩即可，如图 10.4.6 所示。

图 10.4.4 正面酒瓶　　　　　　　图 10.4.5 遮罩层设置

　　（5）设置酒瓶倒影与酒瓶的切入运动同步,步骤方法同上。倒影的运动方向与酒瓶运动方向相反。时间轴设置结果如图 10.4.7 所示。完成后,酒瓶倒影与酒瓶的切入效果如图 10.4.8 所示。保存文件。

图 10.4.6 酒瓶的倒影

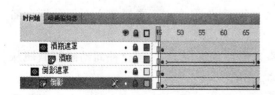

图 10.4.7 时间轴设置

图 10.4.8 酒瓶及其倒影效果

4. 酒瓶上冒出的闪光点

　　（1）酒瓶上冒出闪光点的效果如图 10.4.9 所示。新建图形元件,命名为光亮点。

（2）在该元件中新建一图层，命名为"光心"，用椭圆工具 ⬭ 在第1帧绘画一个"光心"的图形并用颜料桶工具 🪣 填充颜色，颜色设置如图10.4.10所示。

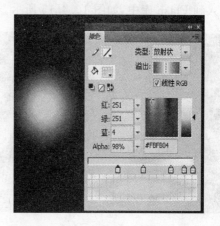

图10.4.9 酒瓶上的闪光点效果　　　　　　图10.4.10 "光心"的颜色设置

（3）在元件内新建一图层，并命名为"光线"，用椭圆工具 ⬭ 在第1帧绘画一个椭圆作为光线，形状及其颜色填充设置如图10.4.11所示。

（4）将光线进行多次复制，并对其进行相应的旋转和大小、长度的调整，与光心图层组合后，光亮点图形元件制作完成，效果如图10.4.12所示。

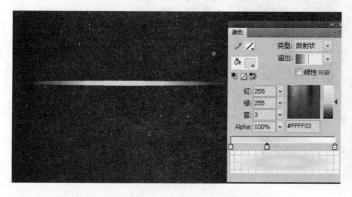

图10.4.11 "光线"的颜色设置　　　　　　图10.4.12 光亮点图形元件效果

（5）新建影片剪辑元件，命名为"闪光点"，在该元件图层1的第1帧中导入"光亮点"图形元件，并在第15帧关键帧处用"任意变形工具"将"光亮点"图形旋转180°。

（6）创建运动动画即可完成闪光点的光线旋转闪光效果。"闪光点"影片剪辑的时间轴效果如图10.4.13所示。保存文件。

图10.4.13 "闪光点"影片剪辑的时间轴

5．飘动的丝带制作

（1）丝带飘动的效果如图 10.4.14 所示。在素材的图片文件夹中，把"丝带一.swf"文件导入到 Flash 库中，如图 10.4.15 所示。

图 10.4.14　丝带飘动的效果　　　　　　图 10.4.15　导入"丝带一.swf"

（2）创建一个名为"丝带一"的影片剪辑元件，在图层 1 的第 1 帧导入丝带图形，设置帧长为 60 帧。

（3）新建图层 2，在第 1 帧用矩形工具 ▢ 画一矩形，颜色设置如图 10.4.16 所示。

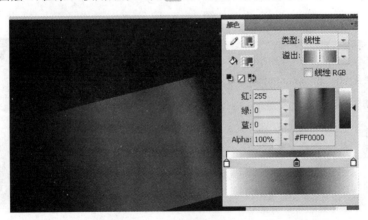

图 10.4.16　矩形颜色设置

（4）将制作好的矩形使之沿着丝带的方向、从丝带的左端到右端进行多个运动动画的设置。

（5）将图层 1 拖到图层 2 的上方，将图层 1 设为遮罩层，结果如图 10.4.17 所示。

（6）"丝带一"的飘动效果制作完成，效果如图 10.4.18 所示。

（7）用同样的方法分别制作 3 个不同形态的"丝带"影片剪辑元件，分别命名为丝带 2、丝带 3 和丝带 4。保存文件。

6．酒杯及杯内酒水上升的制作

（1）在素材的图片文件夹中把"空酒杯.swf"素材导入到 Flash 库中，如图 10.4.19 所示。新建一个图层，并命名为"酒水遮罩"，在第 158 帧用多边形工具根据酒杯上半部分的形状制作出一个如图 10.4.20 所示的遮罩图形。

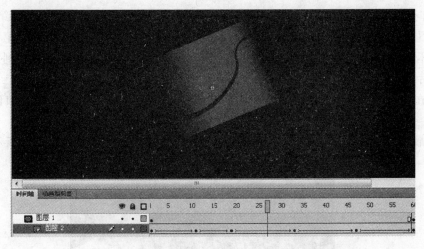

图 10.4.17 "丝带一"的运动动画制作效果

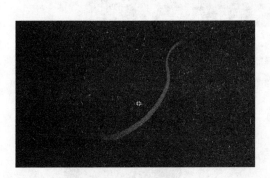

图 10.4.18 丝带飘动效果

图 10.4.19 空酒杯

（2）新建一图形元件，并命名为"杯中酒"，用矩形工具 ▭ 及橡皮擦工具 ⌀ 可画出其杯内酒水的形状，其形状和颜色参数如图 10.4.21 所示。

图 10.4.20 遮罩图形

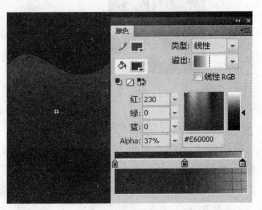

图 10.4.21 杯内酒水的形状和颜色设置

（3）创建一影片剪辑元件，命名为"酒杯组合"，在文件夹中新建 3 个图层，由上至下分别命名为"酒水遮罩层"、"杯中酒"和"酒杯"。在"酒杯"层导入红酒杯素材图，设置帧长为 20 **帧**。

(4)向"杯中酒"图层中导入"杯中酒"图形元件,设置第1帧在酒杯出现的后第10帧开始(因为酒杯出现前第10帧是酒水从空中开始倒入的时间),帧数为第10帧,在第1帧关键帧处把"杯中酒"图形元件实例移至酒杯的下方,在第10帧关键帧处把该实例移到酒杯中心位置,然后再创建补间动画,使酒水在杯中有上升运动的效果。

(5)在"酒水遮罩层"图层中导入杯身遮罩图形,使之与酒杯杯身重合,设置帧长为第30帧。

(6)最后把"酒水遮罩层"图层设置为遮罩层即可。设置结果如图10.4.22所示。

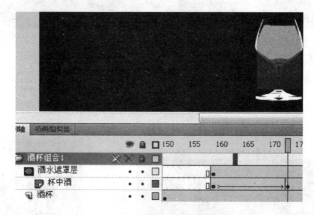

图10.4.22 酒杯动画时间轴设置

(7)锁定图层后的最后效果如图10.4.23和图10.4.24所示。保存文件。

图10.4.23 酒杯效果 　　　　图10.4.24 杯中酒满效果

7.幕布拉开的画面切换效果

(1)幕布向上下两个方向拉开的画面切换效果如图10.4.25和图10.4.26所示。在场景中新建3个图层,由上至下分别命名为"风景遮罩层"、"酒瓶2"和"风景图";在"风景图"图层中第205帧,将素材包内图片文件夹中的"风景.png"图片导入到舞台中,位置适度调整居中,帧数长度为100帧。

(2)向"酒瓶2"图层中第205帧导入酒瓶图片素材,在第228帧插入关键帧,在第305帧插入延长帧(帧长共100帧)。将第一个关键帧中的酒瓶摆放倾斜为倒酒状态,创建补间动画即可。

图 10.4.25 画面切换初期效果

图 10.4.26 画面切换后期效果

(3) 在"风景遮罩层"图层中,在第一个关键帧处(第 205 帧)用矩形工具 ▱ 在画面切换的交界处画一细长矩形,如图 10.4.27 所示,设置宽高如图 10.4.28 所示;在第 45 个关键帧处将矩形进行任意变形,使之向画面上方扩展,如图 10.4.29 所示,其宽高设置如图 10.4.30 所示。创建运动动画,使矩形从细长向宽变化。

图 10.4.27 画面切换的交界处的细长矩形

图 10.4.28 细长矩形的宽和高

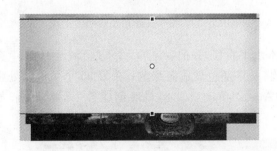

图 10.4.29 细长矩形向上方扩展

图 10.4.30 细长矩形扩展后的宽高

(4) 将"风景遮罩层"图层设置为遮罩层,幕布拉开的画面切换效果制作完成,如图 10.4.31 所示。保存文件。

8."懂得生活 至尊享受"字体的插入,淡入淡出及颜色变换

(1) 新建两个图层,分别命名为"上行字"和"下行字"。

(2) 在"上行字"图层中的第一个关键帧(第 250 帧),用文本工具 T 在场景中输入"懂得生活"文本,移动到画面的左上方,设置字体字号如图 10.4.32 所示,颜色及透明度设置如图 10.4.33 所示。

图 10.4.31　幕布拉开的画面切换效果及其时间轴设置

图 10.4.32　文本的设置字体字号

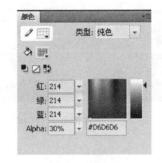

图 10.4.33　文本的颜色及透明度设置

（3）在第 15 个关键帧（265 帧）处将文本水平右移，并把字体的 Alpha 值调至 100％；在第 45 个关键帧处继续将文本水平右移，并将文字颜色调成墨绿色；在第 90 个关键帧处将文本水平右移到画面最右侧，并将字体的"Alpha"值调至 0％，最后创建各个运动动画，如图 10.4.34 所示。

图 10.4.34　文本动画的时间轴效果

（4）"下行字"图层的操作方法同上，输入"至尊享受"文本并进行相应的调整，时间轴形状如图 10.4.34 所示。两个文本动画制作完成后的效果如图 10.4.35 所示。保存文件。

9. 三杯相碰及碰杯声效的插入

（1）三杯相碰的动画效果是利用简单的传统补间动画制作而成的，效果如图 10.4.36 所示，动画的时间轴形状如图 10.4.37 所示，其中第 275 帧为三杯处于碰撞的状态，其具体

图 10.4.35　两个文本动画从 A 到 D 的变化效果

操作比较简单,这里不再介绍。下面主要介绍如何插入声音并使之与动画配合同步进行,让画面碰杯动作更加逼真。

图 10.4.36　三杯相碰的动画效果

图 10.4.37　动画的时间轴形状

(2) 将素材包的音效文件夹内的"酒杯碰撞声.mp3"声效导入到库中,在左酒杯或右酒杯的图层用鼠标左键单击第 275 帧关键帧,在舞台右侧的属性面板中打开声音名称的下拉菜单,从中选择"酒杯碰撞声.mp3"文件,其他设置如图 10.4.38 所示。完成后的时间轴形状如图 10.4.39 所示,时间轴上有同步声效的显示。保存文件。

10.　幕布拉拢闭合的画面切换效果

(1) 幕布拉拢闭合的画面切换效果的制作方法与步骤 7.(3)的操作方法相似,紧接着在"风景遮罩层"图层的第 150 帧处插入帧,在第 151 帧插入关键帧;在第 161 帧插入关键帧,并在此帧上把占满场景

图 10.4.38　在属性面板中选择"酒杯碰撞声.mp3"文件

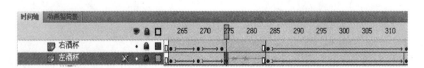

图 10.4.39　时间轴形状

的风景遮罩方块上下压缩成细长型,创建补间动画即可。效果如图 10.4.40 和图 10.4.41 所示。保存文件。

图 10.4.40　幕布闭合初期动画效果　　　　　图 10.4.41　幕布闭合后期动画效果

11. 酒瓶向后推出展示效果

（1）酒瓶向后推出展示的动画效果如图 10.4.42、图 10.4.43 和图 10.4.44 所示。把素材包里图片文件夹内的"葡萄串.png"图片素材导入到库中,新建 6 个图层,从上至下分别命名为"第一瓶酒"、"第二瓶酒"、"第三瓶酒"、"第四瓶酒"、"第五瓶酒"和"葡萄串"。

图 10.4.42　酒瓶初期效果　　　图 10.4.43　展示中期效果　　　图 10.4.44　展示最终效果

（2）在"第一瓶酒"图层的第一个关键帧(第 460 帧)处从库中导入"侧面酒瓶.png"图片,设置宽高参数如图 10.4.45 所示,在往后 100 帧处插入帧。

（3）在"第二瓶酒"图层中,设置的第一帧与上层图层的第一帧对齐,在第一帧处复制上图层的酒瓶,作为第二酒瓶,两酒瓶处于重合状态;在后面第 20 帧处将第二瓶酒向右侧水平移动一小段距离,并将酒瓶的宽高进行调整,参数值如图 10.4.46 所示。创建补间动画,并在后面第 100 帧处插入帧。

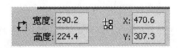

图 10.4.45　第一瓶酒的位置和宽高参数　　　图 10.4.46　第二瓶酒的最终位置和宽高参数

（4）在"第三瓶酒"图层中,设置的第一帧比上一图层的第一帧后延10帧,接下来的步骤同上,第三瓶酒所调整的宽高参数值如图10.4.47所示。

（5）用相同的方法处理"第四瓶酒"图层,第四瓶酒的宽高参数值如图10.4.48所示。

（6）用相同的方法处理"第五瓶酒"图层,第五酒瓶的宽高参数值如图10.4.49所示。

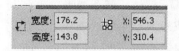 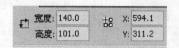 

图10.4.47 第三瓶酒的位置和　图10.4.48 第四瓶酒的位置和　图10.4.49 第五瓶酒的位置和
　　　　　宽高参数　　　　　　　　　　宽高参数　　　　　　　　　　宽高参数

（54）在"葡萄串"图层中,从库中导入葡萄串图片,调整位置,第一帧和"第一瓶酒"图层的第一帧对齐,在后面第100帧处插入帧即可。制作完成后的时间轴形状如图10.4.50所示。保存文件。

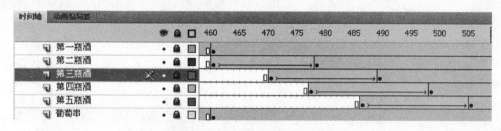

图10.4.50 制作完成后的时间轴形状

12. 酒杯围着酒瓶旋转上升效果

（1）三只酒杯围着酒瓶旋转上升的动画效果如图10.4.51和图10.4.52所示。在场景中创建五个图层,由上至下分别命名为"杯1前"、"杯2前"、"杯1后"、"杯2后"和"杯3"。把"第一瓶酒"图层移动到"杯2前"和"杯1后"图层的中间,并将"第一瓶酒"图层延长100帧。如图10.4.54中的时间轴所示。

图10.4.51 酒杯旋转上升初期效果　　　　图10.4.52 酒杯旋转上升中期效果

（2）下面详细介绍杯1围绕酒瓶旋转上升的整个过程。将已制作好的"酒杯组合"影片剪辑元件从库中导入到"杯1前"图层的第一个关键帧(第569帧)的场景中,如图10.4.54中所示,其中第 570~590 帧是酒杯从侧边淡入到场景的帧段,方法与前面介绍字体淡入的做法相似。酒杯在第 590 帧处的位置如图 10.4.53 中的"杯 1"所示的位置。在第 595 帧和第

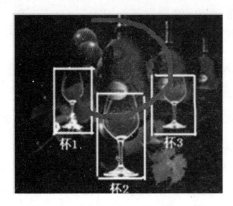

图 10.4.53　杯 1 沿红色弧线运动的
动画制作示意图

598 帧插入关键帧,在第 598 帧处将"杯 1"的位置移动到"杯 2"的位置,其运动的轨迹如图 10.4.53 中红弧线所示,且把"杯 1"进行任意变形调整到与"杯 2"大小一样,形成近大远小的透视效果。在这两个关键帧处创建传统补间动画,第一回合完成。接下来把"杯 1"调到"杯 3"稍上方的位置,大小也与"杯 3"一样,操作方法与第一回合类同。

(3) 在"杯 1 前"图层的第 605 帧后接着添加关键帧,并作"杯 1"沿着红弧线的方向继续绕酒瓶往上制作逐帧动画,而这一段动画的"杯 1"应该是在酒瓶后面运动的,所以做完"杯 1"沿红弧线运动的整个过程后,把该图层的第 605 帧后的帧段(即

杯 1 在酒瓶后运动的帧段)剪切并粘贴到"杯 1 后"图层的第 605 帧后。此时时间轴的形状如图 10.4.54 所示。"杯 1 前"和"杯 1 后"的帧段已制作完成,"杯 1"围绕酒瓶向上旋转的动画效果也就制作完成。

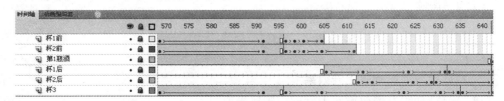

图 10.4.54　"杯 1"旋转向上运动的时间轴形状

(4) "杯 2 前"和"杯 2 后"的做法与上面"杯 1 前"和"杯 1 后"的做法相同,位置大小稍作部分调整即可。至于"杯 3"只制作一个图层即可,因为"杯 3"的运动路线都在酒瓶后面运动,不需作前后两个图层。做法类同(略)。完成后的动画播放效果如图 10.4.51 和图 10.4.52 所示。保存文件。

13. 酒瓶上的灯光划过效果

(1) 酒瓶上的灯光划过效果如图 10.4.55 所示。在主场景创建两个图层,由上到下分别命名为"光线遮罩层"和"光线"。在"光线遮罩层"图层中添加关键帧(第 670 帧),并预设 30 帧的长度。

(2) 首先绘制遮罩图形,在该图层第一个关键帧处用直线工具 ＼ 在场景中第一酒瓶的边缘上方画一直线,并分别用任意变形工具 ▦ 和平滑工具 ⤳ 进行线形调整,使之尽量贴近酒瓶边缘的形状。用同样方法再画一线,与刚才的线呈首尾闭合状,形成新月形状的遮罩图形,如图 10.4.56 所示。最后用颜料桶工具

图 10.4.55　灯光划过效果

涂上任意颜色即可完成该遮罩图形的绘制。最终效果如图 10.4.57 所示。

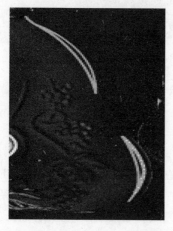

图 10.4.56 新月形状的遮罩图形　　　　图 10.4.57 遮罩图形的最终效果

（3）下面介绍光线的绘制。在"光线"图层上设置第一个关键帧,与上一图层的第一个关键帧对齐,在第一帧上用矩形工具在场景中绘画一个矩形,宽高设置如图 10.4.58 所示。然后按 Shift＋F9 调出颜色对话框,将矩形颜色进行如图 10.4.59 所示的设置。其中光线两边的颜色 Alpha 值设为 0％透明,而中间的 Alpha 值设为 100％。

（4）用任意变形工具将矩形按顺时针方向旋转 30°,绘制完成的"光线"图形如图 10.4.60 所示。

图 10.4.58 矩形的宽高设置

（5）在光线图层第一帧后 30 帧处添加关键帧,并将此关键帧上的"光线"图形位置往画面左上方拖动,创建补间动画后能使光线沿如图 10.4.60 所示的白色箭头方向运动。

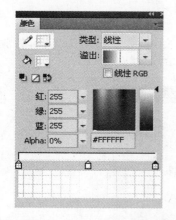
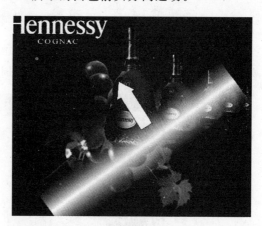

图 10.4.59 矩形的颜色颜色设置　　　图 10.4.60 "光线"图形的绘制及其运动方向

（6）最后把"光线遮罩层"图层设置为遮罩层,其时间轴如图 10.4.61 所示。最终的动画效果如图 10.4.55 所示。保存文件。

14. 保存并测试动画

完成上面的全部制作后,保存文件。测试动画效果并进行适当的调整和修改,最后进行

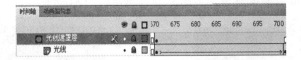

图 10.4.61　光线运动的时间轴形状

动画发布。作品完成后的播放效果如图 10.4.1 所示。

实例 5　LED 广告

LED 是新兴光电产品。用 LED 制作户外灯光广告成为新的潮流，而用 Flash 制作 LED 灯光广告模型效果逼真，为 LED 行业产品推广提供了很好的虚拟平台，深受企业欢迎。本例介绍运用 Flash 制作 LED 牌照广告，作品完成后的播放效果如图 10.5.1 所示。

图 10.5.1　作品播放效果

（1）启动 Flash，新建一个大小为 700×320 像素的文档，背景颜色为黑色，帧频为 15fps，效果如图 10.5.2 所示。将文件保存为"新时尚"。

图 10.5.2　最终效果

（2）打开"素材.fla"文件，将库中的"七彩 1.mpg"文件复制。选择"新时尚"文件，打开其库面板，将"七彩 1.mpg"文件粘贴到库中。

（3）创建新元件，将新元件命名为"彩字"，类型选择"影片剪辑"。在元件的图层 1 第 1 帧中用文字工具 **T** 输入文字"新时尚"，文字的字体、字号设置如图 10.5.3 所示。选择文字，并按两次 Ctrl＋B 组合键打散。在第 2500 帧中插入普通帧，锁定图层。

（4）新建图层 2，将库中的"七彩 1.mpg"文件拖到图层 2 第 1 帧的舞台上。在弹出的对话框中选择"否"，如图 10.5.4 所示。

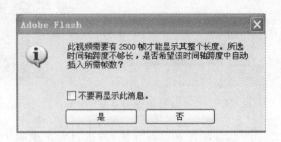

图 10.5.3 文字的字体、字号设置　　　　　　　图 10.5.4 对话框

（5）将舞台上"七彩 1"的实例复制一次，将图层 2 拖曳到图层 1 的下方，用任意变形工具 将"七彩 1"的两个实例的七彩色块位置和大小作适当调整，确保文字"新时尚"处于七彩色块之内，效果如图 10.5.5 所示。在第 430 帧插入普通帧，锁定图层。

图 10.5.5 色块位置图

（6）新建图层 3，将库中的"七彩 1.mpg"文件拖到图层 3 第 1 帧的舞台上。在弹出的对话框中选择"是"，如图 10.5.4 所示。将图层 3 拖曳到图层 2 的下方。用任意变形工具 ，将"七彩 1"的实例拖动放大至文字完全在七彩色块之内，效果如图 10.5.6 所示。并锁定图层。

图 10.5.6 图层 3 上七彩色快的位置和大小

（7）右击图层1，在弹出的菜单中选择"遮罩层"命令。图层效果如图10.5.7所示。

（8）回到场景1，将图层1重命名为"彩字"，将影片剪辑元件"彩字"拖曳到第1帧的舞台中，适当调整好大小和位置，效果如图10.5.8所示。锁定该图层。

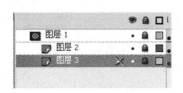

图10.5.7　元件的图层效果图　　　　　　图10.5.8　"彩字"实例在舞台中的大小和位置

（9）新建图层并重命名为"网络点"，用椭圆工具 画出一个无笔触颜色的小圆点，用选择工具单击选中小圆点，在右侧的属性面板中设置小圆点的大小为7×7（像素），效果如图10.5.9所示。

（10）右击小圆点，选择"转换为元件"。在弹出的对话框中选择类型为"图形"，并命名为"圆点"。完成后将舞台上的"圆点"实例删除。

（11）选择Deco工具，在右侧的属性面板中将"绘制效果"设置为"网格填充"。单击"平铺1"右侧的"编辑"按钮，在弹出的"填充元件"对话框中选择"圆1"。将"平铺2"、"平铺3"和"平铺4"分别设置为不选。将"水平间隔"和"垂直间隔"均设置为1像素，图案缩放设置为50%。完成后属性面板的设置效果如图10.5.10所示。接着在"网络点"图层的第1帧用鼠标单击舞台进行网格填充，填充效果如图10.5.11所示。

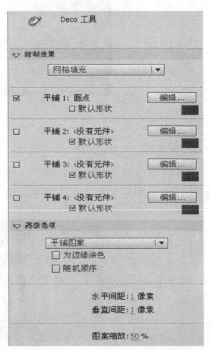

图10.5.9　设置小圆点的大小　　　　　　图10.5.10　Deco工具的属性设置

图 10.5.11 "网络点"图层填充效果

（12）选择所有的网络点，并按两次 Ctrl＋B 组合键打散网络点。选择"网络点"层，用鼠标单击右键，在弹出的菜单中选择"遮罩层"命令。

（13）保存并测试动画。作品完成后的播放效果如图 10.5.1 所示。

习题

1. 利用 Flash 制作一个网络广告。
2. 利用 Flash 制作一个电视广告。

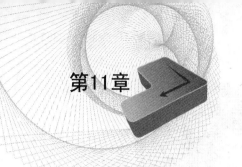

第11章

动画短片制作

实例 1　亲情在于沟通

"亲情在于沟通"是一个亲子教育的宣传短片。作品简洁、生动,用简短的故事情节和简单的人物对话导出全部故事内容,指出亲子教育中存在的问题。背景采用渐变暖色调来突出主体,以健康、温暖、积极向上为主旋律。

作品的创作流程包括音效合成、分镜头脚本设计、角色创作、场景设计、动画设计制作、作品调试与发布等。

1. 音效合成、配音、剪辑

本实例的场景和动画是依照故事的配音来制作的。在完成剧本创作后,首先要把剧本中的对话内容录制为声音文件,然后根据剧情的需要,利用音频编辑软件对声音进行剪辑和合成,转换为动画作品所需的声音效果,最后根据声音的长短和剧情的需要来决定场景安排与镜头运用。

2. 角色创作

角色形象的设计需要充分考虑故事的表现效果和观众的视觉感受。在作品中主要有两个人物角色,一个是家长,另一个是教育专家。家长的形象特点是一位大众化、工作忙碌而无暇管教孩子的中青年女性,其角色形象设计如图 11.1.1 所示;教育专家是一位知识女性,其角色形象设计如图 11.1.2 所示。

图 11.1.1　家长的角色形象

图 11.1.2　教育专家的角色形象

3. 场景设计

作品中各个场景分别运用较浅的渐变暖色调为背景,以便给观众一种温暖、祥和、积极向上的感觉,收到更好的宣传效果。四个场景的设计效果如图 11.1.3~图 11.1.6 所示。

图 11.1.3　场景一

图 11.1.4　场景二

图 11.1.5　场景三

图 11.1.6　场景四

4. 分镜头脚本设计

分镜头脚本设计的任务是将剧本内容转换为各个分镜头画面,将人物和场景具体化、形象化,为下一步的动画制作打下基础。作品中共有 7 个分镜头场景,其设计效果如图 11.1.7~图 11.1.13 所示。

图 11.1.7　分镜头一(家长抱怨)

图 11.1.8　分镜头二(家长忙于工作 1)

5. 动画设计与制作

有了人物形象及场景之后就可以开始制作人物动画了。人物的行动是由绑定到主时间轴的声音文件来统一指挥的。本作品中动作的表达主要采用补间动画、逐帧动画来实现。

图 11.1.9　分镜头三(家长忙于家务 2)　　　　图 11.1.10　分镜头四(家长忙于家务 3)

图 11.1.11　分镜头五(教育专家评论 1)　　　　图 11.1.12　分镜头六(教育专家评论 2)

图 11.1.13　分镜头七(短片的宣传主题)

在时间轴上每一个角色及背景分别单独设置一个图层,以便后续的调试和修改。将人物角色拖放到舞台场景中恰当的位置,缩放到合适的比例,使得它与舞台整体协调,其中场景一至场景四的制作效果分别如图 11.1.14～图 11.1.17 所示。

6. 动画调试与发布

动画制作完成后保存文件,经过测试和修改无误以后,就可以导出作品了。由于作品中带有录制的声音,所以导出动画前要对声音进行设置。在这里将声音的采样率(比特率)设置为最高的 160kbps,这样发布出来的作品声音效果相当完美。

打开 Flash 软件的"发布设置"对话框,选中 Flash 选项卡,如图 11.1.18 所示。此时音频流和音频事件两项的采样率均为默认值(16kbps)。

图 11.1.14 场景一的动画制作效果

图 11.1.15 场景二的动画制作效果

图 11.1.16　场景三的动画制作效果

图 11.1.17　场景四的动画制作效果

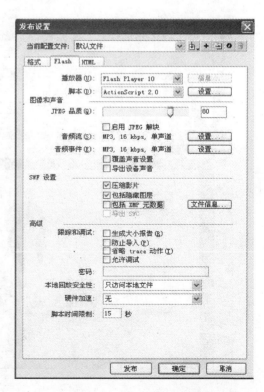

图 11.1.18　"发布设置"对话框

单击"音频流"右侧的"设置"按钮,打开如图 11.1.19 所示的"声音设置"对话框,将比特率设置为 160kbps。

用同样的方法将音频事件的比特率设置为 160kbps。声音设置完成后,"发布设置"对话框的效果如图 11.1.20 所示。

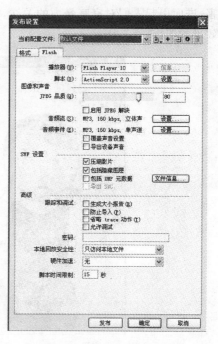

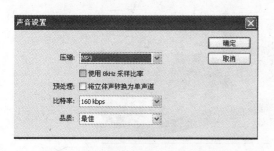

图 11.1.19 将比特率设置为 160kbps

图 11.1.20 声音设置效果

制作完毕后保存 Flash 文档,按快捷键 Ctrl+Enter 测试影片,观看动画的整体效果,并进行必要的修改。修改完毕,即可导出影片。作品完成后的播放效果如图 11.1.21 所示。

图 11.1.21 作品的播放效果

实例 2　心灵物语

这是一个宣传短片,作品通过一个小孩的心灵独白,反映了因家庭暴力带给儿童的心灵伤害,进而引起人们对家庭暴力的关注,自觉防止和反对家庭暴力的发生。作品完成后的播放效果如图 11.2.1 所示。

图 11.2.1　作品的播放效果

作品的制作过程可分为制作素材、建立作品框架、各场景的动画制作三个部分。这里重点介绍场景一的制作,其他部分可参考源文件的方法进行制作。

1. 制作素材

(1) 选择【文件】→【新建】命令,选择 Flash 文件(ActionScript 2.0)选项,新建一个动画文档,保存为"素材"文件。

(2) 根据作品的内容需要分别制作好"小女孩"、"父亲"、"母亲"、"警察"等人物素材以及相应的背景素材,供后面的动画制作使用。保存文件。

2. 建立作品框架

(1) 新建文档。选择【文件】→【新建】命令,选择 Flash 文件(ActionScript 2.0)选项,新建一个动画文档,保存为"心灵物语"。

(2) 设置页面属性。选择【修改】→【文档】命令,在文档属性面板中设置文档的大小为 720×576 像素,帧频为 25fps,以便在电视上播放,如图 11.2.2 所示。

(3) 选择【插入】→【场景】命令,新建 5 个场景,将 6 个场景从上至下分别重命名,其结果如图 11.2.3 所示。保存文件。

3. 场景一的动画制作

(1) 打开素材文件(素材. fla),把库中场景一文件夹中的背景拖进舞台,并把它的 Alpha 值设置为 70%,把当前图层命名为"背景",效果如图 11.2.4 所示。

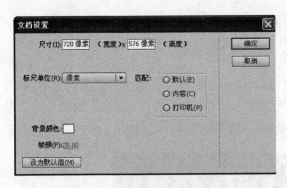

图 11.2.2　文档的属性设置　　　　图 11.2.3　六个场景的顺序和名称

（2）新建一个图层，命名为"小女孩"，把库中场景一文件夹中的"小女孩"拖进舞台，使用 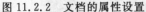 任意变形工具，同时按 Shift 键把"小女孩"按比例缩放，放在舞台的左侧，如图 11.2.5 所示。

图 11.2.4　场景一的背景设置效果　　　图 11.2.5　"小女孩"的位置和大小

（3）新建一个图层，命名为"窗口"，用"钢笔工具"在舞台的右上方画一个近似椭圆的封闭图形并填充任意颜色。新建一个图层，命名为"回忆"，把库中场景一文件夹中的"回忆"拖进舞台右上方，调整位置让三人正好处于椭圆范围之内。将"回忆"图层置于"窗口"图层下面，将"窗口"图层设置为遮罩层。完成后舞台效果如图 11.2.6 所示。

（4）新建一个名为 music 的图层，选择【文件】→【导入】→【导入到库】命令，将"天空之城背景音乐-天空之城.mp3"导入到库中。选择 music 图层的第 1 帧，从库中将"天空之城背景音乐-天空之城.mp3"音乐文件拖到舞台上。时间轴效果如图11.2.7 所示。

图 11.2.6　舞台效果

（5）接下来制作一个黑色的宽边框，将舞台外的东西遮盖住。新建一个名为"黑遮罩"的图层，选择矩形工具 ，将笔触颜色设置为黑色，填充颜色设置为"无"，画一个中间没有填充颜色的长方形，其大小与舞台大小相同（720×

图 11.2.7　music 图层的效果

576),放置位置刚好把舞台围起来。同样,再画出一个中间没有填充颜色的长方形,其大小为 1200×800,把舞台围起来。将填充颜色设置为黑色,选择填充工具　,把两个长方形之间的部分填充为黑色(小的长方形内部不填充),效果如图 11.2.8 所示。

图 11.2.8　黑色的宽边框

(6) 至此场景一的制作就全部完成。完成后的场景一图层分布如图 11.2.9 所示。

(7) 场景二的制作方法与场景一相同。但要注意素材对号入座,并处理好图层的上下关系。其他场景的制作方法如此类推。完成后各场景所用的帧数如图 11.2.10 所示。

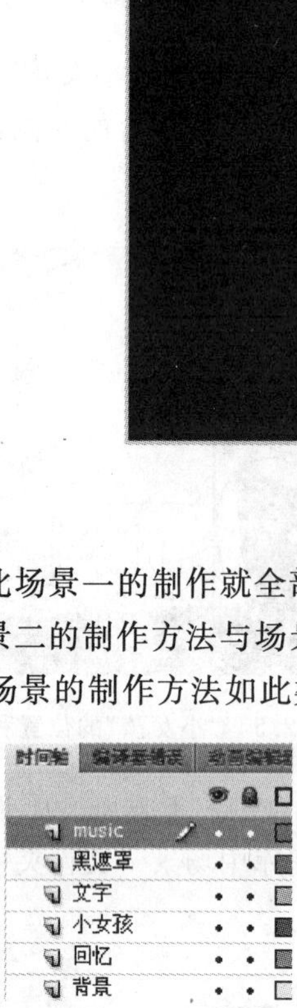

图 11.2.9　场景一的图层分布

场景	所需帧数
一	178
二	62
三	95
四	95
五	66
六	300

图 11.2.10　完成后各场景所用的帧数

4．测试发布

各场景制作完成后,保存文件。进行必要的测试和修改,最后进行影片发布。作品完成后的播放效果如图 11.2.1 所示。

习题

1. 在使用录制的音频制作动画时,为什么要将声音的比特率设置为较高的数值?
2. 自定主题制作一个动画短片。

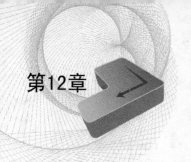

课 件 制 作

多媒体课件辅助教学可以把复杂的问题简单化,抽象的问题具体化,静止的内容运动化。使课堂变得丰富多彩、生动活泼,使学生学得轻松愉快,从而形成一种全新的教学模式。

Flash 可以制作出界面美观、动静结合、声形并茂的多媒体课件,尤其是 Flash 制作出的二维动画,是 Authorware、PowerPoint 等多媒体课件制作工具所无法比拟的,而且它操作简单、易学、好用,从而受到越来越多的教师喜爱和欢迎。

值得一提的是,Flash CS5 新增了演示文稿创建模板,通过模板创建的"Flash 演示文稿"不仅具有"PowerPoint 演示文稿"的全部优点,而且拥有强大的动画制作功能。"Flash 演示文稿"的制作同 PowerPoint 一样简单、快捷、容易,而且使用性能更好、动感更强,支持网上播放。

12.1 语文课件制作

在中小学语文教学过程中,经常使用多媒体课件进行辅助教学。本节主要介绍利用 Flash 制作小学语文课件的方法。

实例1 按笔画顺序书写汉字

在小学低年级的语文教学中,按笔画书写顺序来书写汉字是一项基本的教学内容。本实例介绍运用逐帧动画的方法,制作出按笔画顺序书写汉字的动画效果。课件完成后的播放效果如图 12.1.1 所示。

（1）新建一个 Flash 动画文档。

（2）选择文本工具 **T**,在舞台中间输入一个"大"字,并选择适合的字体、字号、颜色,输入完成后按快捷键 Ctrl+B 将文字分离。

（3）按 F6 键插入关键帧,选择橡皮擦工具 ✏,按照"大"的书写笔画顺序的逆方向,将"大"的一捺的最后一部分擦掉。每按一次 F6 键插入一个关键帧,就使用橡皮擦工具按笔顺的逆方向擦掉文字的一部分,效果如图 12.1.2 所示。

图 12.1.1　课件的播放效果

（4）按步骤（3）的方法,不断插入关键帧并擦掉文字的一部分,效果如图 12.1.3 所示。

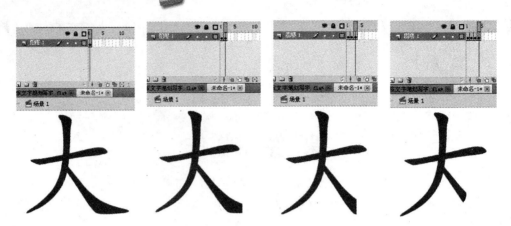

图 12.1.2　每插入一个关键帧，按笔顺的逆方向擦掉文字的一部分(一)

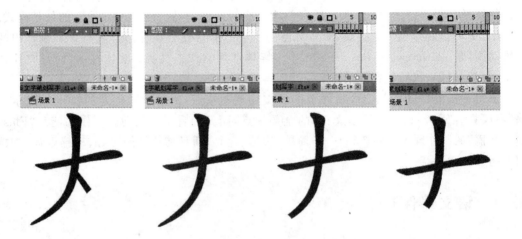

图 12.1.3　每插入一个关键帧，按笔顺的逆方向擦掉文字的一部分(二)

（5）注意，在擦除一撇时，一撇与一横交叉的地方不能擦除，一横要保持完整，如图 12.1.4 所示。直到第 34 帧，"大"字只剩下一横的起笔；到第 35 帧时，整个"大"字已经被完全擦掉，变为空白关键帧，效果如图 12.1.5 所示。

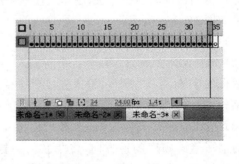

　　图 12.1.4　保留一横的完整性　　　　　　　图 12.1.5　第 34、35 帧的效果

（6）把"大"字的全部笔画擦除完毕后，选择图层1的所有关键帧，单击"翻转帧"。此时，时间轴的效果如图12.1.6所示（刚好与如图12.1.5所示的效果相反）。

图 12.1.6 时间轴的效果

（7）保存文件并测试动画，效果如图12.1.1所示。

实例2 字形分析

本实例通过影片剪辑、按钮和ActionScript脚本代码等来制作具有部首显示和笔画顺序演示功能的语文课件。课件完成后的播放效果如图12.1.7所示。

（1）打开Flash软件，在"新建"选项中选择ActionScript 2.0，新建一个Flash动画文档，如图12.1.8所示。

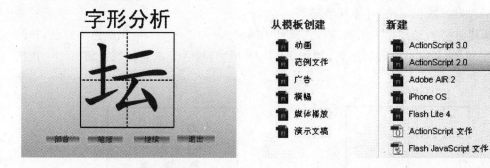

图 12.1.7 完成后的播放效果　　　　图 12.1.8 新建Flash文档

（2）选择【修改】→【文档】命令，尺寸设置为650×500像素，帧频为12fps，设置完成后单击"确定"按钮。

（3）将图层1重命名为"底色"，选择矩形工具，填充颜色设置为无，画一个比舞台略大的矩形边框；再选择颜料桶工具，打开颜色面板，类型选择为"线性"，左边的取色点选

择橘黄色,右边的取色点选择浅黄色,如图 12.1.9 所示。完成后,用颜料桶工具  从下往上拉出一条直线,在矩形边框内填充颜色。

(4)选择图层"底色"第 2 帧,按 F5 键插入帧。

(5)在图层"底色"上新建一个图层,命名为"田字格",选择矩形工具 ,笔触颜色选择黑色,填充颜色设置为无,按住 Shift 键画一个正方形方框,再打开对齐面板 ,如图 12.1.10 所示,单击"相对于舞台",再单击第一行的第二个(水平中齐)和第五个(垂直中齐)选项,使其处于舞台中央位置。

图 12.1.9　填充颜色设置

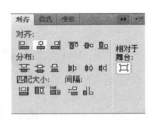

图 12.1.10　对齐面板的设置

(6)选择线条工具 ,打开属性面板,在样式栏选择虚线,接着在正方形方框的中间画一条竖向的虚线,并用对齐面板使其处于中央位置,操作同上一步正方形方框对齐的方法,完成后再选择一次线条工具 ,在正方形方框的中间画一条横向的虚线,同样用对齐面板使其处于中央位置,完成后用选择工具 选中边框和两条虚线,按快捷键 Ctrl＋G 将其组合,效果如图 12.1.11 所示,选中该图层第 2 帧,按 F5 键插入帧,用选择工具 选中边框和两条虚线,按 Ctrl＋C 快捷键复制一次。

(7)选择【插入】→【新建元件】命令,类型选择"影片剪辑",名称为"花字笔顺",按快捷键 Ctrl＋V 粘贴一次田字格,并锁住该图层。

(8)新建图层 2,选择文本工具 ,在舞台中间输入一个"花"字,填充颜色为红色,并选择适合的字号,使其大小适合田字格,如图 12.1.12 所示,输入完成后按快捷键 Ctrl＋B 把文字分离。

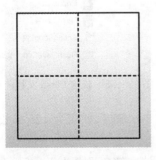

图 12.1.11　田字格

图 12.1.12　写在田字格中的"花"字

（9）用选择工具 选中"花"字，按 Ctrl＋C 快捷键复制一次，锁住该图层，再在图层 2 上新建图层 3，选择第 1 帧，按 F6 键插入关键帧，按 Shift＋Ctrl＋V 快捷键在原位粘贴一次 "花"字，接着选择颜料桶工具 ，填充颜色选择黑色，将该图层的"花"字填充为黑色。

（10）选择图层 3 的第 2 帧，按 F6 键插入关键帧，选择橡皮擦工具 ，按照平时书写 "花"字笔顺的逆流程，把最后完成的竖弯钩的最后一部分擦掉。

（11）按 F6 键插入关键帧，接临上一帧所擦的地方，再把旁边一部分擦掉，如此重复插入关键帧，并按照书写"花"字时的逆流程在每一帧擦掉字体的一部分。

（12）把"花"字的全部笔画擦除完毕后，选择图层 3 的所有关键帧，右键选择（翻转帧）。

（13）把播放指针移动到图层 3 的最后一帧关键帧，再给图层 2 解锁，选择图层 2 播放指针所在的那一帧，按 F5 键插入普通帧，完成后删除图层 1，效果如图 12.1.13 所示。

（14）选择图层 3 的第 1 帧，右键选择【动作】，打开动作面板，输入如下语句：stop()；对图层 3 的最后一帧关键帧做相同设置。

（15）单击 回到场景 1 复制一次田字格，再新建一个影片剪辑，命名为"坛字笔顺"，对"坛"字进行处理，操作步骤同"花字笔顺"影片剪辑的制作方法。

（16）打开"花字笔顺"影片剪辑，选择图层 2 的第 1 帧，用选择工具 选中"花"字，按 Ctrl＋C 快捷键复制一次。

（17）新建一个影片剪辑，命名为"花字部首"，按 Shift＋Ctrl＋V 快捷键粘贴一次"花"字，选择该图层第 2 帧，按 F5 键插入帧，完成后锁定该图层。

（18）在图层 1 上新建图层 2，选中第 2 帧，按 F6 键插入关键帧，再按 Shift＋Ctrl＋V 快捷键粘贴一次"花"字，用选择工具 ，选中"花"字的"化"字部分，按 Delete 键删除，剩下部首草花头，最后选择颜料桶工具 ，填充颜色选择绿色，将该图层的"花"字填充为绿色，如图 12.1.14 所示。

图 12.1.13 "花字笔顺"影片剪辑　　　　图 12.1.14 "花"字部首为绿色

（19）选择图层 2 的第 1 帧，右键选择【动作】，打开动作面板，输入如下语句：stop()；对第 2 帧输入相同语句，输入完成后"花字部首"的影片剪辑的制作完毕。

（20）新建一个影片剪辑，命名为"坛字部首"，对"坛"字进行处理，操作步骤同"花字部首"影片剪辑的制作方法，使"坛"字的土字旁部首变成绿色，如图 12.1.15 所示。

（21）单击 回到场景 1，把图层"田字格"锁住，在"田字格"图层上新建一个图层，命名为"按钮"。选中第 1 帧，选择【窗口】→【公用库】→【按钮】，选择适合的按钮，拖曳到舞台的适当位置，重复三次。4 个按钮的排列位置如图 12.1.16 所示。

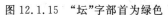

图 12.1.15　"坛"字部首为绿色　　　　图 12.1.16　按钮的排列位置

(22) 用选择工具 选择左边第 1 个按钮,右键选择【动作】,在动作面板输入如下语句:

```
on (release) {
    花字部首._alpha = 100
    花字笔顺._alpha = 0
    tellTarget ("花字部首") {
    gotoAndStop(2);
    }
}
```

(23) 用选择工具 选择左边第 2 个按钮,右键选择【动作】,在动作面板输入如下语句:

```
on (release) {
    花字部首._alpha = 0
    花字笔顺._alpha = 100
    tellTarget ("花字笔顺") {
    gotoAndPlay(2);
    }
}
```

(24) 用选择工具 选择左边第 3 个按钮,右键选择【动作】,在动作面板输入如下语句:

```
on (release) {
gotoAndPlay(2);
}
```

(25) 用选择工具 选择第 4 个按钮,右键选择【动作】,在动作面板输入如下语句:

```
on (release) {
fscommand("quit");
}
```

(26) 选择"按钮"图层的第 2 帧,按 F6 键插入关键帧,用选择工具 选择左边第 1 个按钮,右键选择【动作】,在动作面板输入如下语句:

```
on (release) {
    坛字部首._alpha = 100
    坛字笔顺._alpha = 0
```

```
tellTarget ("坛字部首") {
gotoAndStop(2);
}
}
```

（27）选择图层"按钮"的第 2 帧，再用选择工具 选择左边第 2 个按钮，右键选择【动作】，在动作面板输入如下语句：

```
on (release) {
    坛字部首._alpha = 0
    坛字笔顺._alpha = 100
    tellTarget ("坛字笔顺") {
    gotoAndPlay(2);
    }
}
```

（28）选择"按钮"图层的第 2 帧，再选择工具 选择左边第 3 个按钮，右键选择【动作】，在动作面板输入如下语句：

```
on (release) {
gotoAndPlay(1);
}
```

（29）选择"按钮"图层的第 2 帧，再用选择工具 选择第 4 个按钮，右键选择【动作】，在动作面板输入如下语句，完成后锁定图层"按钮"。

```
on (release) {
fscommand("quit");
}
```

（30）在"按钮"图层上方新建一个图层，命名为"标题"，在舞台上方用文本工具 T 输入标题"字形分析"。分别制作"部首"、"笔顺"、"继续"和"退出"等 4 个文本，将文本分别放置在 4 个按钮的位置上，如图 12.1.17 所示，完成后选择该图层的第 2 帧，按 F5 键插入帧，再锁定该图层。

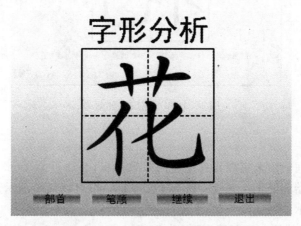

图 12.1.17 标题位置及按钮文字位置

（31）在图层"按钮"上新建一个图层，命名为"字"，选择该图层的第 1 帧，打开库，把"花字部首"影片剪辑拖到舞台中，并用对齐面板的设置使其处于舞台中央位置。在舞台右侧的属性面板中，把实例名称改为"花字部首"。

（32）打开库，把"花字笔顺"影片剪辑拖到舞台中，并用对齐面板设置使其处于舞台中央位置，在属性面板中把实例名称改为"花字笔顺"。

（33）选择图层"字"的第 2 帧，按 F6 键插入关键帧，打开库，把"坛字部首"影片剪辑拖到舞台中，并用对齐面板的设置使其处于舞台中央位置，在属性面板中把实例名称改为"坛字部首"。

（34）打开库，把"坛字笔顺"影片剪辑拖到舞台中，并用对齐面板的设置使其处于舞台中央位置，在属性面板中把实例名称改为"坛字笔顺"。

（35）选择图层"字"的第 1 帧，右键选择【动作】，在动作面板输入如下语句：

```
stop();
fscommand("fullscreen","true");
```

（36）选择图层"字"的第 2 帧，右键选择【动作】，在动作面板输入如下语句：

```
stop();
```

（37）完成后锁定"按钮"图层。保存并测试动画，如图 12.1.18 所示，按"笔顺"按钮，将演示"花"字的书写顺序，按"部首"按钮将显示"花"字的部首，按"继续"按钮将跳到另外一个字，按"退出"将退出该 swf 文件。

图 12.1.18　完成后的效果

实例 3　月食

本实例通过补间动画来实现月食变化的效果演示，并通过 ActionScript 脚本代码和按钮来控制动画的开始和停止。完成后的 swf 文件是一个可以简单演示月食过程的课件，效果如图 12.1.19 所示。

（1）打开 Flash 软件，在"新建"选项中选择 ActionScript 2.0，新建一个 Flash 动画文档，如图 12.1.20 所示。

图 12.1.19　完成后课件的播放效果　　　　图 12.1.20　新建 Flash 文档

(2) 选择【修改】→【文档】,尺寸设置为 640×480 像素,帧频为 12fps,设置完成后单击"确定"按钮。

(3) 选择【插入】→【新建元件】,类型选择"图形",名称为"人物"。选择【文件】→【导入】→【导入到舞台】,把 gif 图片"月食"导入到元件的舞台上。

(4) 回到场景 1,从库中把"人物"图形元件拖曳到舞台上,并用任意变形工具 对图片进行适当调整(比舞台稍大)。

(5) 把图层 1 重命名为"图片",选择第 2 帧,按 F6 键插入关键帧,右键选择【创建传统补间】,在第 50 帧和第 100 帧分别按 F6 键插入关键帧。选择第 50 帧,用选择工具 选中舞台上的"人物"图形元件,在属性面板把 Alpha 值修改为 10%,完成后锁定该图层。

(6) 在"图片"图层上方新建一个图层,命名为"月亮",选择第 1 帧,再选择椭圆工具 ,填充颜色选择黄色,按住 Shift 键在舞台右上方画一个圆作为月亮,如图 12.1.21 所示,再按快捷键 Ctrl+C 复制一次圆,完成后锁定该图层。

(7) 在"月亮"图层上方新建一个图层,命名为"月食"。选择该图层第 2 帧,按 F6 键插入关键帧,再按快捷键 Shift+Ctrl+V 在原位粘贴一个圆。选择颜料桶工具 ,填充颜色选择黑色,将图层"月食"上的圆填充为黑色。完成后按快捷键 Ctrl+G 将其组合,再锁定该图层。

图 12.1.21　月亮的位置

(8) 选择图层"月食"的第 2 帧,右键选择【创建传统补间】,再在第 50 帧和第 100 帧分别按 F6 键插入关键帧。选择第 2 帧,用选择工具 把黑色的圆移动到黄色圆的右边,两球相切,如图 12.1.22 所示。选择第 100 帧,用选择工具 把黑色的圆移动到黄色圆的左边,两球相切,如图 12.1.23 所示,完成后锁定该图层。

(9) 在图层"月食"上新建一个图层,命名为"按钮",选择【窗口】→【公用库】→【按钮】,选择两个带有 enter 字样的按钮,拖曳到舞台的适当位置。

(10) 点选选择工具 ,双击其中一个按钮,进入到按钮的编辑界面,选中时间轴上的 text 图层,再选择文本工具 T ,把 enter 修改为"月食动画",完成后回到场景 1,效果如图 12.1.24所示。

图12.1.22　第2帧黑色圆的位置　　　　　图12.1.23　第100帧黑色圆的位置

（11）点选选择工具 ，双击另一个按钮，进入到按钮的编辑界面，选中时间轴上的 text 图层，再选择文本工具 T ，把 enter 修改为"停止"，完成后回到场景1，效果如图12.1.25所示。

图12.1.24　"月食动画"按钮　　　　　图12.1.25　"停止"按钮

（12）选择图层"按钮"的第1帧，右键选择【动作】，在动作面板输入的如下代码：

```
stop();
```

（13）点选选择工具 ，选中"月食动画"按钮，右键选择【动作】，在动作面板输入的语句如下：

```
on (press) {
    play();
}
```

（14）点选选择工具 ，选中"停止"按钮，右键选择【动作】，在动作面板输入的语句如下：

```
on (press) {
    stop();
}
```

（15）打开"修改→文档"，把背景颜色改为黑色。

（16）保存文件并测试动画，单击"月食动画"按钮，黄色月亮会从满月变成全月食，再由全月食变成满月。单击"停止"按钮，月食过程会暂停。单击"月食动画"按钮，月食过程会继续演变，效果如图12.1.26所示。

实例4　为形近字找拼音

本实例通过 ActionScript 脚本代码和影片剪辑等来实现拖动答案并显示正误的动画效果，如图12.1.27所示。

（1）打开 Flash 软件，在"新建"选项中选择 ActionScript 2.0，新建一个 Flash 动画文档，如图12.1.28所示。

（2）选择【修改】→【文档】命令，尺寸设置为 550×400 像素，其他为设置为默认值，设置完成单击"确定"按钮。

图 12.1.26　月食过程的动画效果

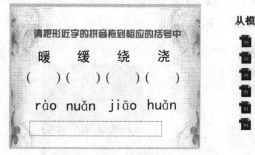

图 12.1.27　完成后的效果

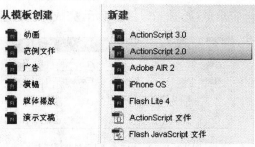

图 12.1.28　新建 Flash 文档

（3）选择【文件】→【导入】→【导入到舞台】，把图片"背景.jpg"导入到舞台上，用任意变形工具 对图片进行适当调整，使其比舞台略大。

（4）选择文本工具 T ，并在属性栏设置适合的字体、大小和颜色，在舞台中间上方输入文字"请把形近字的拼音拖到相应的括号中"，完成后将图层1重命名为"bg"，并锁定，如图 12.1.29 所示。

（5）在图层"bg"上新建 1 个图层，命名为"字"。选择【插入】→【新建元件】，类型选择"图形"，名称为"字1"，选择文本工具 T ，并在属性栏设置适合的字体、大小和颜色，在舞台中间上方输入文字"暖"，接着打开对齐面板 ，如图 12.1.30 所示，单击"相对于舞台"，再单击第一行的第二个和第五个选项，使其处于舞台中央位置。

图 12.1.29　文本位置

（6）回到场景1，步骤（5），根据同样的方法分别再新建 7 个图形元件，各个图形元件输入的文本依次为："缓"，命名为"字2"；"绕"，命名为"字3"；"浇"，命名为"字4"；"rào"，命名为"p1"；"nuǎn"，命名为"p2"；"jiāo"，命名为"p3"；"huǎn"，命名为"p4"，分别进行对齐设置。

（7）回到场景1，从库中把新建的8个图形元件拖曳到舞台中，并排好位置，如图12.1.31所示。

图12.1.30　对齐面板的设置

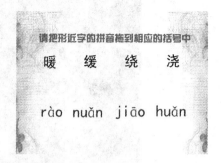

图12.1.31　图形元件的位置

（8）用选择工具 选中舞台上的图形元件"rào"，按快捷键F8，在弹出的"转换为元件"对话框中，把名称改为"b1"，类型选择"按钮"，如图12.1.32所示。

（9）用对齐面板使转换为按钮的"rào"处于舞台中央位置，再在时间轴上选择第3帧"单击"帧，按F6键插入关键帧，接着选择矩形工具 ，任意选择一种填充颜色，在"rào"下绘制一个矩形，如图12.1.33所示，完成后回到场景1。

图12.1.32　"转换为元件"对话框

图12.1.33　矩形效果

（10）根据步骤（8）和（9），用同样的方法把图形元件 "p2"、"p3"和"p4"分别转换为按钮元件，分别命名为"b2"、"b3"和"b4"，并进行相同的对齐设置，以及绘制矩形。

（11）回到场景1，如果按钮元件在位置上出现偏差，则用选择工具 进行调整。

（12）用选择工具 选中舞台上的按钮元件"rào"，按快捷键F8，在弹出的"转换为元件"窗口中，把名称改为"m1"，类型选择"影片剪辑"，用对齐面板使转换为影片剪辑的"rào"处于舞台中央位置。完成后回到场景1。

（13）根据步骤（12），用同样的方法把按钮元件 "b2"、"b3"和"b4"分别转换为影片剪辑元件，分别命名为"m2"、"m3"和"m4"，并都进行相同的对齐设置。

（14）回到场景1，如果影片剪辑元件在位置上出现偏差，则用选择工具 进行调整。

（15）选择文本工具 ，在属性栏设置适合的字体、大小和颜色，在舞台中间上方输入4个括号，括号位置如图12.1.34所示。

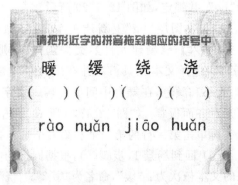

图12.1.34　括号位置

（16）选择文本工具，在属性栏选择"动态文本"，如图 12.1.35 所示。

（17）在舞台中间下方单击一下使其产生文字输入窗口，再选中选择工具 ，接着在属性栏设置字体的大小为"35"，位置设置如图 12.1.36 所示。字体及颜色自行选择，并在属性的变量栏输入变量名"fankui"，如图 12.1.37 所示。完成后舞台下方的输入框如图 12.1.38 所示。

图 12.1.35 文本设置为"动态文本"

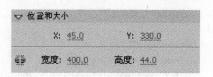

图 12.1.36 设置文本的位置和大小

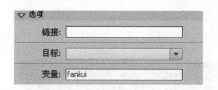

图 12.1.37 为文本设置变量名

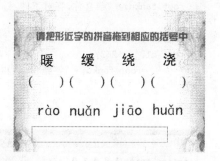

图 12.1.38 动态文本框效果

（18）用选择工具 选中舞台中的"rào"影片剪辑，在属性栏中把"实例名称"改为"m1"。用同样的方法分别选中"nuǎn"，实例名称改为"m2"；选中"jiāo"，实例名称改为"m3"；选中"huǎn"，实例名称改为"m4"。

（19）选择【窗口】→【信息】，用选择工具 选中舞台上的"rào"（即"m1"影片剪辑的实例），把鼠标移动到"m1"影片剪辑的十字形中间位置，如图 12.1.39 所示，把信息栏中显示的"m1"中心点的坐标值记录下来，为"X：93，Y：283"，如图 12.1.40 所示。

图 12.1.39 鼠标的位置

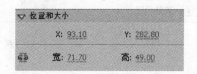

图 12.1.40 信息栏显示"m1"的坐标值

（20）按照步骤（19）的方法记录下影片剪辑"m2"、"m3"和"m4"的中心点坐标值，分别为"X：200，Y：286"、"X：324，Y：282"和"X：445，Y：282"。

（21）按照步骤（19）的方法，记录下影片剪辑"m1"的正确答案所在的括号（即左边第3个括号）中心点的坐标值，为"X：327.3，Y：204.3"；记录下影片剪辑"m2"的正确答案所在的括号（即左边第1个括号）中心点的坐标值，为"X：86.3，Y：202.8"；记录下影片剪辑"m3"的正确答案所在的括号（即左边第4个括号）中心点的坐标值，为"X：446.5，Y：204.5"；记

录下影片剪辑"m4"的正确答案所在的括号（即左边第 2 个括号）中心点的坐标值，为
"X:204,Y:203"。

（22）用选择工具 双击影片剪辑"m1"，进入影片剪辑的编辑状态，用选择工具选中
按钮元件"b1"，右键选择【动作】，在动作面板中输入以下语句，如图 12.1.41 所示。

```
on(press) {
    _root.m1.startDrag();
}
on (release) {
    _root.m1.stopDrag();
    if (_root.m1.hitTest(327.3,204.3)) {    //测试"m1"是否被拖到正确答案所在的括号的中心点
    _root.m1._x = 327.3;                     //正确答案所在的括号中心点的 x 坐标
    _root.m1._y = 204.3;                     //正确答案所在的括号中心点的 y 坐标
    _root.fankui = "恭喜你,答对了!"
    }else {
    _root.m1._x = 93;
    _root.m1._y = 283;
        _root.fankui = "答错了,请再试一次!"
    }
}
```

图 12.1.41 动作面板中的语句

（23）回到场景 1，用选择工具 双击影片剪辑"m2"，进入影片剪辑的编辑状态，用选
择工具选中按钮元件"b2"，右键选择【动作】，在动作面板中输入以下语句：

```
on(press) {
    _root.m2.startDrag();
}
on (release) {
    _root.m2.stopDrag();
    if (_root.m2.hitTest(86.3,202.8)) {
        _root.m2._x = 86.3;
```

```
        _root.m2._y = 202.8;
        _root.fankui = "恭喜你,答对了!"
    }else {
        _root.m2._x = 200;
        _root.m2._y = 286;
        _root.fankui = "答错了,请再试一次!"
    }
}
```

(24) 回到场景 1,用选择工具 ▶ 双击影片剪辑"m3",进入影片剪辑的编辑状态,用选择工具选中按钮元件"b3",右键选择【动作】,在动作面板中输入以下语句。

```
on(press) {
    _root.m3.startDrag();
}
on (release) {
    _root.m3.stopDrag();
    if (_root.m3.hitTest(446.5,203.5)) {
        _root.m3._x = 446.5;
        _root.m3._y = 203.5;
        _root.fankui = "恭喜你,答对了!"
    }else {
        _root.m3._x = 324;
        _root.m3._y = 282;
        _root.fankui = "答错了,请再试一次!"
    }
}
```

(25) 单击 ⬛ 回到场景 1,用选择工具 ▶ 双击影片剪辑"m4",进入影片剪辑的编辑状态,用选择工具选中按钮元件"b4",右键选择【动作】,在动作面板中输入以下语句:

```
on(press) {
    _root.m4.startDrag();
}
on (release) {
    _root.m4.stopDrag();
    if (_root.m4.hitTest(204,203)) {
        _root.m4._x = 204;
        _root.m4._y = 203;
        _root.fankui = "恭喜你,答对了!"
    }else {
        _root.m4._x = 445;
        _root.m4._y = 282;
        _root.fankui = "答错了,请再试一次!"
    }
}
```

(26) 保存文件并测试动画。如果把拼音拖动到正确的括号内,舞台下面会显示"恭喜你,答对了",拼音也会停留在括号内。如果把拼音拖动到错误的括号内,舞台下面会显示"答错了,请再试一次",拼音会返回到原来的位置。课件的播放效果如图 12.1.42 所示。

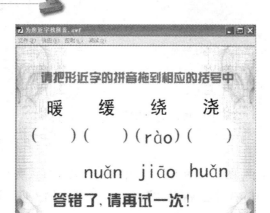

图 12.1.42　课件效果

12.2　数学课件制作

在中小学数学教学中,经常使用多媒体课件辅助教学,以直观、生动的方式向学生诠释一些抽象、复杂的数学原理。由于 Flash 具有很强的动画制作功能,适合于制作交互性强的动画类教学课件,深受教师和学生喜爱。

由于年龄的关系,小学生的逻辑思维能力和空间想象力相对较弱,对一些基本的数学原理较难理解。如果借助 Flash 动画课件的演示,这一问题就可以迎刃而解。本节重点介绍小学数学 Flash 多媒体课件的制作方法。

实例 1　三角形内角和

三角形内角和问题,对于小学生来说比较抽象。如果通过 Flash 动画课件的演示,问题就会变得简单而又直观,小学生很容易理解和接受。本课件制作完成后的播放效果如图 12.2.1 所示。

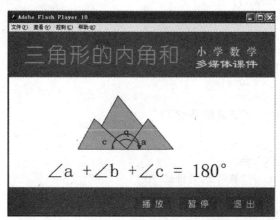

图 12.2.1　三角形内角和课件的播放效果

(1) 新建 Flash 文档,新建 4 个图层,选择【修改】→【文档】命令,打开文档属性面板,将尺寸改为 640×480 像素,再对所有图层分别重命名为"背景"、"三角形 1"、"三角形 2"、"三角形3"和"按钮"。

（2）选定"背景"图层，锁定其他图层，用矩形工具画两个矩形，一个作为标题的背景，另一个作为按钮背景，再用文本工具输入"三角形的内角和"作为标题，输入"多媒体课件"和"小学数学"作为副标题，如图 12.2.2 所示，在第 100 帧插入帧。

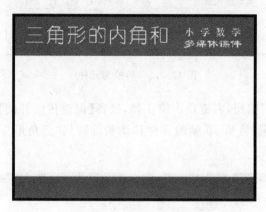

图 12.2.2　编辑背景图层

（3）选择图层"三角形1"，锁定其他图层，用线条工具 ＼ 在舞台中画一个三角形，用填充工具 ♨ 将三角形填充为绿色，用文本工具输入字母"c"来代表三角形的第一个角，如图 12.2.3 所示，在第 100 帧插入帧。

（4）选定"三角形2"图层，锁定其他图层，用线条工具 ＼ 接着"三角形1"画一个四边形，用填充工具 ♨ 将四边形填充为绿色，再用文本工具输入字母"b"来代表三角形的第二个角，如图 12.2.4 所示。

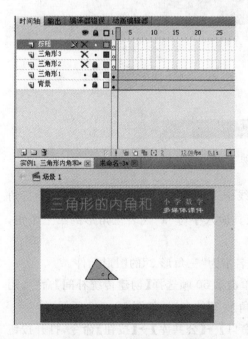

图 12.2.3　在"三角形1"图层中绘制三角形

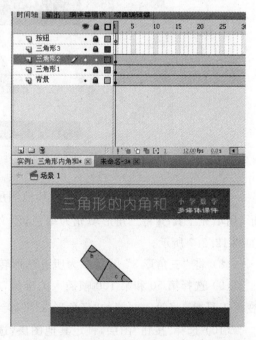

图 12.2.4　在"三角形2"图层中绘制三角形

（5）分别将三角形和四边形转换为图形元件，如图 12.2.5 所示。

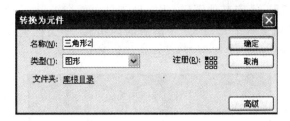

图 12.2.5　转换为元件

（6）选定"三角形 2"图层，右键单击第 1 帧，选择【创建传统补间】命令，在第 50 帧插入关键帧，再用变形工具 ![icon] 将第 50 帧的元件移动和旋转到"三角形 1"的右边，如图 12.2.6 所示，在第 100 帧插入帧。

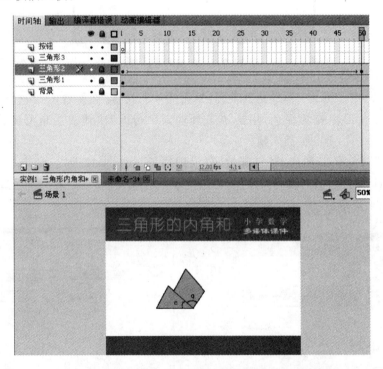

图 12.2.6　旋转和移动"三角形 2"

（7）选择图层"三角形 3"，锁定其他图层，用线条工具 ![icon] 接着"三角形 2"画一个三角形，用填充工具 ![icon] 将三角形填充为绿色，用文本工具输入字母"a"代表三角形的第三个角，如图 12.2.7 所示。

（8）将"三角形 3"图层中为所有图形转换成名字为"三角形 3"的图形元件。

（9）选择第 50 和第 100 帧插入关键帧，右键单击第 50 帧选择【创建传统补间】命令，用变形工具 ![icon] 将第 100 帧的"三角形 3"平移到"三角形 2"的右边，如图 12.2.8 所示。

（10）选择"按钮"图层，锁定其他图层，选择【窗口】→【公共库】→【按钮】命令，打开按钮库，选择合适的按钮拖到舞台上，调整大小，对着按钮双击打开按钮的编辑场景，将按钮的文

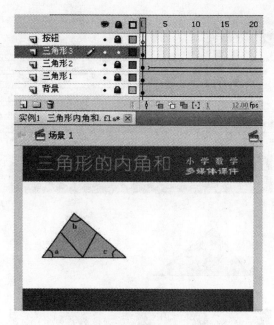

图 12.2.7 编辑"三角形 3"的图形

图 12.2.8 移动"三角形 3"

字提示分别改为"播放"、"暂停"和"退出",如图 12.2.9 所示,在第 100 帧插入帧。

(11) 选中"播放"按钮,打开"动作"面板,在面板中输入如下脚本代码:

```
on (release) {              //当鼠标释放时
    play();                 //播放
}
```

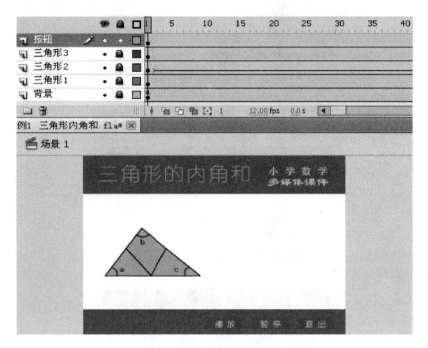

图 12.2.9　编辑按钮图层

（12）用同样的方法，选中"暂停"按钮，在面板中输入如下脚本代码：

```
on (release) {
    Stop();        //停止播放
}
```

（13）选中"退出"按钮，在面板中输入如下脚本代码：

```
on release {
    fscommand("quit");
}
```

（14）选择【插入】→【新建元件】命令，新建一个名字为"动画"的影片剪辑元件，在影片剪辑中画一个圆弧形的箭头，再用文本工具在箭头下方输入"$\angle a + \angle b + \angle c = 180°$"，如图 12.2.10 所示。

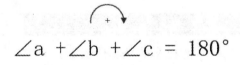

$$\angle a + \angle b + \angle c = 180°$$

图 12.2.10　编辑影片剪辑元件

（15）回到场景 1，在"按钮"图层第 100 帧插入关键帧，将库中的"动画"元件拖曳到舞台上，调整位置。打开【动作】面板，在这一帧输入"stop();"代码，选择第 1 帧，打开动作【面板】，输入"stop();"代码。

（16）保存文件，按 Ctrl＋Enter 快捷键测试动画。课件的播放效果如图 12.2.1 所示。

实例2 平行四边形面积计算

对小学生来说,平行四边形的面积计算公式较难理解。但通过动画课件的演示,问题就变得很简单。课件制作完成后的播放效果如图12.2.11所示。

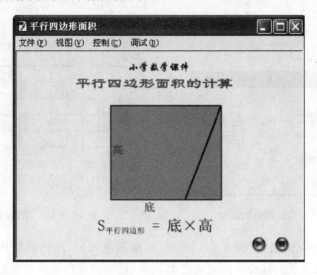

图12.2.11 课件的播放效果

（1）新建Flash文档,选择【修改】→【文档】命令打开文档属性面板,将文档的背景颜色改为浅绿色,新建4个图层,将所有图层分别重命名为"标题"、"网格"、"四边形1"、"四边形2"和"按钮"。

（2）选择"标题"图层,用文本工具 **T** 分两行输入"小学数学课件"和"平行四边形面积的计算",如图12.2.12所示,在第30帧插入关键帧。

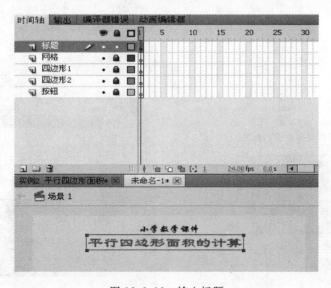

图12.2.12 输入标题

（3）选择"网格"图层，锁定其他图层，右键单击舞台空白处，选择【网格】→【编辑网格】打开"网格"对话框，将网格的长、宽改为36像素，如图12.2.13所示，再选择显示网格。

（4）用线条工具 ＼ 按照背景网格画宽10格、高6格的网格图形，如图12.2.14所示，在第30帧插入帧。

图12.2.13　设置网格的属性

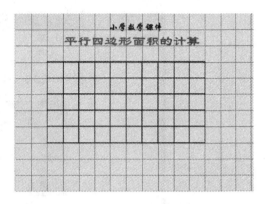

图12.2.14　绘制网格

（5）取消显示网格，选择"四边形1"图层，锁定其他图层，用矩形工具画一个矩形，填充颜色为绿色。再用线条工具绘画一条蓝色的直线，直线刚好在矩形的右边构成一个三角形，如图12.2.15所示，在第30帧插入帧。

（6）将图层"四边形1"中的三角形复制，原位粘贴到"四边形2"图层上，将三角形平移到矩形的左侧并紧贴着矩形，锁定该图层。将图层"四边形1"中的三角形删除，锁定图层。这时两个图层上的图形共同构成了一个平行四边形，如图12.2.16所示。

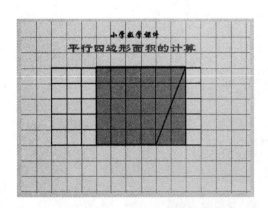

图12.2.15　绘制矩形和三角形

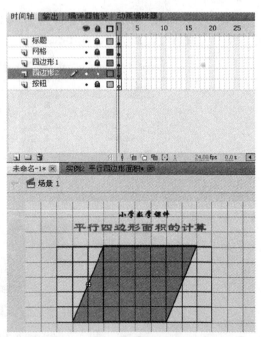

图12.2.16　复制三角形到图层"四边形2"

(7) 在图层"四边形 2"第 30 帧插入关键帧,右键单击第 1 帧选择【创建传统补间】命令,选择第 30 帧,将三角形平移到右侧构成一个矩形,如图 12.2.17 所示。

(8) 选择"四边形 2"首尾帧,打开【动作】面板,输入"stop();"代码。

(9) 选择"标题"图层,锁定其他图层,用文本工具 **T** 输入"高"和"底"两字,将这两字放在适当的位置。选择"按钮"图层,锁定其他图层,选择【窗口】→【公共库】→【按钮】打开按钮库面板,将库中两个按钮拖曳到舞台上,在第 30 帧插入帧,如图 12.2.18 所示。

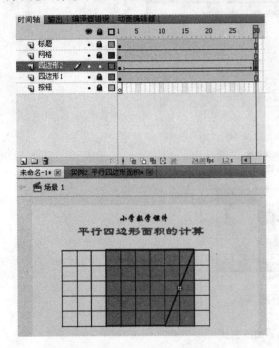

图 12.2.17 创建补间动画　　　　图 12.2.18 添加按钮

(10) 选择左边第一个"播放"按钮,打开【动作】面板,输入下列脚本代码:

```
on (release) {        //当鼠标释放时
    play();           //播放
}
```

(11) 用同样的方法,选择第 2 个"暂停"按钮,在【动作】面板中输入如下脚本代码:

```
on (release)  {
    stop();           //停止播放
}
```

(12) 新建图形元件,命名为"公式",在元件中用文本工具 **T** 输入平行四边形面积的计算公式,如图 12.2.19 所示。

$$S_{平行四边形} = 底 \times 高$$

图 12.2.19 平行四边形面积的计算公式

(13) 回到场景1,在"标题"层第30帧插入关键帧,将库中的"公式"元件拖曳到舞台上,调整公式的位置,如图12.2.20所示。

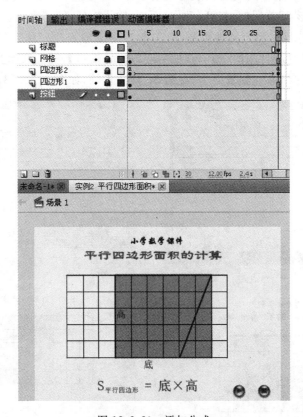

图12.2.20 添加公式

(14) 保存文件,按Ctrl+Enter快捷键测试动画。动画课件的播放效果如图12.2.11所示。

实例3 三角形面积计算

三角形面积计算的动画课件制作完成后,播放效果如图12.2.21所示。

(1) 新建Flash文档,选择【修改】→【文档】命令打开文档属性面板,将文档的背景颜色改为浅绿色,新建4个图层,将所有图层分别重命名为"标题"、"三角形1"、"三角形2"和"网格"。

(2) 选择"标题"图层,用文本工具 **T** 分两行输入"小学数学课件"和"三角形面积的计算",如图12.2.22所示,在第50帧插入关键帧。

(3) 选择"网格"图层,锁定其他图层,右键单击舞台空白处,选择【网格】→【编辑网格】命令打开网格面板,将网格的长、宽改为36像素,再选择显示网格。

(4) 用线条工具 \ 按照背景网格画宽10格、高6格的网格图形,取消显示网格,在第50帧插入帧效果如图12.2.23所示,在第50帧插入帧。

(5) 取消显示网格,选择"三角形1"图层,锁定其他图层,用 \ 画一个三角形,用填充颜色工具 将三角形填充为红色,如图12.2.24所示,在第50帧插入帧。

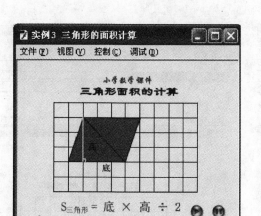

图 12.2.21 三角形面积计算课件的播放效果

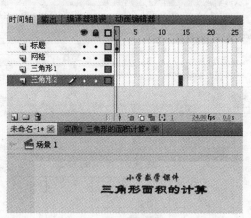

图 12.2.22 输入标题

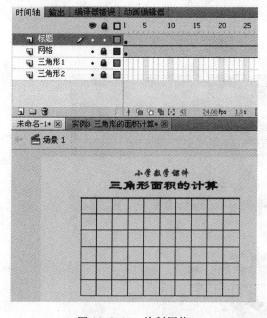

图 12.2.23 绘制网格

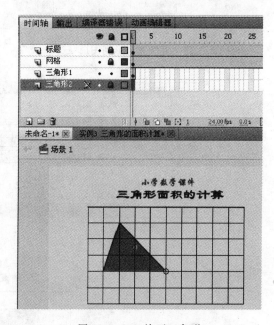

图 12.2.24 绘画三角形

（6）将图层"三角形 1"中三角形复制，选择图层"三角形 2"，右键单击舞台，选择"粘贴到当前位置"命令，将三角形粘贴到图层"三角形 2"上，回到"标题"图层，用直线工具 ▧ 画出三角形的高，并用文本工具 ▨ 输入"高"和"底"两字，将两字放在适当的位置，如图 12.2.25所示。

（7）将图层"三角形 2"中的三角形转换为图形元件，在图层"三角形 2"的第 25 帧插入关键帧，右键单击第 1 帧选择【创建传统补间】命令，选择第 25 帧，用变形工具 ▨ 以三角形的一个角为中点将三角形逆时针旋转 180°，如图 12.2.26 所示

（8）选择图层"三角形 2"的第 50 帧插入关键帧，用变形工具将三角形位置上移，与另一个三角形相接，构成一个平行四边形，如图 12.2.27 所示。

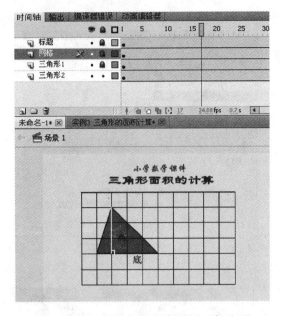

图 12.2.25　复制三角形到图层"三角形 2"

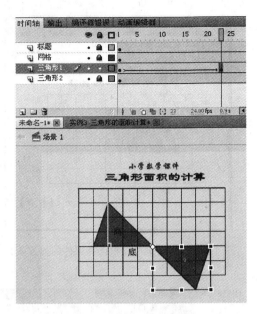

图 12.2.26　创建补间动画,旋转三角形

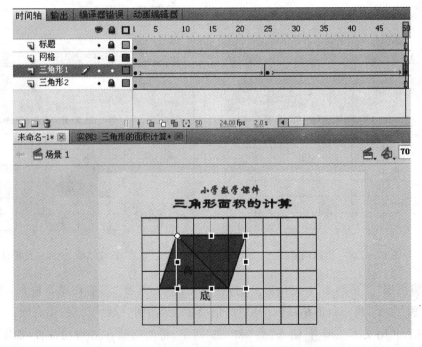

图 12.2.27　移动三角形构成四边形

　　(9) 选择"四边形 2"首尾帧,打开【动作】面板,输入"stop();"代码。

　　(10) 选择"网格"图层,锁定其他图层,选择【窗口】→【公共库】→【按钮】命令打开按钮库面板,将库中两个按钮拖曳到舞台上,如图 12.2.28 所示。

　　(11) 选择左边的第一个"播放"按钮,打开【动作】面板,输入下列脚本代码:

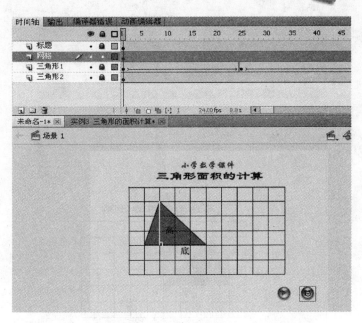

图 12.2.28 添加按钮

```
on (release) {              //当鼠标释放时
    play();                 //播放
}
```

(12) 用同样的方法,选择第 2 个"暂停"按钮,在【动作】面板中输入如下脚本代码:

```
on (release)  {
    stop();          //停止播放
 }
```

(13) 新建图形元件,命名为"公式",在元件中用文本工具输入平行四边形面积的计算公式,如图 12.2.29 所示。

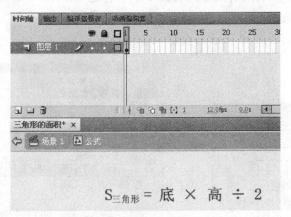

图 12.2.29 新建图形元件输入公式

(14) 回到场景中,选择"标题"图层第 50 帧,将库中的"公式"元件拖曳到舞台上,调整公式的位置,如图 12.2.30 所示。

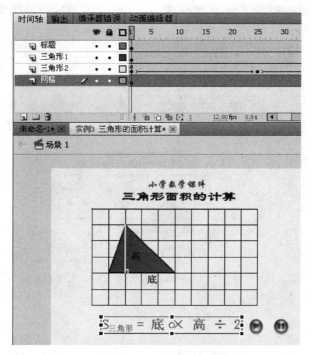

图 12.2.30 添加公式

(15) 保存文件,按 Ctrl+Enter 快捷键测试动画。动画课件的播放效果如图 12.2.21 所示。

实例 4 梯形面积计算

梯形面积计算的动画课件制作完成后,播放效果如图 12.2.31 所示。

(1) 新建 Flash 文档,选择【修改】→【文档】命令,打开文档属性面板,将文档的背景颜色改为浅绿色,新建 4 个图层,将所有图层分别重命名为"标题"、"网格"、"梯形 1"和"梯形 2"。

(2) 选择"标题"图层,锁定其他图层,用文本工具 **T** 分两行输入"小学数学课件"和"梯形面积的计算",如图 12.2.32 所示。在第 50 帧插入关键帧。

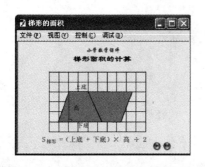

图 12.2.31 梯形面积计算课件的播放效果

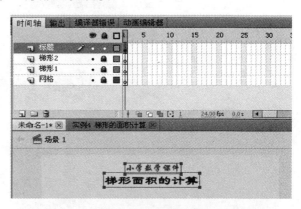

图 12.2.32 输入标题

（3）选择"网格"图层，锁定其他图层，右键单击舞台空白处，选择【网格】→【编辑网格】命令打开网格面板，将网格的长、宽改为 36 像素，再选择显示网格。

（4）用线条工具按照背景网格画宽 10 格、高 6 格的网格图形，如图 12.2.33 所示，在第 50 帧插入帧。

（5）取消显示网格，选择"梯形 1"图层，锁定其他图层，用直线工具画一个梯形，用填充颜色工具 将梯形填充为绿色，如图 12.2.34 所示，在第 50 帧插入帧。

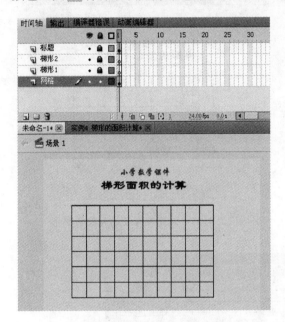

图 12.2.33　绘制网格

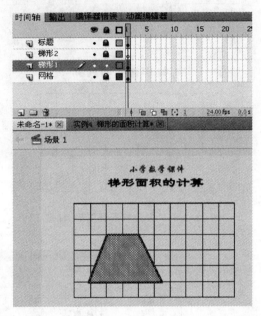

图 12.2.34　绘制梯形

（6）将图层"梯形 1"中的梯形复制，选择图层"梯形 2"的第 1 帧，将梯形原位粘贴到图层"梯形 2"上。选择"标题"图层，用线条工具画出三角形的高线，并用文本工具 输入"高"和"上底"、"下底"等文字，将这三个字放在适当的位置，如图 12.2.35 所示。

（7）将图层"梯形 2"中的梯形转换为图形元件，在图层"梯形 2"的第 25 帧插入关键帧，右键单击第 1 帧选择【创建传统补间】命令。选择第 25 帧，用变形工具 以梯形的一个角为中点将梯形逆时针旋转 180°，如图 12.2.36 所示。

（8）选择图层"梯形 2"的第 50 帧插入关键帧，用变形工具将梯形位置上移，与另一个梯形相接，构成一个平行四边形，如图 12.2.37 所示。

（9）选择"梯形 2"首尾帧，打开动作面板，输入"stop();"脚本代码。

（10）选择"网格"图层，锁定其他图层，选择【窗口】→【公共库】→【按钮】打开按钮库面板，将库中两个按钮拖曳到舞台上，如图 12.2.38 所示。

（11）选择第一个"播放"按钮，打开【动作】面板，输入下列脚本代码：

```
on (release) {          //当鼠标释放时
    play();             //播放
 }
```

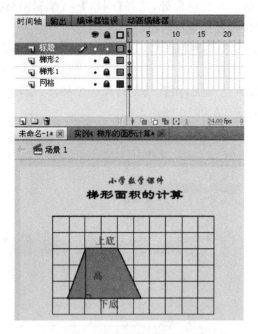

图 12.2.35　复制梯形到图层"梯形 2"

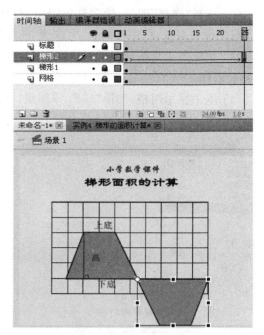

图 12.2.36　创建补间动画并旋转梯形

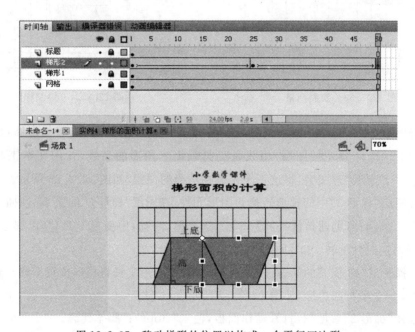

图 12.2.37　移动梯形的位置以构成一个平行四边形

（12）同样的方法，选择第 2 个"暂停"按钮，在【动作】面板中输入如下脚本代码：

```
on (release)  {
    stop();       //停止播放
}
```

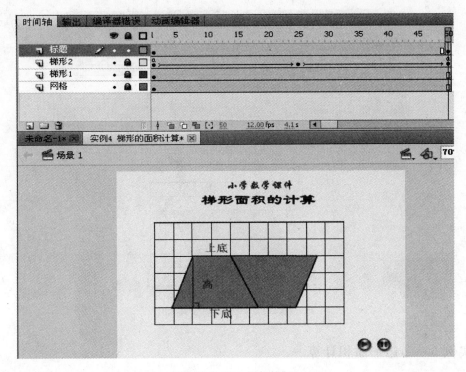

图 12.2.38　添加按钮

（13）新建图形元件，命名为"公式"，在元件中用文本工具输入梯形面积的计算公式，如图 12.2.39 所示。

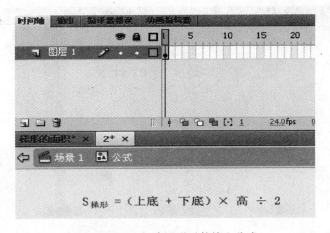

$$S_{梯形} = (上底 + 下底) \times 高 \div 2$$

图 12.2.39　新建图形元件输入公式

（14）回到场景中，选择"标题"图层第 50 帧，将库中的"公式"元件拖曳到舞台上，调整公式的位置，如图 12.2.40 所示。

（15）保存文件，按 Ctrl＋Enter 快捷键测试动画。课件的播放效果如图 12.2.31 所示。

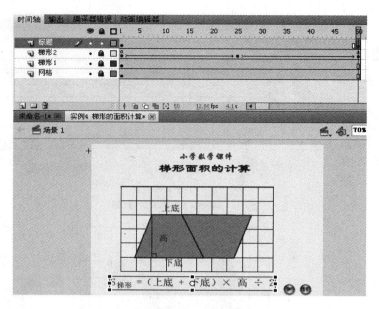

图 12.2.40　添加公式

实例 5　多边形面积计算

本课件是由前面制作的"平行四边形面积的计算"、"三角形的面积计算"和"梯形的面积计算"3 个课件组合而成的。本例直接将前面制作的 3 个课件的图层分别复制到新文件的 3 个场景中，避免重复劳动，提高制作效率。课件制作完成后的播放效果如图 12.2.41 所示。

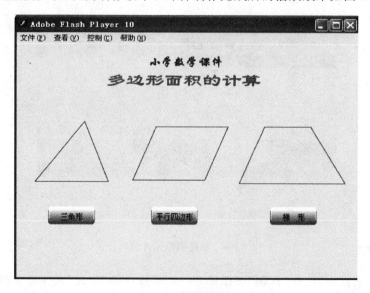

图 12.2.41　课件的播放效果

（1）新建 Flash 文档，选择【修改】→【文档】命令，打开文档属性面板，将文档的背景颜色改为浅绿色。

（2）选择图层 1，用文本工具 **T** 分两行输入"小学数学课件"和"多边形面积计算"，如

图 12.2.42 所示。

(3) 用线条工具 \\ 在舞台上分别绘制三角形、四边形和梯形,如图 12.2.43 所示。

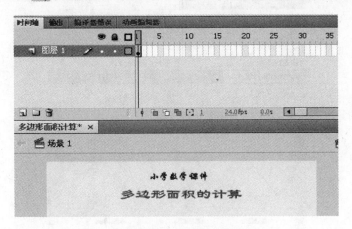

图 12.2.42 输入标题

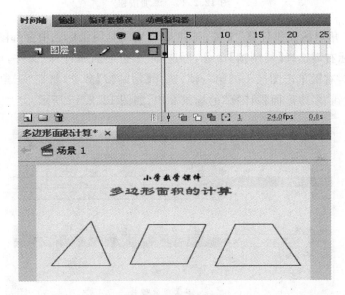

图 12.2.43 画图形

(4) 选择【窗口】→【公共库】→【按钮】命令,选择三个按钮分别置于三个图形下方,并将按钮元件内的 text 层上的文字分别修改为"三角形"、"平行四边形"和"梯形",如图 12.2.44 所示。

(5) 新建场景 2、场景 3 和场景 4,打开前面三个多边形的面积计算例子"平行四边形的面积计算"、"三角形的面积计算"和"梯形的面积计算"。

(6) 由于三个文件存在命名相同的元件和补间,如果将几个文件的图层复制到一个文件的不同场景中会产生冲突,所以在复制各个文件到"多边形面积计算"中之前必须对三个文件中的元件和补间重命名。例如在"平行四边形面积计算"中,对所有元件和补间的名字后面加 1,在"三角形面积计算"中,对所有元件和补间的名字后面加 2,在"梯形面积计算"中,对所有元件和补间的名字后面加 3。

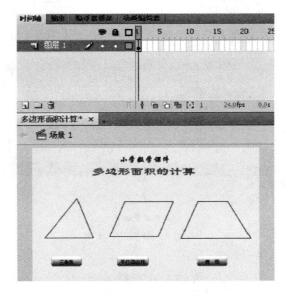

图 12.2.44　添加按钮

（7）选择"三角形的面积计算"文件，按住 Ctrl 键同时用鼠标选中全部图层，将鼠标移到第 1 帧，单击鼠标右键选择【复制帧】命令，再选择"多边形面积计算"文件，单击编辑场景工具 选中场景 2，右键单击图层 1 的第一帧，选择【粘贴帧】命令，将在"三角形的面积计算"中复制的帧粘贴到"多边形面积计算"的场景 2 中，如图 12.2.45 所示。

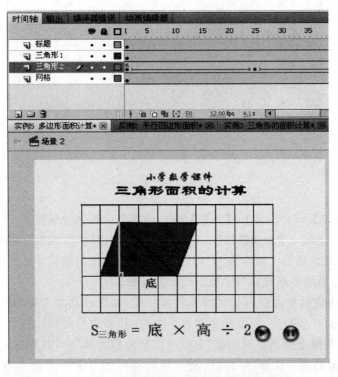

图 12.2.45　将"三角形面积的计算"的帧粘贴到场景 2 中

（8）用同样的方法，将"平行四边形面积计算"和"梯形的面积计算"的所有帧复制到"多边形面积计算"的场景3和场景4中。

（9）关闭"三角形面积计算"、"平行四边形面积计算"和"梯形的面积计算"三个文件，选择"多边形面积计算"场景2，选择【窗口】→【公共库】→【按钮】命令，调出按钮库，选择与舞台相匹配的"返回按钮"，如图12.2.46所示。

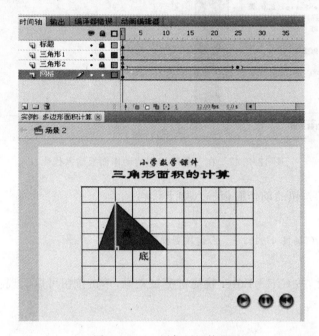

图12.2.46 添加返回按钮

（10）右键单击添加的"返回"按钮，选择【动作】命令，打开动作面板，在面板中输入如下代码：

```
on (release) {
    gotoAndPlay("场景 1",1);
}
```

（11）关闭动作面板，复制"返回"按钮，粘贴到场景3和场景4中，调整按钮的位置，使新增的按钮与之前的按钮整齐排列。

（12）选择场景1，右键单击第1帧，选择【动作】命令，输入"stop();"代码。选择"三角形"按钮，选择【动作】命令，打开动作面板，在动作面板中输入如下代码，如图12.2.47所示。

```
on (release) {
    gotoAndPlay("场景 2",1);    //链接到三角形场景
}
```

（13）用同样的方法，在"平行四边形"按钮的动作面板输入如下代码：

```
on (release) {
    gotoAndPlay("场景 3",1);    //链接到平行四边形场景
}
```

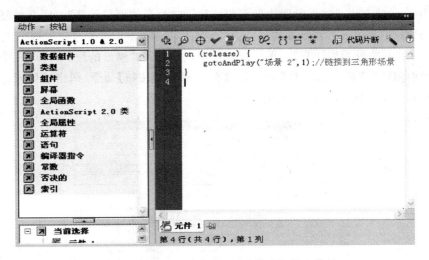

图 12.2.47　在三角形按钮的动作面板输入代码

(14) 在"梯形"按钮的动作面板输入如下代码：

```
on (release) {
    gotoAndPlay("场景 4",1);      //链接到梯形场景
}
```

(15) 保存文件，按 Ctrl＋Enter 快捷键测试动画，单击按钮可以实现各场景的转换。

习题

1. 在 Flash 课件制作中，如何实现动画的交互控制？
2. 结合中小学语文教材，用 Flash 设计制作一个中小学语文多媒体课件。
3. 结合中小学数学教材，用 Flash 设计制作一个中小学数学多媒体课件。